ANDREA SCHACHT

Die Nacht, in der der Kater sang

ANDREA SCHACHT

Die Nacht in der der Kater sang

Roman

LYX
EGMONT

Originalausgabe Februar 2016 bei LYX
verlegt durch EGMONT Verlagsgesellschaften mbH,
Gertrudenstr. 30–36, 50667 Köln

1. Auflage
Redaktion: Dr. Rainer Schöttle
Umschlaggestaltung & -illustration: bürosüd, München
Satz: Greiner & Reichel, Köln
Printed in Germany (670421)
ISBN 978-3-8025-9895-1

www.egmont-lyx.de

MIX
Papier
FSC® C083411

1

Einzug ins Haus

Das Erste, das ich wahrnahm, waren vier blendend weiße Pfoten, die in eine grau getigerte Katze übergingen, die wiederum auf einem knallroten Blecheimer saß. Pfoten nebst Katze verschwanden wie ein Spuk, geblieben war der Eimer.

»Abgelegen und ruhig, wie du es haben wolltest«, sagte Miriam und stöckelte über das Kopfsteinpflaster des Hofes auf die knallrote Tür zu. »Sehr abgelegen und ruhig. Ich bin ja immer noch der Meinung, dass du besser in einer Stadtwohnung leben würdest.«

»Danke, dass du trotzdem dieses Haus aufgetrieben hast.«

Ich sah mich langsam um. Ein Fachwerkhaus, ein bisschen heruntergekommen, eine klotzige Doppelgarage und eine Bretterscheune bildeten die drei Seiten um den Innenhof, der sich vor allem dadurch auszeichnete, dass er einen gemauerten Brunnen besaß.

»Ich habe eine Reinigungsfirma beauftragt, drinnen sauber zu machen«, erklärte Miriam. »Und die Besitzer haben einen Gärtner eingestellt, der sich um die Außenanlagen kümmert.«

»Schön«, sagte ich und betrachtete die Haustür. Der rote Lack blätterte hier und da ab, aber die beiden Buchsbäumchen in ihren Kübeln rechts und links vom Eingang waren akkurat rund geschnitten. Miriam ließ den Schlüsselbund in ihrer Hand baumeln.

»Na los, lass uns hineingehen!«

Ich ergriff die Schlüssel. Das Schloss war sichtlich neu und vermutlich genügte es höchsten Sicherheitsansprüchen. Die Tür jedoch sah aus, als ob man sie mit einem kräftigen Fußtritt öffnen könnte, was mein Vertrauen weckte.

Sie knarrte auch, als ich sie aufmachte.

»Der Vorbewohner war ein Kunstmaler, der unerwartet verstorben ist. Seine Erben haben die Einrichtung so gelassen, wie sie war. Darum wirst du oben auf der Galerie noch das Atelier vorfinden.«

Wir traten durch den Windfang in einen großen, offenen Raum. Wie es aussah, hatte der Mann das gesamte Haus von allen Zwischenwänden befreit und beinahe den ganzen unteren Bereich zu einem Wohn-/Esszimmer mit offener Küche umgestaltet.

»Nun ja, sein Geschmack war etwas – äh – solide?«

»Rustikal.«

»Ja.«

»Aber es gibt einen Schaukelstuhl.«

»Ein Gradmesser für Gemütlichkeit?«

Miriam lachte, hob den Hörer vom Telefon und lauschte auf das Freizeichen.

»Funktioniert.«

Ich öffnete die Tür neben der Küche und fand mich in einem schmalen Gang, der in ein Schlafzimmer und ein Bad führte. Auch rustikal.

»Und, wirst du bleiben?«, hörte ich Miriam fragen.

»Sicher.«

»Dann hole ich deine Sachen aus dem Auto.«

Natürlich würde ich bleiben. Wo sollte ich sonst hin? Irgendwie würde ich mich schon zurechtfinden.

Miriam war bald nach ein paar weiteren mürrischen Ratschlägen gegangen, und ich zog mir einen Küchenschemel ans geöffnete Fenster und betrachtete den Garten. Sie meinte es gut, ohne Zweifel. Und ich war ihr auch dankbar für alles, was sie für mich getan hatte, aber Miriam war Anwältin – und zwar eine sehr fähige – und damit ein Ausbund von Effizienz und Willensstärke. Immer perfekt in ihren maßgeschneiderten Kostümen, dezent geschminkt und wohlduftend, stets gefasst und auf alles vorbereitet. Sie lebte ein hektisches urbanes Leben, eine Oase der Ruhe und Zurückgezogenheit brauchte sie nicht.

Ich schon.

Die Spätsommersonne flirrte in den Ästen eines knorrigen alten Apfelbaumes vor dem Fenster, ein paar Bienen taumelten trunken über Fallobst, Spatzen tschilpten in der Hecke. Der Duft von Rosen wehte mich an, eine helle Kinderstimme rief ein paar Worte, ein fröhliches Wiehern antwortete. Von ferne, ganz leise nur, hörte man das Rauschen der Bundesstraße, die an Feyenbach vorbeiführte.

Bis zum Ort selbst musste man wohl ein oder zwei Kilometer gehen. So genau hatte ich vorhin nicht aufgepasst. Aber das würde ich morgen erkunden. Für heute reichte es, angekommen zu sein und ein neues Leben zu beginnen.

Jennys Leben.

Ich hatte die Zeit vertrödelt, und als es dämmerig wurde, raffte ich mich auf, den Rest des Hauses zu erkunden. Eine hölzerne Wendeltreppe führte neben der Küche auf die Galerie. Ein wahrer Ordnungsfreak war der Künstler nicht gewesen. Immerhin hatte die Reinigungsfirma seine Utensilien zusammengeräumt und auf einem farbbekleckesten Tisch aufgestapelt. Doch der Boden war wild besprenkelt, es roch nach Terpentin und Ölfarben, aber der Raum war hell und licht, denn zwei große Dachflächenfenster öffneten sich zum Himmel. Offenbar hatte der Meister gerne bis zur Erschöpfung gemalt, denn er hatte auch ein Bett hier oben aufgeschlagen, und in einer Wandschräge verbarg sich ein kleines Duschbad.

Einer spontanen Regung folgend zerrte ich das Bett unter die Fenster und machte mich auf die Suche nach Bettwäsche und Handtüchern. Beides fand sich in einem Einbauschrank, und so sank ich in meiner ersten Nacht im neuen Heim glückselig in die Kissen. Durch die Fenster konnte ich in den Himmel schauen, über den einige kleine Wolken zogen. Dazwischen blinkten die Sterne. Manchmal zog der Schatten eines nachtjagenden Vogels vorüber, und sein unheimlicher Ruf durchschnitt die Stille. Darüber döste ich ein, oft aber wachte ich auf. Es störte mich nicht. Schlafen konnte ich seit geraumer Zeit nicht mehr besonders gut. Aber hier erfüllte mich jedes Erwachen mit einem unbeschreiblichen Glücksgefühl. Sternbilder wanderten vorüber, hoch fliegende Flugzeuge zogen blinkend ihre Bahn, eine bleiche, schmale Mondsichel blinzelte für eine Weile durch eine Fensterecke.

Nur einmal fuhr ich zusammen.

Ein gellendes Kreischen zerriss die Nacht. Dann folgte ein Brummen und Krakeelen, Jodeln und Schreien, Fauchen und Knurren. Offenbar waren unten im Garten zwei Katzen aneinandergeraten. Einer der Kontrahenten zog schließlich davon, und der andere stimmte einen volltönenden Triumphgesang an.

Als er verstummt war, fiel ich in einen tiefen Schlaf und wurde erst wach, als mir die Sonne ins Gesicht schien.

Ein neuer Tag in einem neuen Leben begann.

2

Erkundung im Revier

Die vier weißen Pfoten mussten gründlich gepflegt werden. Ghizmo widmete sich dieser Tätigkeit im Stall von Tinkerbell, dem kleinen Pony, das ihm gerne Gastfreundschaft gewährte. Der Kater war ihm dankbar, denn seit im vergangenen Jahr der Mann das Haus verlassen hatte, war ihm sein Heim verschlossen geblieben, und die Futterlage wurde prekär. Und dann stand der Winter vor der Tür, und seine schönen warmen Plätzchen an der Heizung waren auch perdu. Den Einschlupf ins Haus hatten die Menschen zugemacht. Tinkerbell aber war gutmütig. Ghizmo durfte im Stroh übernachten – wenn es sehr kalt wurde, sogar in der Krippe, die immer mit frischem Heu gefüllt war. Hier strich dann oft Tinkerbells warmer Atem durch sein Fell, und das Schnobern und Schnaufen aus der Pferdenase sorgten für eine gewisse Gemütlichkeit. Außerdem gab es im Stall Mäuse, und manchmal streute das Mädchen etwas Trockenfutter für ihn aus. Sie plauderte auch mit ihm und kraulte seinen Nacken. Aber hauptsächlich kümmerte sie sich um das Pony.

Inzwischen war aber eine Veränderung eingetreten. Schon im vergangenen Monat waren Leute aufgetaucht, die sich an dem Haus zu schaffen machten. Natürlich hatte er das aufmerksam beobachtet, sich aber vorsichtig ferngehalten. Am gestrigen Tag allerdings war dann die Frau in das Haus gezogen, und es schien so, als ob sie dort auch zu bleiben gedachte.

Jaromir hatte das ebenfalls bemerkt und sich augenblicklich angeschlichen, der Halunke. Obwohl er, Ghizmo, sehr deutlich seine Reviermarke an die Mauer gesetzt hatte. Nichts als Ärger hatte man mit diesem roten Teufel. Also musste er ihm eine Lektion erteilen – lautstark, mit allen Krallen und Zähnen. Ein feines Tänzchen war das, und es endete damit, dass Jaromir mit einer Schramme über dem Ohr das Weite suchte.

Jetzt, am Vormittag, war die Lage ruhig.

Ghizmo verließ den Stall, stromerte über die Koppel, zwängte sich durch die Eibenhecke und blieb schnuppernd am Gartenrand stehen. Keine Auffälligkeiten. So weit, so gut.

Dann sollte man wohl mal einen Blick ins Innere des Hauses werfen. Fensterbänke waren dafür gut geeignet. Ein kühner Satz, und er saß auf dem Vorsprung. Dumm nur, dass die Gardine vorgezogen war. Aber etwas rumorte darin.

Wieder runter und vorsichtig an der Wand entlang! Hier begann die mit Steinplatten belegte Terrasse, und – ah, welche Chance! – die große Fenstertür stand offen. Mit äußerster Vorsicht streckte Ghizmo seine Nase ins Innere des Hauses. Alles sah noch so aus wie früher. Das braune Sofa, auf dessen Polstern er gerne geruht hatte, der Tisch mit der grob gewebten Decke, aus der er einst ein paarmal so schön Fäden herausgekrallt hatte, der Teppich, auf dem er sich in Sonnenflecken geaalt hatte, die Küche, wo sein Futternapf gestanden hatte. Ah, ja, die Küche, Hort der Köstlichkeiten. In dieser Küche hielt sich die Frau auf. Sie stellte eben eine Tasse ab und begann, einen Apfel zu zerteilen. Eine mittelgroße Frau, der kurze Locken wirr um den Kopf standen. Ihre Schultern hingen irgendwie in dem blauen Pullover, eine schlabberige Hose reichte ihr bis zu den Waden, ihre Füße waren bloß. Alles in allem offenbar ein etwas jämmerliches Exemplar Mensch. Aber ihr Gesicht war nett. Sie hatte große Augen, die sie gerade eben auf ihn richtete.

Huch!

Und nun fing sie an zu lächeln.

Das wirkte zwar hübsch, aber als sie langsam auf ihn zukam, hielt sie das Messer in der Hand. Ghizmo fand es an der Zeit, seinen Besuch zu beenden. Schritt für Schritt wandte er sich rückwärts zum Fenster, und als sie mit rauer Stimme sagte: »Hallo, Weißpfote!«, machte er einen großen Satz hinaus ins Freie.

Vorsicht war der zweite Name der Katze.

Der erste war Neugier.

Und die war jetzt erst mal befriedigt.

3

Das Pony und die Fee

Der weißpfotige Katzenspuk, der mich am Tag zuvor auf dem roten Eimer entzückt hatte, materialisierte sich am offenen Terrassenfenster, als ich gerade meinen Morgentee trank. Mutig, der Kleine. Und ausgesprochen hübsch. Wenn auch ein wenig mager. Aber sein getigertes Fell wirkte gepflegt, ebenso die weißen Socken und der weiße Strich über seiner rosa Nase. Große, grün funkelnde Augen sahen sich neugierig um und schienen auch mich kritisch zu begutachten. Aber als ich ihn höflich begrüßte, zog er sich leider zurück.

Dann entdeckte ich das Messer in meiner Hand und verstand seine Vorsicht.

Ich mochte Katzen.

Vielleicht wäre es schön, mit einer zusammenzuleben.

Ich ging zum Fenster und schaute nach draußen. Aber der Katzenspuk hatte sich wieder in die Unsichtbarkeit verzogen. Immerhin schien er – etwas sagte mir, dass es sich um einen Kater handeln musste – das Revier zu kennen. Und vermutlich war er es auch gewesen, der in der Nacht seinen volltönenden Gesang dargeboten hatte.

Der Tag war noch jung, die Sonne schien, und ich fühlte mich tatsächlich stark genug, drastische Entscheidungen zu treffen.

Ich würde in den Ort hinuntergehen und Vorräte einkaufen.

Der Spaziergang führte mich an der benachbarten Koppel vorbei, wo sich mir ein geradezu märchenhaftes Bild bot. Auf einem langmähnigen weißen Pony voltigierte eine zierliche Elfe. Ein Mädchen, vielleicht zwölf oder dreizehn, in rosa Jeans und einem flatternden weißen Hemd zeigte anmutig ihr Können. Ihre langen blonden Haare umwehten sie wie ein Schleier. Eine Szene wie aus einem kitschigen Mädchenpferdeliebe-Roman. Ich konnte nicht anders, ich musste stehen bleiben und ihr zusehen.

Das Geschöpf bemerkte mich und trabte auf den Zaun zu.

»Hi, ich bin Lili!«

Klar, wie auch anders?

»Hallo, ich bin Jenny«, stellte ich mich vor. »Ich wohne da drüben.«

»Weiß ich. Das ist Tinkerbell.«

Das Pony schnaubte.

»Und wer von euch beiden ist die Fee?«

Kichern antwortete mir. Lili hüpfte vom Ponyrücken.

»Wir haben schon gehört, dass das Haus vermietet wurde. Das ist gut so, es hat sich ziemlich einsam gefühlt. Gefällt es Ihnen?«

»Doch, ja. Es ist sehr hell und groß.«

»Da hat bis zum vergangenen Jahr der Florian drin gewohnt. Der war Maler, wissen Sie?«

»Ich habe es mir fast gedacht. Oben war sein Atelier, nicht wahr?«

Lili nickte eifrig.

»Er hat auch mal Tink gemalt. Und mir das Bild geschenkt. Das fand ich unheimlich süß.«

Links in meinem Augenwinkel nahm ich eine Bewegung wahr, und als ich mich leicht drehte, sah ich die weißen Pfoten. Der Kater schlich sich neugierig an.

»Und der Geselle da gehört auch zu dir?«, fragte ich.

»Der … Oh, das ist Ghizmo. Nein, der gehört nicht zu mir. Leider. Der war Florians Kater. Aber als der gestorben ist, letzten Herbst, da ist er in Tinkerbells Stall eingezogen. Ich hätte ihn ja gerne mit nach Hause genommen, aber Papa wollte das nicht. Also habe ich ihn hier hin und wieder gefüttert.«

»Er hat mich heute morgen schon besucht, ist aber ganz schnell verschwunden, als ich ihn begrüßen wollte.«

»Er ist ein bisschen menschenscheu. Wahrscheinlich vermisst er den Florian.«

Tatsächlich war der Kater wieder unsichtbar geworden.

»Vielleicht verliert er seine Scheu, wenn ich ihm ein Schälchen Futter anbiete.«

»Bestimmt. Er mag diese Knusperfischchen.«

Das Pony rieb seinen Kopf an Lilis Schulter, und sie strich ihm über die Nase.

»Wie lange trainierst du schon mit Tinkerbell?«, wollte ich wissen.

»Och, seit drei Jahren. Beim Sommerfest bin ich mit meiner Freundin Joly aufgetreten, in einem Duett. Mit Musik.«

Plötzlich wurde Lilis Gesicht traurig.

»Was ist passiert?«

»Jolys Pony kann nicht mehr auftreten. Jemand hat es verletzt. Am Hals. Sie haben es morgens auf der Weide gefunden. War ganz viel Blut. Aber es lebte noch. Und der Tierarzt wollte es einschläfern. Aber Joly … Jetzt steht es nur noch auf der Koppel.«

»Mein Gott, wer macht denn so was?«

»Ein Irrer. Ein durchgeknallter Irrer. Aber sie haben ihn nicht gefunden. Und ich habe Angst um Tink.«

Das konnte ich verstehen, und mir fielen auch keine beschwichtigenden Worte ein.

»Aber seither ist so etwas nicht wieder vorgekommen?«

»Nein. Und hoffentlich ist dieser Irre inzwischen weg. Papa meint, dass er nicht von hier war. Weil es in anderen Orten weiter weg auch solche Fälle gegeben hat.«

Da meine Kenntnisse zu regionalen Ereignissen der letzten Jahre eher dürftig waren, konnte ich nur nicken.

»Jenny, Sie wohnen jetzt hier gegenüber von Tinkerbell. Achten Sie ein bisschen auf sie?«

»Gerne. Aber ständig kann ich nicht am Fenster sitzen.«

»Nein, ich meine nur … Falls Ihnen was auffällt, rufen Sie uns dann bitte an?«

»Natürlich.«

Lili kramte einen rosa Notizblock aus ihrer Hosentasche und kritzelte zwei Telefonnummern darauf.

Ich steckte den Zettel in meine Hosentasche.

»Dann will ich mal sehen, dass ich etwas Futter für Ghizmo und mich finde. Unten im Ort gibt es sicher Geschäfte?«

»Klar, immer die Straße lang.«

Wir verabschiedeten uns, und beschwingt von der Begegnung mit der jungen Fee wanderte ich los. Gut zwanzig Minuten lang führte mich die Landstraße zwischen Weingärten und Feldern zu den ersten Häusern, umgeben von prachtvollen alten Gärten mit hohen, Schatten spendenden Bäumen. Die Kirchturmspitze leitete mich zum Ortskern, und hier mitten in das rege Geschäftsleben. Es war ein hübsches Örtchen. Vor den Läden standen Kästen mit Geranien und Margeriten, aus einer Bäckerei wehte mir der Duft von Hefegebäck entgegen, drei Hunde saßen mit hängenden Zungen vor der Metzgerei, eine Boutique warb mit Sonderpreisen auf die Sommerware, und vor einem Lebensmittelladen warteten Einkaufswagen auf die Kunden.

Ich beschloss, einen dieser Wagen zu nehmen und wagte mich in das Innere.

Für einen Moment musste ich die Augen schließen. Es war lange her, dass ich eine solche Fülle von Waren gesehen hatte. Aber dann packte es mich wie ein Rausch. Im Haus hatte ich so gut wie keine Vorräte gefunden, also legte ich alle möglichen Grundnahrungsmittel in den Wagen, bedachte, dass ich auch für die Sauberkeit verantwortlich war, und sammelte Reinigungsmittel zusammen, fand eine reiche Auswahl an Katzenfutter, und an der Frischetheke wühlte ich glücklich in Trauben, Äpfeln, Zwiebeln und Kartoffeln.

Und dann passierte es. Zwei übergewichtige Frauen drängten mich zur Seite, es wurde plötzlich so eng um mich. Keuchend sog ich den Atem ein. Mein Gesichtsfeld wurde immer kleiner, meine Lungen fassten keine Luft mehr. Ich schwankte. Atmen – ja, ganz ruhig atmen. Sich ablenken, keine Angst haben – aber mach das mal einer, wenn er kurz vor dem Ersticken steht. Ich hörte mich röcheln, meine Beine gaben nach, blinde Panik umfing mich …

Arme hielten mich, ließen mich zu Boden gleiten, drückten mir den Kopf zwischen die Knie.

»Alles gut, weiteratmen!« Hände drückten auf meinen Brustkorb. »Keine Angst, ich bin hier. Ich helfe Ihnen. Ich bin Ärztin. Ganz ruhig, ganz ruhig. Gleich geht es vorbei. Nichts bedroht Sie.«

Unter ihren Händen wurde mein Atem ruhiger, klärte sich die Sicht.

»Geht es wieder?«

»Gleich. Gott, wie peinlich.«

»Aber überhaupt nicht. Kommen Sie, da drüben können Sie sich hinsetzen.«

Die Frau führte mich zu einem Hocker, den eine hilfreiche Seele herbeigeschafft hatte. Mit wackeligen Knien setzte ich mich, noch immer zitternd.

»Irgendeine Krankheit, irgendwelche Medikamente, die das auslösen, oder einfach Panik?«

»Enge … kann ich nicht ertragen.«

»Ja, das gibt es. Und Hilfe gibt es auch dagegen.«

»Ich weiß. Aber manchmal … Zu früh …«

»Kann man nichts dagegen tun. Ist das ihr Einkaufswagen?«

Jemand hatte den vollgeladenen Wagen neben mich geschoben. Und schon wollte mich wieder Panik übermannen. Wie sollte ich nur all diese Sachen nach Hause bekommen?

»Ruhig, ganz ruhig, das kriegen wir schon hin. Wo haben Sie geparkt?«

»Ich bin zu Fuß hier. Gott, ich bin so blöd.«

Die Ärztin sah mich mit einem langen, fragenden Blick an. Dann sagte sie leise: »Es ist noch nicht lange her, dass Sie Ihre Therapie beendet haben, richtig?«

Ich senkte den Kopf.

»Vorgestern. Ich … ich bin gestern hier in ein Haus gezogen. Es ist noch alles so neu.«

»Gut, wo wohnen Sie?«

»Auf dem Feyenhof, oben, hinter den Weinfeldern.«

»Dann gehen wir jetzt gemeinsam zur Kasse, und ich fahre Sie nach Hause. Nein, keine Widerrede!«

Ich sparte mir diese, dankbar für die unerwartete Hilfe.

Drei große Tüten luden wir in das Auto, und die Ärztin, die sich als Serena Werla vorstellte, plauderte während der Fahrt über ihre Tätigkeit in der Klinik im Nachbarort. Außer ein, zwei Richtungsanweisungen brauchte ich nichts zu sagen. Sie half mir auch, die Einkäufe in die Küche zu tragen, legte dann eine Visitenkarte auf die Theke und verabschiedete sich mit den Worten: »Rufen Sie mich an, wenn Sie Hilfe brauchen. Es mag Zufall gewesen sein, aber solche Fälle wie der Ihre fallen in meinen Aufgabenbereich.«

Damit war sie weg, die Frau Psychiater.

Nein, ich gehörte nicht zu den Bekloppten. Nein, nein. Ich hatte nur ein paar kleine Probleme. Ganz kleine nur.

Müde ließ ich mich in den Sessel sinken und suhlte mich in Selbstmitleid.

Dann kitzelte mich ein Sonnenstrahl, und ein Windstoß trieb die Äste der Kletterrosen an die Fensterscheiben. Ich schüttelte den Trübsinn ab und stand auf, um meine Einkäufe wegzuräumen. Himmel, wozu hatte ich eigentlich fünf Kilo Kartoffeln gekauft? Was sollte ich damit anfangen? Kochen war noch nie meine Stärke gewesen.

Essen schon.

Eine Erinnerung tauchte auf. Kartoffeln, heiß, cremig, gelb. Butter, schmelzend, ein wenig salzig.

Wasser lief in meinem Mund zusammen.

Pellkartoffeln würden meine Fähigkeiten hoffentlich nicht überfordern. Und Butter hatte ich eingekauft.

Es wurde ein Genuss. Und gesättigt machte ich mich anschließend auf eine Runde durch den Garten.

4

Gartenidylle

Sie hatte sich unter dem Farn versteckt, diese aufdringliche braune Maus. Ghizmo lauerte mit peitschendem Schwanz darauf, dass sie sich wieder rührte. Dreimal war ihm das verflixte Tierchen schon entwischt. Diesmal musste es klappen. Da, ein Rascheln. Seine Hinterbeine spannten sich an, seine Schnurrhaare zuckten. Die Nase der Maus erschien unter dem Wedel. Ghizmo katapultierte sich nach vorne. Ein kühner Biss, ein leiser Schrei, die Maus war tot.

Endlich. Zufrieden knurpselte er sie auf. Der nagende Hunger war endlich gestillt.

Der Garten gehörte zu Ghizmos Revier, das hatte er auch nicht aufgegeben, nachdem Florian weg war. Aber er hatte darum kämpfen müssen. Jaromir, der rote Bastard, hatte immer wieder versucht, die Grenzen zu überschreiten. Auch an diesem Tag hatte er sich wieder unbeliebt gemacht. Die Frau, gar nicht übel für einen Menschen, hatte tatsächlich eine Schale mit Katzenfutter auf die Terrasse gestellt. Am Vormittag hatte ihn der Duft angezogen, doch als er sich vorsichtig angeschlichen hatte, musste er mit knurrendem Magen und aufsteigendem Zorn feststellen, das Jaromir ihm zuvorgekommen war. Sauber ausgeschleckt war die Schüssel, und eine hämische Markierung daneben gab ihm zu verstehen, dass es wunderbar geschmeckt hatte.

Teufel, der.

Aber es würde wieder Nacht werden, und im Schutze der Dunkelheit würde er zum Fetzer werden und Rache nehmen. Rote Fellflusen würden der Frau zeigen, dass ein ungebetener Besucher vertrieben worden war.

Ghizmo streckte sich, schlug schon mal mit der krallenbewehrten Tatze nach einer Rose, die ihre blutroten Blätter daraufhin verstreute. Dann beruhigte er sich wieder und trottete im Schutz der Sträucher zum Haus. Man könnte ja mal nachsehen, ob die Tür wieder offen stand, und wenn die Frau da war, es mal mit einem hungrigen Blick versuchen. Vielleicht hatte sie noch eine zweite Portion übrig.

Hatte sie nicht. Dafür kam der Gärtner angestrolcht. Lothar schien jetzt häufiger zu kommen. Im vergangenen Jahr hatte er nur hin und wieder den Rasen gemäht, aber nun schnitt er die Hecke, rupfte Unkraut aus den Beeten, band Pflanzen hoch und goss Wasser auf die Blumen. Ghizmo mochte den Kerl nicht sonderlich. Er roch recht scharf, beäugte ihn mit stumpfem Hass und hatte schon mal den Wasserschlauch auf ihn gerichtet. Außerdem trug er eine Reihe unangenehm aussehender Geräte an seinem Gürtel – Scheren, Hacken, Messer. Eine Katze wusste, wann sie misstrauisch zu sein hatte.

Die Frau trat auf die Terrasse und begrüßte Lothar höflich, und der katzbuckelte vor ihr. Er sülzte schleimig über das Wetter rum und darüber, wie anstrengend es bei der Hitze war, die Sträucher zu stutzen. Aber wie schön es sei, dass eine so freundliche Frau nun wieder hier wohnte …

Besagte Frau blieb kühl und verzog sich wieder ins Haus. Ein giftiger Gärtnerblick folgte ihr. Der Lothar hatte wohl gehofft, sie würde ihn tränken und füttern. Tat sie aber nicht, und er griff in seine Tasche, holte eine flache Flasche hervor und stärkte sich mit dem scharf riechenden Inhalt.

Bah.

Besser, man ging ihm aus dem Weg.

Ghizmo sprang auf die Gartenmauer und von dort schlenderte er in den schattigen Innenhof. Am Brunnen hatten sich zwei rote Gartenstühle und ein runder Tisch eingefunden. Der rote Eimer stand aber noch immer bei den blauen Hortensien, und auf ihm nahm Ghizmo Platz, um sich eine Weile der Kontemplation hinzugeben.

Lange hielt die Phase der Besinnlichkeit nicht an, denn erst röhrte ein schweres Motorrad am Haus vorbei, dessen sonores Brummen Ghizmos Schnurrhaare in unangemessene Vibration versetzten, dann hielt ein Auto vor dem Tor, und die stöckelnde Frau segelte auf die Haustür zu, in ihrem Gefolge ein überwältigender Duftschleier.

Ghizmo nieste.

Er wollte schon seinen Lieblingsplatz verlassen, da kamen die Bewohnerin und ihre Besucherin in den Hof zurück und ließen sich auf den roten Stühlen nieder. Ihn schienen sie nicht zu bemerken, sondern vertieften sich sofort in ein Gespräch.

Gespräch war gut. Wenn man aufmerksam lauschte, bekam man dabei allerhand mit. Und natürlich war es für ihn von großer Wichtigkeit, mehr über die neue Frau zu erfahren.

Ghizmo stellte die Ohren auf.

»Wie kommst du zurecht, Jenny?«

Aha, Jenny hieß sie also. Das konnte man sich merken.

»Ganz gut. Ich habe eine junge Fee namens Lili auf ihrem Pony Tinkerbell kennengelernt.«

»Hast du geträumt?«

»Aber nein. Das Pferdchen steht nebenan auf der Koppel. Aber die beiden boten ein märchenhaftes Bild. Weniger märchenhaft war allerdings ihre Bemerkung, dass hier jemand herumstreicht, der nächtens Pferde massakriert.«

Die Stöckelfrau ergriff Jennys Hände.

»Eine Wohnung in der Stadt …«

»Nein, fang damit nicht schon wieder an. Es ist schön hier. Ich kann nachts in den Sternenhimmel schauen, weißt du. Und Ghizmo hält unten Wache.«

»Ghizmo? Schon gleich einen Anbeter gefunden?«

Jennys Kopf drehte sich zu Ghizmo – so viel zu nichts bemerkt – und Miriams Blick folgte dem ihren.

»Eine Streunerkatze.«

»Nein, soweit ich verstanden habe, der rechtmäßige Besitzer dieses Anwesens.«

Miriam nippte an ihrem beschlagenen Glas und holte dann einen Stapel Papier aus ihrer Tasche.

»Dann wollen wir mal sehen, ob du ihm auch noch seinen ihm zustehenden Mietzins entrichten kannst.«

»Uh, muss das sein?«

»Ich habe dich lange genug damit verschont, Jenny. Aber jetzt lebst du hier und wirst Ausgaben haben. Du solltest wissen, wie dein Geld angelegt ist.«

»Ist denn nach deinen Honorarforderungen überhaupt noch etwas übrig?«

Miriam gab ein Schnauben von sich und blätterte in den Unterlagen.

»Ja, doch.«

Was dann folgte, überstieg Ghizmos Verständnis. Geld war so ein Menschending und sollte es auch bleiben. Er legte seinen Kopf auf die Pfoten und stellte seine Ohren auf das Summen der Bienen und das Zwitschern der Vögel ein – die Frauenstimmen wurden zu einem leisen Rauschen.

Aus dem Rauschen tauchte plötzlich der Name Florian Malchow auf, und er spitzte seine Ohren doch wieder. Das konnte von Interesse sein.

»Ein Kunstmaler, sagte Lili.«

»Ja, ein – na ja, mäßig erfolgreicher Maler, hat vor allem Auftragsarbeiten ausgeführt. Du weißt schon, Porträts von Fotografien, Kinderbilder, Hundis und Pferdchen. Das Haus gehörte seiner Großmutter, einer gestrengen Generalswitwe, die nicht sonderlich viel für ihn übriggehabt hat. Sie starb kurz nach ihm und hat das Haus dem hiesigen Gesangsverein vermacht. Die waren nicht sehr erbaut darüber. Um es verkaufen zu können, hätte man einiges hineinstecken müssen, und die Sangesbrüder haben nicht viel Geld. Weshalb sie so glücklich waren, dass sie es dir, so wie es ist, vermieten können. Darum stellen sie dir sogar noch den Gärtner.«

»Willst du damit andeuten, dass sie es gerne loswerden wollen?«

»Ich schätze, sie würden dir mit dem Preis sehr entgegenkommen, wenn du die Renovierungen auf deine Rechnung durchführen würdest.«

»Renovierungen … Dreck, Staub, Lärm, Stress und ständig Handwerker im Haus.«

»So was geht vorbei.«

»Das Atelier … es ist ein wunderschöner Raum …«

Jenny sinnierte, und Miriam spielte mit ihrem Glas.

»Ich habe von einer jungen Schreinermeisterin im Ort gehört, die sehr kreativ sein soll«, warf sie dann leise ein. »Isabell Boncoeur. Soll ich sie dir mal vorbeischicken? Ganz unverbindlich?«

»Deine Unverbindlichkeiten sind mir ein Graus, Miriam. Sie sind immer so verbindlich.«

»Ist ja nur ein Vorschlag.«

»Ich werde darüber nachdenken.«

»Tu das, meine Liebe.« Miriam sah auf ihre Uhr und stand auf. »Ich muss los, Jenny. Um die Angelegenheiten, die wir besprochen haben, kümmere ich mich und gebe dir dann Bescheid, wenn sie erledigt sind. Über die Investition denkst du bitte auch bald nach.«

»Vielleicht.«

»Ja, ich weiß, ich drängele dich. Nimm dir Zeit.«

Ghizmo sah ihr nach, als sie zum Tor stöckelte, und staunte, dass keiner dieser dünnen Stifte an ihren Hacken zwischen den Pflastersteinen hängen blieb. Eine erstaunliche Fähigkeit. Er hatte hier Frauen schon weinend ihre Schuhe in der Hand halten sehen.

Jenny blieb auf ihrem Stuhl sitzen und malte mit dem feuchten Finger Kringel auf die Tischplatte. Irgendwas an ihr zog ihn an, und er sprang von seinem Eimer, um sich ihr zu nähern. Zunächst bemerkte sie ihn nicht, war in einer fühlbar grauen Wolke untergetaucht, die wie kalter Nebel roch. Das schien Ghizmo sehr ungesund, und er verspürte den Wunsch, sie da herauszulocken. Also setzte er sich auf die Hinterpfoten, richtet sich auf und gab ein leises, aber vernehmliches Maunzen von sich.

Es half.

Sie bewegte sich, drehte sich zu ihm und schaute ihn an.

Hungriger Bettelblick, noch ein Maunzer.

»Ghizmo!«

Der Nämliche.

Sie reichte ihm sehr langsam und höflich ihre Hand, und er näherte seine Nase ihren Fingerspitzen. Sanftes Begrüßen.

»Schön, dass du dich näher traust, Ghizmo. Hast du das Futter heute Morgen gefunden?«

Dank auch, aber das ist durch Jaromirs Schlund verschwunden. Erneut hungriger Blick.

»War zu wenig?«

»Mauuunz!«

»Dann sollte ich mal nachschauen, ob ich noch eine weitere Portion für dich finde. Du siehst ein wenig mager um die Rippen aus.«

Oh ja, ja, ja!

Ghizmo trabte, Schwanz hoch, vorweg an die Haustür, und sie lachte leise.

Der graue Nebel um sie hatte sich verflüchtigt.

Das hatte er gut gemacht, fand er.

Und die Belohnung war reichlich.

5

Der Wirbelwind

Der magere Kater schmatzte mit Begeisterung den Napf leer, wusch sich ausgiebig Gesicht und Pfoten und lustwandelte dann durch den Garten davon. Netter Kerl, der Kleine. Und er schien auch ein gewisses Vertrauen zu entwickeln.

Lothar, der Gärtner, hatte seine Pflichten erfüllt, der Rasen war gemäht, die bunt blühenden Dahlien an Stöcken hochgebunden, ein Haufen Grünzeug in der Kompostkiste aufgehäuft. Unschlüssig stand ich zwischen den Beeten und überlegte, womit ich mir wohl die Zeit vertreiben könnte.

Ein seltsames Gefühl, ungewohnt und irgendwie lästig.

Sollte ich lesen? Das Fernsehgerät anmachen? Musik hören? Die Küche putzen? Einen Spaziergang machen? Meine mangelhaften Kochkünste ergänzen?

Nichts davon reizte mich.

Vielleicht sollte ich über Miriams Vorschläge nachdenken?

Wollte ich dieses Haus kaufen?

Was für eine absurde Idee. Seit kaum drei Tagen wohnte ich hier, und schon sollte ich mich festlegen. Immobilienbesitz verlangte Verantwortung, band einen fest, forderte Pflichten.

Andererseits – man könnte viel aus dem Haus machen. Das Atelier unter dem Dach war ein wundervoller Raum, aber in einem unmöglichen Zustand. Wenn der Boden abgeschliffen wäre, die Wände frisch gestrichen, ein paar Teppiche …

Ich erwischte mich beim Träumen, fand mich plötzlich mit einem Stift Zahlen auf ein Blatt Papier kritzeln und fuhr auf, als die Türglocke schepperte.

Besuch, welch schöne Abwechslung!

Und dann fuhr ein Wirbelwind von Energie durch meine besinnliche Behausung.

»Hallo, ich bin Isabell, die Schreinerin. Ihre Freundin schickt mich zu Ihnen, wegen der Renovierung. Mann, was für ein Haus! Ich hab dem Flori damals schon immer in den Ohren gelegen, dass er es mal auf den Stand der Zeit bringen sollte. Aber der durfte ja nicht, weil es seiner Großmama gehörte. Na, und die Gesangsbrüder wollten auch nix machen. Aber Sie wollen doch ganz bestimmt, dass hier mal der Muff rauskommt. Wo sollen wir anfangen? Die Küche sieht ja noch halbwegs ordentlich aus, und die Wendeltreppe muss nur mal ein bisschen überarbeitet werden. Aber der Boden hier!« Sie schob einen Schraubenzieher unter den Teppichboden und hob ihn ein Stück an. »Hab's mir gedacht, da sind gute Eichendielen drunter.«

»Moment, Moment«, stöhnte ich und klammert mich am Esstisch fest.

»Ziehe ich Ihnen den Boden unter den Füßen weg? Ich weiß, ich kann überwältigend sein.«

»Äh, ja.«

Strahlende Augen sahen mich unter der gelben Schirmmütze an. Ein etwas schiefes Lächeln spielte um die ungeschminkten Lippen, und auf der Nase hüpften die Sommersprossen. Isabell war eine wahrlich lebenssprühende junge Frau.

»Tut mir leid, Frau van Rosmalen. Sie haben sich sicher schon selbst Gedanken dazu gemacht, was Sie verändert haben wollen.«

Vor Kurzem noch, ja, und alles war sehr unfertig. Aber wie sollte man einem solchen Energiebündel widerstehen?

»Ich habe vor allem an das Atelier oben gedacht«, murmelte ich unschlüssig.

»Oh, klar. Flori war nicht eben zimperlich, wenn er malte. Ist ziemlich verkleckst, was?«

»Gehen wir mal nach oben, und sagen Sie mir dann, was man da tun kann.«

Isabell sah sich einen Augenblick schweigend um, dann nickte sie und bemühte sich merklich, nicht wieder überzusprudeln.

»Wollen Sie hier oben schlafen?«, fragte sie und deutete auf das Bett unter den Fenstern.

»Würde ich gerne. Man kann nachts die Sterne sehen.«

»Ja, das kann ich mir toll vorstellen. Also machen wir ein Schlafzimmer aus dem Atelier?«

»Mhm, ja.«

»Gut. In die Schrägen kann ich Ihnen Schränke einbauen. Der Boden … Kaum noch zu retten. Ein neues Parkett wäre wohl besser. Ah, und hier das Bad. Ich habe einen Bekannten«, mildes Erröten schmückte Isabells Wangen, »ja, einen Bekannten, der sich das mal ansehen sollte. Stefan Albrecht, der ist Installateur. Soll er?«

»Soll er was?«

»Sich das Bad ansehen.« Isabell drehte den Wasserhahn auf, und rülpsend und gurgelnd schoss das Wasser heraus. »Da geht noch was«, meinte sie und stellte den Strahl ab.

»Ja, es gurgelt durch das ganze Haus.«

»Und die Heizung müsste man sich auch mal ansehen.«

»Ist ja schon gut, schicken Sie Ihren Installateur.«

»Sie werden sehen, er ist in Ordnung. Soll ich Ihnen für hier oben mal eine Kostenaufstellung machen?«

Ich stimmte zu, überwältigt von Isabells Tatkraft.

Als der Staub sich wieder gelegt hatte, den die Schreinermeisterin aufgewirbelt hatte, sank ich entkräftet auf dem Sofa nieder. Vermutlich hatten sie alle recht, an dem Haus gab es mehr als genug zu tun. Mein Blick fiel auf das Durcheinander auf der Küchentheke. Dagegen konnte ich zumindest selbst etwas machen. Ich raffte mich also auf und verstaute die Sachen in den Schränken. Jener verblichene Florian schien ein genügsamer Mensch gewesen zu sein, sein Kühlschrank war allenfalls geeignet, ein paar Flaschen Bier und drei Scheiben Wurst aufzunehmen. Die Anschaffung eines größeren Aggregats schien mir erforderlich, vielleicht sogar ein Tiefkühlschrank. Es gab so verlockende Fertiggerichte in den Truhen des Supermarktes.

Am Abend besuchte mich Ghizmo noch einmal, schnorrte eine Schale Futter und schnurrte beim Schmatzen. Ein wahres Talent im Multitasking. Als ich ihn streicheln wollte, zuckte er jedoch zurück, zockelte anschließend durch den Hof zur Straße und verschwand auf der Koppel bei Tinkerbell. Das Fell des weißen Ponys schimmerte im Sternenlicht, und wieder war ich von dem zauberhaften Bild, das es dort auf der Weide bot, entzückt.

Meine Nacht war wie so oft unruhig, meine Gedanken kreisten um das Haus und damit um meine Zukunft. Über mir kreisten die Sterne.

Draußen kreischten zwei Katzen.

Als ich aus dem Fenster schaute, waren die Kontrahenten verschwunden. Und auch auf der Koppel war alles ruhig. In den Morgenstunden schlummerte ich endlich ein, und als ich wach wurde, hatte ich zumindest einen Entschluss gefasst.

Miriam gab freudige Geräusche von sich, als ich ihr am Telefon erklärte, dass ich das Haus kaufen wollte. Sie liebte Verhandlungen, und ich überließ es ihr, mit den Sangesbrüdern einen vernünftigen Vertrag auszumachen.

Vor der Terrassentür fand ich einige rötliche Fellflusen, als ich den gefüllten Napf hinausstellte. Hier hatte sich also der nächtliche Kampf abgespielt, und der Gegner hatte einiges an Haaren lassen müssen. Ghizmo durfte ich wohl als Sieger betrachten. Er kam, zumindest nach meiner unfachmännischen Betrachtung, unversehrt angehoppelt und fiel über das Futter her.

Ich wagte einen weiteren Ausflug in den Ort, diesmal aber mit der Absicht, lediglich kleine Geschäfte aufzusuchen. Da der Kater eine gewisse Zugehörigkeit zu dem Haus entwickelte, war ich willens, ihm einige kätzische Annehmlichkeiten zu bieten, so etwa einen Katzenkorb und ein paar weitere Dosen Futter. Und da ich ebenfalls beschlossen hatte, meine Fähigkeiten in der Küche auszubauen, nahm ich das Sonderangebot eines Haushaltswarenladens an und erstand ein Messerset.

Der Tag war noch immer schön, auch wenn hier und da ein paar Wolken aufkamen und mir kleine Windböen Staub ins Gesicht wehten, als ich mich auf den Rückweg machte.

Um die Mittagszeit war ich wieder im Haus, glücklich, meinen Ausflug ohne nennenswerte Ausfälle überstanden zu haben. Ich stellte das Radio an, dann kamen die neuen Messer zum Einsatz, denn diesmal wagte ich mich an das Kartoffelschälen. Während sie kochten, wärmte ich eine Fertigsoße auf und packte ein paar Scheiben Räucherfisch aus.

Mächtige Akkorde erklangen aus dem kleinen Lautsprecher, und die gewaltige Stimme von Ignacia besang den sterbenden Phönix.

Verloren lauschte ich dem Song, und das Kartoffelwasser kochte über.

Das Essen schmeckte mir nicht besonders.

Nachmittags kam ich wieder in den Genuss, Lili auf ihrem Pony turnen zu sehen. Das Mädchen hatte bestimmt ein gewisses Talent, und als sie mich sah, kam sie zu einem Schwatz an den Zaun. Da ich im Ort die Plakate eines Zirkus' entdeckt hatte, kreiste unser Gespräch natürlich um Pferdedressur und Auftritte. Lili war ganz offensichtlich der Star des Reitklubs und führte häufig bei den Festen ihr Können vor.

Während ich mit ihr plauderte, näherte sich das dumpfe Röhren einer schweren Maschine, sie wurde langsamer, und der Motorradfahrer hielt neben mir. Ein Muskelprotz, dessen bloße, tätowierte Arme aus einer ausgefransten Jeansjacke ragten, schob das Visier seines schwarzen Helms hoch und grunzte: »Na, Schnecke! Was geht?«

Mir blieb die Spucke weg.

Lili kicherte.

Ich drehte mich ganz langsam um, betrachtete eingehend den Boden zu meinen Füßen und sah dem Kerl dann in die Augen.

»Bedauere, Schnecken können wir hier nicht bieten. Wenn der Herr sich bitte anderweitig umsehen würde.«

»Ey, Alte, ich meinte dich. Alles paletti?«

»Die Luft war hier besser ohne die Abgase aus dieser Maschine. Entschuldigen Sie uns bitte!«, sagte ich in eisigstem Tonfall und drehte dem Idioten den Rücken zu. Lili verdarb meine Reaktion durch haltloses Kichern. Der Motor heulte zweimal herrisch auf, dann donnerte der Rowdy davon. Empört sah ich ihm nach. Dabei fiel mir der aus schimmernden Nieten zusammengesetzte Schriftzug auf dem Rücken seiner Weste auf, die ein Totenkopf mit Schweinsohren zierte.

»Schwein oder nicht Schwein«, sagte ich laut. »Na, das ist hier ja wohl nicht die Frage.«

6

Zusammenleben

Das Leben hatte für Ghizmo eine Wendung zum Besseren erfahren, seit Jenny das Haus bewohnte. Auch wenn er es tagsüber nicht zu betreten wagte, denn von morgens bis abends rumorte Isabell darin herum. Schrecklich, die Geräusche, die sie verursachte. Aber am späten Nachmittag verschwand sie, und dann kam seine Stunde. Einladend stand dann die Terrassentür offen, und in der Küche werkelte Jenny. Manchmal roch es sehr komisch. Angebrannt, stechend, säuerlich. Hin und wieder aber auch verlockend würzig, fleischig, fettig. Die Frau rührte in Töpfen herum, brutzelte in Pfannen, schnipselte und wiegte und summte heiser dabei, aber nie vergaß sie, einem hungrigen Kater Tribut zu leisten.

Genüsslich putzte Ghizmo seine Flanken und befand, dass sich auf seinen Rippen inzwischen ein angenehmes Polster gebildet hatte. Als er seine Körperpflege nach dem Mahl beendet hatte, streifte er müßig im Haus umher und registrierte die Veränderungen, die die neue Bewohnerin vorgenommen hatte. Die wesentlichste betraf den Geruch – wo es früher streng nach Ölfarben und Terpentin gerochen hatte, herrschte jetzt Blumenduft vor. Jenny plünderte jeden Morgen den Garten, und bunte Sträuße standen auf Tischen und Kommoden. Einmal war er die Wendeltreppe nach oben gelaufen, aber hier war es ungemütlich. Holzstaub, ein Haufen Bretter, eine gefährliche Maschine mit einer zahnbewehrten Scheibe, Kisten und Dosen und alte Lappen lagen da herum. Das Bett war auseinandergenommen, die Matratze lehnte an der Wand. Jenny, so hatte er herausgefunden, schlief derzeit in dem unteren kleinen Zimmer. Das hatte er auch schon erkundet und zu seiner Überraschung festgestellt, dass sie, ebenso wie er selbst, nachts gerne umherstrich. Florian hatte sich immer unter die Decke verzogen und sich die ganze Nacht über nicht gerührt.

An diesem Tag hatte es eine Unterbrechung der Routine gegeben, denn ein Lieferwagen war vorgefahren und zwei Männer hatten eine große weiße Kiste angeschleppt. Jenny nannte das Ding Gefrierkombination und befüllte es mit Futter. Man sollte sie dafür loben – einer Hungersnot wurde damit gewiss vorgebeugt.

Ghizmo war also zufrieden und hatte auch schon einen Lieblingsplatz gefunden. Früher hatte er sich gerne an den Heizkörper hinter dem Sofa verzogen, aber inzwischen gab es da so einen kuscheligen Pullover, der herrenlos auf dem Sessel herumlag. Jenny schien nichts dagegen zu haben, dass er sich ein Nest darin tretelte und seinen Verdauungsschlaf in der weichen Wolle genoss.

Überhaupt – die Frau war ziemlich ruhig. Sie ging selten fort, und wenn, dann brachte sie immer neues Futter mit. Meist saß sie im Garten oder im Hof, hatte ihre Nase in Papier gesteckt, manchmal zupfte sie verblühte Blüten ab oder band Sträuße. Mit der Stöckelfrau telefonierte sie gelegentlich, und einige Male hatte sie mit Lili einen weiteren Schwatz gehalten. Dem Gärtner Lothar ging sie, genau wie er, Ghizmo, aus dem Weg.

So führte auch der Kater tagsüber ein ruhiges Leben.

Die Nächte hingegen sahen da ganz anders aus.

Da riefen die Pflicht und das Vergnügen.

Die Pflicht – das war das Revier. Die Grenzen mussten sorgfältig abgelaufen werden, die Markierungen frisch gehalten, die fremden Beleidigungen erwidert werden. Ghizmos Runde kreuzte sich mit denen einiger anderer Katzen aus der Nachbarschaft und war zeitlich fein darauf abgestimmt. Kurz nach Mitternacht tauchte beispielsweise die weiße Selena auf, eine hochnäsige Schönheit, die er einmal vergeblich umworben hatte. Große Bastet, hatte die ihm eine gelangt! Inzwischen grüßten sie sich unhöflich. Freundlicher war die Begegnung mit dem Halbschwanz Boris. Der war schon ein paar Sommer älter und kampferprobt, aber gutmütig. Mit ihm war Ghizmo etliche Male gemeinsam auf Mäusejagd gegangen, wofür er dem Kater vor allem während der vergangenen Hungermonate dankbar war. Und natürlich war da noch Jaromir, der rote Rattenschwanz. Kein Gedanke daran, mit dem eine Maus zu teilen! Seine frechen Übergriffe hatte er beständig abzuwehren, obwohl der Grützkopf ein mehr als auskömmliches Dasein bei dem alten Woody pflegte.

Diese Nacht hatte sein Erzfeind sich allerdings noch nicht blicken lassen, und Ghizmo konnte in Ruhe seine Runde drehen. Danach wollte er sich das nächtliche Vergnügen gönnen, zu Tinkerbell in den Stall zu schlüpfen und dort in der Krippe ein Nickerchen halten.

Im blassen Sternenlicht streifte Ghizmo durch das raschelnde Gras der Koppel. Es roch schon ein wenig nach Herbst, nach den Pilzen, die auf der Weide wuchsen, nach faulendem Fallobst und Moder. Der Unterstand erhob sich nahe am Zaun, und auf leisen Pfoten näherte er sich seiner Zuflucht. Eine Bewegung etwas weiter hinten am Gebüsch ließ ihn innehalten.

Da war ein Mensch.

Und da war das weiße Pony.

Und dann geschah etwas Grauenvolles.

Ghizmo schrie.
Und schrie!
Und schrie!
Und niemand hörte ihn.

7

Koppelmord!

Ich hatte unerwartet tief geschlafen und war schon früh ausgeruht und auf den Beinen. Deshalb gönnte ich mir ein besonders ausgiebiges Frühstück. Etwas wunderte mich, dass mein weißpfotiger Hausgenosse noch nicht auf sein Futter wartete. Bisher hatte ich mich immer darauf verlassen können, dass er maunzend am Fenster stand, sowie ich mich in die Küche begab. Aber nun ja, auch Katzen hatten wohl ihre Verpflichtungen, und der Hunger würde ihn sicher bald zum Haus führen. Isabell wollte heute erst gegen Mittag mit ihrer Arbeit beginnen, aber der Installateur hatte sein Kommen für den Vormittag angekündigt.

Ich blätterte mit beiläufigem Interesse das Gemeindeblättchen durch, das mir Lothar am Vortag in die Hand gedrückt hatte. Der Mann bestritt offenbar seinen Lebensunterhalt mit etlichen kleinen Jobs, zu denen auch das Austragen dieser Zeitung gehörte. Viel verdiente er vermutlich nicht damit, aber offensichtlich reichte es für seinen Alkoholkonsum. Im Garten merkte man es nicht so, aber sowie man ihm näher kam, war seine Fahne nicht zu ignorieren. Aber wer war ich, ihm Vorhaltungen zu machen? So lange er seine Aufgaben ordentlich erledigte, mochte ihm sein Dusel gegönnt sein.

Ich überflog eben die Ankündigungen großartiger Sensationen, die der Zirkus zu bieten hatte, der hinter dem Ort seine

Zelte aufgeschlagen hatte, als ein gellender Schrei mich aufschreckte. Er ließ mich zusammenzucken, und beim zweiten Schrei sprang ich auf. Beim dritten war ich zur Tür hinaus. Bei dem vierten, versagenden Schrei stürzte ich durch das Tor auf die Straße. Gegenüber auf der Koppel brach eben Lili in die Knie. Wie ich über den Zaun kam, wusste ich nicht, aber dann war ich bei ihr – und hätte fast selbst geschrien.

Vor uns lagen der Kopf und die Beine von Tinkerbell. Der Rumpf fehlte. Im Gras war Blut.

Lili keuchte.

Ich packte sie und drückte sie fest an mich, sodass ihr Kopf an meinen Schultern lag. Sie zitterte erbärmlich, und trockene Schluchzer kamen rau aus ihrer Kehle.

In mir begann eine namenlose Wut zu brodeln. Eine Wut, wie ich sie schon lange nicht mehr gespürt hatte.

Welches gottverdammte Ungeheuer hatte diese Tat zu verantworten?

Wer brachte ein vertrauensvolles, sanftes weißes Pony um?

Warum?

Und warum ließ dieses Ungeheuer Kopf und Hufe hier liegen?

Gut, Antworten würde ich nicht so schnell finden, und das Wichtigste war im Augenblick, das verstörte Mädchen von der Koppel zu entfernen.

Ich musste sie beinahe tragen, aber ich schaffte es, sie ins Haus zu bringen und auf dem Sofa abzusetzen. Sie klammerte sich an mich wie eine Ertrinkende, und ich brauchte eine geraume Zeit, sie so weit zu beruhigen, dass sie sich hinlegte. Ich wickelte sie in eine Decke ein und überlegte hektisch, was ich als Nächstes tun sollte. Das Mädchen stand eindeutig unter Schock. Angeblich sollte etwas Süßes da hilfreich sein. In meiner Thermoskanne war noch Tee, ich gab reichlich Zucker in eine Tasse und goss die warme Flüssigkeit darauf. Es gelang mir mit einigem Zureden, der zähneklappernden Lili einige Schlucke davon einzuflößen. Und es gelang mir sogar, ihr den Namen ihres Arztes zu entlocken.

Die Praxis von Dr. Oliver Flamand zeigte sich hilfsbereit – na gut, es handelte sich schließlich auch um einen Notfall. Schon zehn Minuten nach meinem Anruf hielt der Wagen des Arztes vor dem Hof, und ich lief erleichtert hinaus, um ihn zu empfangen.

»Lilis Tinkerbell getötet?«, fragte er kopfschüttelnd.

»Auf die widerlichste Weise. Die Kleine ist vollkommen durcheinander. Sie hat die Überreste entdeckt.«

»Ich sehe sie mir an. Wo ist sie?«

»Auf meinem Sofa.«

Oliver Flamand, vielleicht Mitte vierzig, dessen blondes Haar seinen Hinterkopf noch bedeckte, sich ansonsten aber schon zurückgezogen hatte, verbreitete Kompetenz und Fürsorglichkeit. Lili schien ihm zu vertrauen, sie streckte ihm den Arm entgegen, damit er ihr ein Beruhigungsmittel spritzen konnte. Ich stand ein wenig hilflos herum und versuchte, Ordnung in meine Gedanken zu bringen, während er leise auf das Mädchen einredete. Das Mittel schien zu wirken, sie wurde ruhiger und kuschelte sich in die Decke.

»Haben Sie die Polizei gerufen, Frau van Rosmalen?«

Bei dem Wort Polizei verkrampften sich meine Hände, und ich machte unwillkürlich einen Schritt zurück.

»N… nein.«

»Oh, verzeihen Sie. Lili ist nicht die Einzige, die von dem Vorfall verstört ist. Lassen Sie nur, ich kümmere mich darum. Und auch Lilis Vater werde ich anrufen.«

Erleichtert griff ich zum Hörer und reichte ihn den.

Er lächelte mich an.

»Sie haben sehr umsichtig gehandelt, Frau van Rosmalen. Lili brauchte ihre Hilfe nötiger als andere.«

Was für ein freundlicher Mann.

Aber das änderte nichts daran, dass mir der Besuch der Polizei magenverkrampfendes Unwohlsein verursachte. Aber da musste ich nun wohl durch.

Dr. Flamand führte zwei kurze Telefonate, blickte auf Lili, die inzwischen in einen leichten Schlummer gefallen war, und meinte: »Sind Sie in der Lage, mir den Tatort zu zeigen?«

»Ja. Sicher. Kommen Sie mit.«

Wir gingen zur Koppel hinüber, und kopfschüttelnd betrachtete der Arzt Tinkerbells Überreste.

»Sieht aus, als wäre ein Fachmann tätig gewesen. Zumindest jemand mit guten anatomischen Kenntnissen. Mein Gott, dieses Pony war Lilis große Liebe …«

»Hat es hier schon mal einen Fall von Tiermord gegeben?«

»Nein. Nein, wirklich nicht. Nicht hier in der Gegend. Aber es gibt natürlich kranke Gestalten, die sich an wehrlosen Lebewesen vergreifen.«

»Pferderipper.«

»Ja. Und andere Tiere. Aber das hier … Verdammt, wo ist der Rest von dem Pony?«

Zwei Fahrzeuge hielten direkt hintereinander am Straßenrand, und aus einem sprang ein Mann im Anzug und stürzte auf uns zu. Dann blieb er wie versteinert stehen und starrte auf Kopf und Hufe.

»Großer Gott!«

»Ja, Raoul, das ist entsetzlich.«

»Wo ist Lili?«

»Im Haus von Frau van Rosmalen. Ich habe ihr ein Beruhigungsmittel gegeben. Frau van Rosmalen, das ist Raoul Pfeiffer, Lilis Vater.«

»Ich habe sie schreien gehört, Herr Pfeiffer, und bin zur Koppel gelaufen. Lili war völlig außer sich. Kommen Sie, ich bringe Sie zu ihr.«

»Ja. Ja, danke.«

Ein uniformierter Mann kam langsam auf uns zu, und ich war dem Arzt dankbar, dass er ihn sofort in Empfang nahm. Ich fasste Pfeiffer am Arm und führte ihn zum Haus.

»Ich wohne erst seit gut einer Woche hier. Aber Ihre Tochter habe ich schon gleich am ersten Tag kennengelernt. Sie ist ein sehr liebes Mädchen, Herr Pfeiffer. Und für das, was hier passiert ist, finde ich keine Worte.«

»Das, muss ich zugeben, geht mir auch so.«

Er setzte sich zu Lili und streichelte ihr Gesicht.

»Am besten bringen Sie sie nach Hause. Es sollte sich jemand um sie kümmern.«

»Keine Sorge, das mache ich schon.«

Er hob Lili samt Decke auf, und ich half ihm, sie zu seinem Wagen zu bringen. Das Mädchen wachte einmal auf, murmelte etwas und schlief dann wieder ein.

»Ich melde mich später noch mal bei Ihnen, Frau van Rosmalen. Einstweilen vielen Dank für Ihre Hilfe.«

Der Polizist und Dr. Flamand standen noch immer auf der Koppel. Ich hoffte, sie würden an mich keine weiteren Fragen haben, denn ich fühlte mich ausgelaugt und erschöpft. Eine Tasse Tee, heiß und süß, würde mir jetzt auch guttun.

Ich kümmerte mich darum.

8

Ein unerwünschter Besuch

Ghizmo hatte sich vergraben, ganz tief unten zwischen dem Gerümpel in der alten Scheune, die zu Jennys Haus gehörte. Niemand kam je in diese Scheune, aber eine zerbrochene Holzlatte gewährte einem Kater den Einschlupf. Hier im Halbdunkel, zwischen ausgesonderten Möbeln, verrosteten Gerätschaften und staubigen Lumpen fühlte er sich sicher. Sicher vor einer gewalttätigen Welt, in der es nach Blut und Tod roch.

Er war selbst ein Jäger, und er tötete seine Beute.

Schnell, effizient und gründlich. Er fraß sie auf. Das war der Weg der Welt.

Ein Kater tötete, um zu überleben, nicht mit Hass oder Lust.

Tinkerbell wurde mit Lust und mit Hass umgebracht.

Verwirrt verharrte Ghizmo lange in seinem Versteck, bis er schließlich Lilis Schreie hörte. Die entsetzten ihn noch mehr, und er versuchte, sich unter einem alten Sack diesen Geräuschen zu entziehen. Es gelang ihm nicht.

Dann endlich kehrte Ruhe im Hof ein, und er streckte vorsichtig seine Nase aus dem muffigen Leinen hervor. Rief da nicht jemand seinen Namen?

Jennys Stimme rief.

Ghizmo zögerte. Sein Magen aber sagte, dass er hinausgehen sollte.

Sein Herz bebte noch.

»Ghizmo!«

Sollte er es wagen? Seine Pfoten fühlten sich so schwer und taub an.

»Ghizmo, wo bist du?«

Hier!

Ein leises Maunzen drang unwillkürlich aus seiner Kehle.

Die Stimme kam näher.

Er maunzte lauter.

Sie sollte ihn hier rausholen. Ihn beschützen. Sagen, dass alles gut war.

Knarrend ging das Tor auf, ein Lichtschein fiel durch das Halbdunkel. Staub und Flusen tanzten vor seinen Augen. Ghizmo nieste.

»Bist du hier drin? Ghizmo!«

Jetzt bewegten sich seine Pfoten wieder. Ja, es ging. Er konnte krabbeln. Ganz vorsichtig, den Bauch an den Boden gedrückt, arbeitete er sich unter den Lumpen hervor.

»Kleiner, da bist du ja.«

Und schwupps – schon hatte sie ihn auf den Arm genommen.

War gar nicht so schlimm.

»Bah, ganz schmutzig bist du geworden. Armer Kater. Du hast vermutlich auch gesehen, was passiert ist.«

»Maumau!«

Es war gut, wieder im Haus zu sein. Und es war auch halbwegs in Ordnung, dass sie ihn mit einem Tuch abwischte. Aber dann machte er sich frei und begann mit seiner eigenen Wäsche. Und bekam sein Futter.

Das Mahl allerdings wurde jäh unterbrochen, denn die Türklingel ertönte.

»Kommissar Hekking. Frau van Rosmalen, ich habe einige Fragen an Sie.«

Der Mann war groß und hager und hielt sich steif.

Jenny versteifte sich ebenfalls.

Ghizmos Ohren taten das auch.

»Ja?«, sagte Jenny und blieb an der Tür stehen.

Der Kommissar wollte wissen, was sie zu Lili und Tinkerbell – er nannte das Pony »Pferdeopfer« – zu sagen hätte. Mit einer Stimme, die wie sprödes Wintergras klang, berichtete Jenny, was sie gesehen hatte. Es war weniger, als Ghizmo mitbekommen hatte, und bei der Erinnerung richtete sich sein Rückenfell wieder auf.

Der Mann, der sich Kommissar nannte, krakelte mit einem Stift in ein Notizbuch. Dann fragte er: »Sie wohnen noch nicht lange hier?«

»Seit einer guten Woche.«

»Wird das hier Ihr zukünftiger Aufenthaltsort sein?«

»Möglich.«

»Wo waren sie vorher ansässig?«

»Ist das von irgendeiner Relevanz?«

»Der Vollständigkeit halber, Frau van Rosmalen.«

Sie schwieg.

»Was sind Sie von Beruf, Frau van Rosmalen?«

Sie schwieg weiter, und wieder bildete sich der kalte Nebel um sie.

»Sie verweigern die Auskünfte?«

»Ja.«

Überaus steifnackig schlug der Kommissar sein Büchlein zu und steckte pedantisch den Stift in seine Hemdtasche.

»Es ist Ihnen bekannt, Frau van Rosmalen, dass wir Sie zu Aussagen vorladen lassen können.«

»Das können Sie. Und nun gehen Sie.«

Als die Tür hinter ihm zugefallen war, hockte Jenny sich in den Sessel, zog die Beine an und wickelte ihre Arme darum. Sie sah blass aus und atmete langsam ein und aus.

Da stimmte etwas nicht.

Ghizmo schlich sich näher und drückte seinen Kopf an ihr Bein.

»Ach, Ghizmo«, sagte sie leise.

Er schnurrte ein bisschen, und das schien ihr zu helfen. Eine Hand löste sich und strich ihm über den Kopf. Dann entflocht sie ihre Beine und mit einem mutigen Sprung landete er auf ihrem Schoß.

Das war dann gut so.

9

Kleine Lästereien

Mit der Ruhe war es vorbei.

Immerhin lenkte mich das Rumoren von meinen Gedanken ab. Der Tod des Ponys hatte mich mitgenommen, mehr aber noch der Besuch dieses unfreundlichen Kommissars. Männer wie er rochen förmlich nach Ärger. Es half auch nichts, dass ich mir absolut keiner Schuld an dem Fall bewusst war. Die kalte Panik war angekrochen gekommen und hätte fast ihre Fänge um mich gekrallt. Wäre da nicht Ghizmo gewesen.

Netter Kater, der. Als ob er geahnt hätte, dass mir die Luft schon wieder knapp werden wollte.

Nun gut, das war gestern gewesen, und inzwischen hatte ich mich wieder gefangen.

Heute tobte sich oben Isabell aus. Das Kreischen der Kreissäge untermalte das klangvolle Hämmern von Stefan und Bully im Badezimmer. Sie rissen die Armaturen heraus. Dazu plärrte das Radio in voller Lautstärke.

Ghizmo hatte ich seit dem Vortag nicht mehr gesehen und hatte tiefes Verständnis für ihn. Katzen waren äußerst lärmempfindlich. Ich wäre auch gerne vor dem Krawall geflohen, aber da alle paar Minuten einer der drei Handwerker auftauchte und irgend eine lebenswichtige Entscheidung von mir verlangte, war ich gezwungen, in Rufweite zu bleiben. Leider hatte es auch angefangen zu nieseln, sodass mir sogar der Rückzug in den Garten verwehrt war. Also blieb ich in meinem Wohnzimmer sitzen und hörte den lautstarken Kommentaren zu, die über mir auf der Galerie hin- und herflogen.

Stefan, der Installateur, war, wie ich neulich schon bei Isabells zartem Erröten vermutet hatte, das Objekt der Begierde der Schreinermeisterin. Sie neckte ihn, er gab muffelige Antworten. Aber so ganz uninteressiert war er vermutlich nicht. Bully, sein Gehilfe, hingegen nahm kein Blatt vor den Mund und baggerte Isabell mit aller Macht an. Jedoch gleich seiner untersetzten Statur, der er wohl auch seinen Namen verdankte, waren seine Sprüche eher plump. Die Schreinerin erwiderte sie mit säuberlich angespitzten Bemerkungen, die an seinem dicken Fell aber wirkungslos abprallten.

Eine Weile erheiterte mich das Geplänkel der drei, dann beschäftigte ich mich mit weiteren Planungen.

Stefan hatte mir unzählige Kataloge mit Duschabtrennungen, Wasserhähnen und Spiegelschränken überlassen, aus denen ich mir passende Einrichtungen aussuchen sollte. Erstaunlich, wie schwer einem solche Entscheidungen fallen konnten.

Wieder wurde ich von der Unterhaltung über mir abgelenkt, denn jetzt war der Tod des Ponys der gewählte Gesprächsgegenstand. Genau wie ich hatten sich Isabell, Stefan und Bully auch Gedanken über das Wer und Warum gemacht und breiteten ihre Theorien aus.

»Nein, ich glaub nicht, dass es irgendwelche Jugendlichen waren, Stefan. Wir haben hier zwar ein paar Rabauken herumlaufen, aber kaltblütig ein Pferdchen töten – nein. Nein, das glaube ich nicht.«

»Raoul Pfeiffer könnte auch einen übelwollenden Konkurrenten haben.«

»Der das Pony seiner Tochter umbringt? Ah – pah!«

»Warum nicht? – Lili ist sein Goldstück. Und es tut ihm richtig weh, was da passiert ist.«

»Aber Stefan, er ist doch sowieso schon so gut wie ruiniert. Nach den Problemen mit seinen Weingärten. Ich habe gehört, er musste eine Hypothek aufs Haus aufnehmen, um neu anpflanzen zu können.«

»Manche treten eben gerne nach, wenn jemand schon am Boden liegt.«

»Das war 'n Pferderipper. So 'n Psycho aus der Klapse«, trug Bully fachmännisch dazu bei. »Da in der Irrenanstalt haben sie doch einen Haufen Bekloppter zusammen. Und manche lassen die auch raus.«

Stefan und Isabell sagten wie aus einem Mund: »Du spinnst.«

»Tu ich nicht. Mann, wir wissen doch alle, was da abgeht. Ich werde jedenfalls vorsichtig sein. Das hier werde ich besser immer griffbereit haben.«

»Das Messer? Glaubst du, dass der Mörder dich mit einem Pferd verwechselt?«, war Isabells trockene Antwort.

»Nee, mit 'nem Esel«, setzte Stefan drauf.

Oder mit einem Ochsen, dachte ich mir und musste grinsen, eher mit einem Ochsen. Bully, ganz empörter Rechthaber, schnaubte beleidigt.

»Ihr werdet es schon sehen. Da passiert noch was«, unkte er.

»Hoffentlich nicht. So, und jetzt hilf mir mal, die Wanne hier herauszuheben, Bully.«

Scheppern und Scharren folgte, und Isabell hämmerte. Aus den Lautsprechern des Radios erklang wieder ein Song von Ignacia, und die Schreinerin sang aus voller Kehle mit. Leider reichte ihre Stimme bei Weitem nicht an die klangvolle Kraft der berühmten Rockröhre heran.

Mir stellten sich die Härchen an den Armen auf.

Ignacia, eine Frau aus Feuer und Gold. Eine Ikone, deren

Lieder Feuerbrände entfachten. Ein flammender Schweifstern am Himmel der Musik. Abgestürzt in die finsteren Abgründe der Unterwelt. Ausgebrannt, verloschen.

Arme Ignacia.

Nur der Widerhall ihrer Lieder, konserviert in technischen Medien, war erhalten geblieben.

Ich schüttelte die Beklemmung ab, als der letzte Ton verklungen war, und gab mir Mühe, mich den Duschabtrennungen zu widmen.

Bully und Stefan wuchteten die Wanne über die Treppe nach unten und stellten sie im Hof ab.

»Was wollen Sie mit dem Ding machen?«

»Äh… nichts.«

»Sie könnten sie in den Garten stellen«, schlug Bully vor.

»Und mit Begonien bepflanzen, oder was?«

»Nee. Als Tränke oder so.«

»Für Vögel ein bisschen üppig, und eine Nutztierhaltung wollte ich nicht beginnen«, antwortete ich und versuchte, nicht allzu abfällig zu klingen. Bully war, wie alle ähnlich schlichten Gemüter, ein wenig humorlos. Stefan kannte weniger Rücksicht.

»Blödmann. Ich bring die Wanne zu Ernst auf die Koppel, der braucht eine für seine Pferde.«

»Oder Sie stellen sie in die Scheune zu all dem anderen Gerümpel«, meinte ich.

»Besser nicht. Die werden Sie auch irgendwann ausräumen wollen. Die ist recht solide gebaut, damit kann man noch was anfangen.«

»Vielleicht später.«

Noch hatte ich das Anwesen nicht gekauft, und ehrlich gesagt, waren mir die Anbauten recht gleichgültig. Weder die Garage noch die Scheune brauchte ich. Andererseits – vielleicht würde ich mir doch irgendwann ein Auto kaufen. Zumindest die Garage sollte ich mir bei Gelegenheit mal ansehen.

Aber nicht jetzt.

Verloren stand die Wanne mit ihrer abblätternden Emaille im Hof neben dem Brunnen und spiegelte sich in einer Pfütze. Hier draußen war es erfreulich ruhig, und da der Regen so gut wie aufgehört hatte, genoss ich die Stille und schlenderte langsam zur Umfassungsmauer. Auch die könnte eine Lage Putz vertragen. Und das schmiedeeiserne Tor … Eigentlich ein schönes Metallgewerk. Halbrund, etwas verschnörkelt, wirkte es fast filigran. Aber der Zahn der Zeit hatte daran genagt, Roststellen, Lackreste, Moos- und Algenbelag machten es unansehnlich.

In Kürze würde es mein eigenes Tor sein, Miriam hatte die Kaufverhandlungen angestoßen und war schon dabei, einen Vertrag aufzusetzen.

Ich könnte mich ja mal mit Bürste und Schmirgelpapier daran versuchen.

»Hübsche Arbeit, das Tor«, sagte Stefan neben mir.

»Dachte ich auch gerade.«

»Könnte man instand setzen. Aber das ist eine teuflische Arbeit, das wird nicht billig.«

»Ich habe gerade darüber nachgedacht, ob ich mich nicht selbst mal daran versuche.«

»Könnten Sie, wenn Sie die Zeit haben.«

»Zeit habe ich im Überfluss. Aber wenig Sachkenntnis.«

»Ich könnte Ihnen ein paar Tipps geben.«

Stefan war ein netter junger Mann. Und auch ausgesprochen gut aussehend. Ich konnte Isabell verstehen. Ich erwiderte sein Lächeln und nickte.

»Stahlbürste, Lösungsmittel, Grundierung, dann ein hübscher Lack.«

»Rot, wie die Haustür.«

»Ja, würde mir gefallen. Bully!«

Der Gehilfe trottete herbei und glupschte ebenfalls auf das Tor.

»Fahr mal zum Baumarkt, Bully. Wir brauchen ein paar Dinge.«

Stefan fischte einen Block und einen Stift aus den zahlreichen Taschen seines Overalls und schrieb seine Einkaufsliste. Vermutlich brauchte Bully eine solche Stütze. Mit dem Zettel schob er dann ab, und zu meinem Erstaunen wuchtete er sich in den schwarzen Geländewagen neben der Mauer. Der, so hatte ich vermutet, würde Stefan gehören. Aber dessen angebeulter Truck stand hinter Isabells Pick-up.

»Schicke Kiste fährt Ihr Geselle«, erlaubte ich mir zu sagen, als Bully mit quietschenden Reifen gestartet war.

»Schätze, da hat Papa was dazugetan«, sagte Stefan und zuckte mit den Schultern. »Metzgerei Weiss. Der Laden ist eine Goldgrube.«

»Oh, ja. Das kann ich mir denken. Ich habe schon ein paarmal dort eingekauft. Und fast genauso gesabbert wie die Hunde, die davor warten müssen.« Und dann fiel mir eine seltsame Sache auf. »Sagen Sie, warum arbeitet Bully nicht im väterlichen Betrieb, sondern bei Ihnen?«

»Er hat seine Lehre im Laden angefangen, aber – na ja, ich fürchte, er hat Papa nicht so ganz überzeugen können. Nach zwei Jahren gab es einen ziemlichen Krach zwischen den beiden. Und Bully und ich sind zusammen zur Schule gegangen, und da stand er eines Tages bei mir und fragte nach Arbeit. Als Installateur ist er gar nicht so übel.«

»Zumindest verfügt er über einige Körperkräfte.«

»Die ganz nützlich sind.«

Die aber vermutlich seine geistigen Kräfte nicht kompensierten, aber das sagte ich nicht laut. Ich wechselte das Thema und fragte, wie ich am besten mit der Arbeit am Tor anfangen sollte, und Stefan empfahl mir, als Erstes das Gitter grob mit Wasser und Bürste zu reinigen.

»Ich schau mir das dann später mal an. Wenn irgendwo Ausbesserungen nötig sind, helfe ich Ihnen. Ist im Auftrag mit drin.«

Wirklich ein netter junger Mann.

Voller Energie machte ich mich an die Schmutzarbeit.

Und wurde prompt abgelenkt.

Ein alter Herr, rundlich, mit einem weißen Haarkranz, leicht gebeugt am Stock gehend, hielt am Tor an. Seine deutlich jüngere Begleiterin zeigte ein zähnefletschendes Lächeln, er grüßte höflich.

»Schön, dass sich wieder jemand um das alte Haus kümmert«, sagte er mit schnaufender Stimme. »Ich bin Ihr Nachbar, James Woodrow. Aber die meisten nennen mich Grandpa Woody. Und das hier ist meine rechte und linke Hand, die unverzichtbare Sandra Sobczak.«

Das Zähnefletschen wurde noch breiter, ein hoheitsvolles Kopfnicken wurde mir zuteil.

Die polnische Pflegekraft, schloss ich aus dem festen Griff, mit dem sie den alten Herrn stützte.

»Jenny van Rosmalen. Ja, ich wohne seit einigen Tagen hier, und wie es aussieht, besteht eine Chance, das Haus zu erwerben.«

»Eine gute Entscheidung, junge Frau. Und fleißig sind Sie auch schon.«

»Ja, an manchen Stellen werde ich Veränderungen vornehmen. Sie sehen ja, der Installateur ist schon bei der Arbeit, und im Atelier werkt Isabell.«

»Die Schreinerin hat einen guten Ruf. Und ich vermute,

Malchow hat seinen Arbeitsraum nicht sehr ordentlich hinterlassen.«

»Bunt getupft. Kannten Sie den Vorbesitzer?«

»Das Haus gehörte seiner Großmutter«, warf die Pflegerin mit rollendem Akzent ein.

»Aber Florian Malchow wohnte hier. Er war ein recht begabter Maler. Wenn Sie im Ort in der Galerie Bestermann vorbeischauen, werden sie noch einige Werke von ihm finden. Er hat viel auf Auftrag gearbeitet, aber ich fand seine Gartenstücke immer sehr stimmungsvoll.«

»Ja, Lili hat mir schon erzählt, dass er auch ihr Pony gemalt und ihr das Bild geschenkt hat.«

»Ach, Tinkerbell. Ja. Nun, das Bild wird ihr hoffentlich jetzt einen kleinen Trost spenden. Schlimm, diese Sache.«

»Ja, ganz und gar entsetzlich.«

»Ist noch viel entsetzlicher, als sie meinen«, rollte Sandra Sobczak. »Hat das Kind vor drei Jahren die Mutter verloren.«

»Und seine ganze Liebe auf das Pony konzentriert. Ja, sie kann einem wirklich leidtun.«

Ich ließ meinen Blick zur Koppel schweifen. Der Unterstand wirkte verwaist, Regenwasser tropfte vom Dach, und lehmige Pfützen hatten sich davor gebildet.

»Ihr Vater sollte ihr bald ein neues Pony oder sogar ein Pferd schenken. Sie ist eine begabte Reiterin, hatte ich den Eindruck.«

»Kann man so einfach ein Lebewesen ersetzen?«

»Nein, Herr Woodrow, das kann man nicht. Aber eine neue Aufgabe, eine Herausforderung, lenkt manchmal vom Schmerz ab.«

Der Alte sah mich mit einem intensiven Blick an.

»Wie Sie wohl wissen, nicht wahr?«

Ich senkte die Lider.

»Ich schwätze zu viel, ein dummes Laster. Liebe Frau van Rosmalen, wann immer Sie etwas brauchen, kommen Sie bei uns vorbei. Das Haus mit dem grünen Zaun dort drüben, den gelegentlich ein roter Kater bewacht.«

»Ein roter Kater hat Teile seines Fells auf meiner Terrasse hinterlassen. Ich fürchte, Ghizmo hat ihm die Flusen ausgerupft.«

»Ah ja, eine alte, unergründliche Feindschaft herrscht zwischen Jaromir und Ghizmo. Ich fürchte, Jaromir wird außerhalb des Hauses zu einem gefährlichen Kämpfer. Innerhalb seiner vier Wände ist er jedoch ein verschmuster Stubentiger.«

»Das kann jeder behaupten«, sagte ich, und Grandpa Woody grinste.

Sandra fletschte die Zähne.

»Übrigens, wem gehört eigentlich das Grundstück, das an meine Scheune grenzt? Ist das so was wie ein Apfelfeld?«

»Apfelplantage, ja. Sie gehörte dem Stockhofen. Aber jetzt hat es eine Erbengemeinschaft übernommen, und die lassen die Bäume verwildern. Eine Schande, sage ich Ihnen.«

»Tatsächlich. Nun, dann wird sich niemand darum kümmern, wenn ich mir dort mal einen Apfel pflücke.«

»Nein, gewiss nicht. So, wir überlassen Sie jetzt Ihrer Renovierungsarbeit, denn ich muss meine tägliche Bewegung haben. Man sieht sich!«

Die beiden zockelten den feuchten Gehweg entlang, und ich schrubbte am Gitter weiter. Bully kam zurück und trug eine Kiste Material ins Haus. Stefan brachte das Waschbecken nach draußen und steckte sich eine Zigarette an. Halb hinter dem Gitter verborgen betrachtete ich ihn. Warum sahen Männer mit Werkzeuggürteln um die Hüfte eigentlich so sexy aus?

Bully schleppte den Wasserkasten in den Hof.

Sein Werkzeuggürtel spannte sich um einen veritablen Speckring und wirkte gar nicht sexy.

»Da hat sich die alte Tante aber eine Bruchbude andrehen lassen«, tönte Bully und setzte sich auf den Brunnenrand, bereit, eine Pause einzulegen.

Stefans Antwort konnte ich nicht verstehen, sie weckte aber den Widerspruch seines Gesellen.

»Na, die hat eine solche Friedhofsvisage, da frieren einem doch die Eier ab.«

Reizender Kerl.

Ich kam hinter meinem Gitter hervor und trat auf den Brunnen zu.

»Sie werden nicht für den Zustand ihrer Geschlechtsorgane bezahlt, Bully, sondern für Ihre Arbeit«, knurrte ich ihn an. »Wenn Ihnen mein Aussehen nicht gefällt, müssen Sie mich nicht ansehen. Aber Beleidigungen will ich hier auf meinem Grund nicht mehr hören. Verstanden?«

Bullys Mund klappte auf und wieder zu. Stefan sagte sehr leise: »Ich habe dich gewarnt. Noch einmal, und du kannst dir eine andere Stelle suchen. Haben wir uns auch verstanden?«

Dunkelrot angelaufen drehte Bully sich um und stapfte ins Haus.

»Ich muss mich für diesen Trottel entschuldigen. Manchmal setzt sein Hirn einfach aus«, sagte Stefan betreten.

»Hat er eins?«

»Gute Frage.«

Ich nickte und ging zu meinem Tor zurück. Eine Weile reinigte ich ungestört eiserne Blättchen und Spiralen, Spitzen und Ranken. Hin und wieder durchbrach ein Sonnenstrahl die Wolkendecke, zwei Spatzen planschten in einer Pfütze, die feuchten Blüten der Kletterrose an der Wand verbreiteten ihren süßen Duft, und eine mutige Biene umsummte sie auf der Suche nach Honig.

Das sonore Brummen eines schweren Motorrads schreckte mich auf. Der Kerl mit dem schwarzen Helm näherte sich, wurde langsamer, machte Anstalten, anzuhalten.

Von dummer Anmache hatte ich für heute genug.

Ich knallte das Tor hinter mir zu.

Die Maschine startet mit einem Aufheulen durch.

10

Ghizmo angelt

Im Haus herrschte an diesem Tag Ruhe, und darum hatte Ghizmo der Küche einen Besuch abgestattet und ein erfreulich üppiges Mahl eingenommen. Nichtsdestoweniger nagte eine gewisse Leere in ihm, und er trottete mit gesenktem Schwanz hinaus, über die Straße auf die Weide. Der feuchte Niederschlag netzte sein Fell, und darum suchte er das trockene Obdach des verlassenen Stalls auf. Er beschloss, dort eine Weile in der Krippe Platz zu nehmen und an das sanfte Pony zu denken. Kaum hatte er den Zaun erreicht, fauchte ihn Jaromir an, der dort zu unpassender Zeit im Gras saß.

Ghizmo registrierte die Herausforderung, verspürte aber keine Lust auf eine Keilerei und ignorierte den roten Strolch. Dessen Pöbeleien versickerten im Matsch, und er zog beleidigt ab.

Im Stall war es trocken, es roch noch immer intensiv nach Pferd und Heu und Lederzeug. Ghizmo sprang in die Krippe. Ein schrumpeliger Apfel lag in einer Ecke, eine Maus hatte daran genagt. Er tretelte sich ein Nest, legte sich, Kopf auf die Pfoten, nieder und schloss die Augen. Auf das Dach tropfte gleichmäßig der Regen, im Stroh raschelte es leise, das Holz knarrte.

Lili trat ein und sah sich um. Als sie den Kater in der Krippe bemerkte, kam sie zu ihm und begann, sachte sein Fell zu streicheln. Ghizmo schnurrte genüsslich, bis er die Tropfen fühlte.

Er drehte sich um und sah in das tränenfeuchte Gesicht des Mädchens. Auch in ihr war diese Leere, und weil er sie mit ihr teilte, begann er, ihre Finger abzulecken. Putzen tröstete.

»Ach, Ghizmo. Warum?«

Das hätte er auch gerne gewusst.

»Sie sagen, es gibt keine Spuren. Und es könnte ein Fremder gewesen sein. Ein Irrer, der herumzieht und Tiere quält. Wie irre muss man sein, um ein Pony zu töten?«

Ziemlich, dachte Ghizmo und erinnerte sich mit Schaudern an den Hass und die Lust, die er in jener Nacht wahrgenommen hatte. Andererseits – wieso sagte Lili, es gäbe keine Spuren? Es gab doch welche. Hatten die Menschen sie denn nicht gefunden?

»Papa hat gemeint, ich soll im Reitstall von Herrn Probst mit den Pferden arbeiten. Aber das ist doch nicht dasselbe wie mit Tinkerbell. Die Pferde da sind so hochnäsig.«

Sie schluchzte vor sich hin, und Ghizmo drückte seinen Kopf an ihren Arm.

»Du vermisst meine Tink auch, was? Sie war so zärtlich. Und so fröhlich.«

Tiefdunkle Trauer überschwemmte den Kater, und er rollte sich zu einer Kugel zusammen. Noch immer tropfte der Regen auf das Dach und Lilis Tränen in sein Fell. Es war nicht zum Aushalten. Ghizmo sammelte seine Kraft und sprang aus der Krippe. Am Eingang schüttelte er das lähmende Gefühl ab und streckte die Nase in die feuchte Luft.

Spuren. Ja, Spuren verfolgen, das konnte er ganz gut. Er fand die Pfade, die die anderen Katzen benutzten, folgte den Fährten seiner Beute, fand versteckte Mauselöcher und nahm natürlich auch die Witterung der Menschen wahr. Der Pferdemörder – er hatte ihn in der Dunkelheit nicht erkannt, und der Geruch des Blutes hatte seine Sinne betäubt, aber wenn er jetzt die Stelle aufsuchte, wo das Verbrechen begangen worden war, würde er allerlei Hinweise auf ihn finden.

Er maunzte Lili auffordernd an, ihm zu folgen, aber die war so sehr mit Weinen beschäftigt, dass sie ihn gar nicht beachtete. Also marschierte er allein durch das nasse Gras.

Es war eine hässliche Sache, sich der Stelle zu nähern, wo das Pony gelegen hatte. Tinkerbells Überreste waren inzwischen verschwunden, doch der Boden wies noch immer Blutflecken auf. Fußspuren gab es reichlich, aber die stammten auch von den Menschen, die sich hier versammelt hatten. Aber das hier war nicht die Stelle, wo der Mann das Pferdchen umgebracht hatte. Hierhin hatte er nur Kopf und Beine gebracht. Die eigentliche Tat hatte er in dem Gebüsch hinter dem Stall begangen. Und das hatten die Menschen noch nicht herausgefunden. Ghizmo wandte sich um und folgte den vom Regen fast verwischten Spuren, die zum Ort des Mordes führten. Und hier fand er wirklich noch mehr. Reste von einer Karotte beispielsweise. Tinkerbell hatte die gerne gemocht. Aufgewühlte Erde, Abdrücke von Schuhen und Rädern. Blutstropfen an einem Strauch. Ghizmo zog Kreise um diese Stelle, entdeckte weitere Kleinigkeiten, die nicht auf eine Weide gehörten, und setzte sich schließlich auf einen Zaunpfahl, um seine Eindrücke zu verarbeiten. Dabei half ihm das gründliche Putzen seiner weißen Pfoten.

Er war noch nicht zu einem Ergebnis gekommen, als der alte Mann am Zaun anhielt und ihn freundlich begrüßte.

Der war in Ordnung, auch wenn er Jaromirs Mensch war. Wer nicht in Ordnung war, war die Frau, die ihn begleitete. Die grinste ihn jetzt mit gefletschten Zähnen an, aber Ghizmo spürte sehr deutlich, dass sie ihn nicht leiden konnte. Früher war sie oft bei Florian im Haus gewesen, und wenn immer der es nicht sah, hatte sie den Kater angezischt, und zweimal hatte sie ihn sogar getreten. Nachdem Florian fort war, war sie zum Glück nicht wiedergekommen. Aber jetzt hatte sie sich an Grandpa Woody gehängt. Warum auch immer. Rollig war sie nicht. Das war sie nur bei Florian gewesen. Komisch, befand Ghizmo, blinzelte dem Alten zu und sprang vom Pfosten. Besser, man hielt Abstand von der Zähnefletscherin.

Als er über die Straße lief, sah er, dass Jenny am Tor stand und mit dem Finger über das Gitter fuhr. Irgendwas hatte sie daran gemacht, es sah jetzt sauberer aus.

»Na, du Streuner? Im Revier alles in Ordnung?«

Eigentlich nicht. Ghizmo wollte sie eben auffordern, mit ihm die Koppel zu besichtigen, als dieser verführerische Duft seine Nase kitzelte.

Er kam aus dem Haus.

Genauer gesagt aus der Küche.

Und er war sooo köstlich.

Mit erhobenem Schwanz, Schnurrhaare nach vorne gestäubt, marschierte er auf die Tür zu und achtete nicht auf das brummende Motorengeräusch, das sich dem Haus näherte.

In der Küche, auf dem Herd – das war die Quelle des verlockenden Geruchs.

Man durfte ja eigentlich nicht auf die Theke springen.

Eigentlich nicht.

Ghizmo setzte sich auf, ruckelte mit dem Hinterteil, und schon flog er hoch, landete säuberlich neben der Pfanne und sog den Duft ein.

Fisch. In Butter.

Fisch angelte man.

Pfote hoch, Krallen raus, ein kühner Schlag – die Beute flog auf die Fliesen. Dabei zerbrach sie ein wenig. Ghizmo stürzte sich darauf. Erst die kleinen Fetzen, dann das Filet. Bisschen heiß, aber so lecker. Und die geschmolzene Butter …

»Ghizmo!«, gellte es. »Mein Fisch!«

Und?

»Ghizmo, du elender Räuber. Mein Mittagessen!«

Und?

Aber jetzt kam sie drohend auf ihn zu, und der Kater begann den taktischen Rückzug. Erst langsam und rückwärts, dann aber mit einem schnellen Satz zur Tür hinaus. Fußtritte waren schlecht für die Verdauung. Und sein Magen war doch sehr voll.

Immerhin, sie folgte ihm nicht, und so nahm er auf dem roten Eimer Platz, um sich sehr gründlich die Fisch- und Butterreste aus den Barthaaren zu putzen.

11

Das Riemchen

Ich hätte hinter Ghizmo hergehen sollen, als er wieder von der Koppel zurückkam, doch mich lenkte dieser verrückte Biker ab. Er hielt an meinem Tor, schob das Visier hoch und sah mich mit strahlend blauen Augen an.

»Ey, Schwester, steig auf! Wir drehen eine Runde.«

»Ganz gewiss nicht. Schon deswegen nicht, weil mir der Ton Ihrer Einladung nicht gefällt«, gab ich ihm so kühl wie möglich zur Antwort.

»Hättest es lieber vornehmer?«

Ich schnaubte.

»Das dürfte Ihre Fähigkeiten übersteigen, Bruder.«

Er erhob sich halb aus dem Sitz, verneigte sich und deklamierte: »›Mein schönes Fräulein, darf ichs wagen, mein Arm und Geleit Ihr anzutragen?‹«

Für einen Augenblick verschlug es mir die Sprache.

Die blauen Augen funkelten mich herausfordernd an.

Dann klickte es wieder in meinem Gehirn, und mir fiel die passende Erwiderung ein, die Gretchen dem Doktor Faust gegeben hatte:

»›Bin weder Fräulein weder schön, kann ohngeleit nach Hause gehn.‹«

Dröhnendes Gelächter antwortete mir, dann ein grölendes »Hasta la vista, Baby!«

Aufheulen des Motors – und weg war er.

Was war das denn?, fragte ich mich kopfschüttelnd. Was für ein seltsamer Vogel. Noch immer schwankend zwischen Empörung und Heiterkeit ging ich in die Küche und sah mich der nächsten Katastrophe gegenüber.

Nachdem ich den fettig verschmierten Boden aufgewischt und zwei Würstchen in die Pfanne gelegt hatte, beruhigte ich mich wieder. War ja meine Schuld, dass ich mein Essen unbeaufsichtigt gelassen hatte. Aber dem Fisch trauerte ich dennoch nach.

Isabell war mit der Renovierung des Ateliers fertiggeworden, und ich machte mich am Nachmittag daran, mich dort häuslich einzurichten. Das Bett stand nun wieder unter dem Dachfenster, meine Kleider hingen in den Schränken, die die Schreinerin geschickt in die Schrägen eingebaut hatte. Der Parkettboden schimmerte seidig, die Balkendecke war von Staub und Spinnweben befreit, die holzverkleideten Wände frisch lasiert. Heimelig wirkte es hier oben. Das Badezimmer war auch fast fertig, nur die Duschabtrennung fehlte noch.

Ich sann eben über die Anschaffung von ein, zwei Teppichen nach, als die Türglocke anschlug. Als ich öffnete, standen mir Lili und ihr Vater gegenüber. Er hielt einen Blumenstrauß in der Hand, das Mädchen balancierte eine Konditorschachtel.

»Ich hoffe, wir stören Sie nicht, Frau von Rosmalen?«

»Bei der schwerwiegenden Entscheidungsfindung, ob ich mir einen Teppich kaufen soll oder nicht?«

»Vielleicht können wir dabei behilflich sein?«

Mit einer Handbewegung bat ich meine Besucher ins Haus und warf einen beiläufigen Blick in den Dielenspiegel. Immerhin, der bequeme Trainingsanzug wies keine Spuren meiner Kochkünste auf.

Hoppla – seit wann war ich denn wieder eitel geworden?

Lag das an Lilis Vater? Der Mann mit den grauen Haaren und dem braun gebrannten Gesicht hätte sich gut in einem Film gemacht. Die Kamera würde die Konturen seines Gesichtes betonen, und an seine in feines Tuch gekleidete Brust musste sich umgehend die Heldin schmiegen. Für einen Weinbauern umgab ihn ein ungewöhnlich weltmännisches Flair.

Und sein Lächeln brachte in mir etwas zum Schmelzen, das da lange in verborgenen Tiefen geschlummert hatte.

Lili rettete mich aus meiner Benommenheit.

»Soll ich den Kuchen aufschneiden, Jenny?«

»Oh, sicher. Bitte nehmen Sie doch Platz. Ich kümmere mich um den Kaffee.«

Lili plapperte. Überschwänglich bedankte sie sich dafür, dass ich mich um sie gekümmert hatte, verschniefte noch ein paar Tränen und zählte all die wundervollen Eigenschaften auf, die Tinkerbell ausgezeichnet hatten.

»Nun ist gut, Lili«, mahnte ihr Vater sie sanft, und sie schwieg. Dafür wurde ich nun von Raoul Pfeiffer mit Danksagungen überhäuft.

Als wir bei Kaffee und Kuchen am Tisch saßen, erlaubte ich mir, dieses Kapitel endgültig zu beenden und fragte: »Wie ist denn der Stand der Ermittlungen?«

»Die tun nichts, diese Schussel von der Polizei«, schnaubte Lili.

»Das ist nicht ganz richtig. Es sind Befragungen durchgeführt worden, aber leider hat man nur sehr wenige Hinweise gefunden. Diese Gegend hier ist sehr einsam, es gibt niemanden, der etwas bemerkt hat. Sie, Frau van Rosmalen, wohnen zwar nahe am Tatort, aber Sie haben auch nichts gehört oder gesehen. Verständlich, denn Sie werden tief geschlafen haben.«

»Eigentlich schlafe ich nicht gut. Aber in dieser Nacht ist

mir wirklich nichts aufgefallen. Selbst wenn ich ein Auto gehört hätte, wäre mir das nicht verdächtig vorgekommen. Irgendwann hat Ghizmo oder eine andere Katze geschrien, aber das passiert auch fast jede Nacht.«

»Grandpa Woody hat nachts sein Hörgerät nicht an«, sagte Lili. »Und die Pflegerin kommt erst morgens zu ihm.«

»Hat man denn wenigstens herausgefunden, wo der Rest des Ponys geblieben ist?«

»Nein. Offenbar hat der Täter sehr fachmännisch gearbeitet. Er muss anatomische Kenntnisse gehabt haben und auch die Technik beherrschen, ein Tier zu schlachten. So ohne Weiteres kann man das nicht zerlegen. Er wird auch ein genügend großes Fahrzeug besitzen, denn ein Pony wiegt gut dreihundert Kilo.«

»Die er auch zu heben hatte.«

»Wahrscheinlich nicht im Ganzen.«

Lili drückte sich ein Taschentuch an den Mund.

»Lassen wir die Vermutungen. Hat man irgendeine Idee, wer es gewesen sein könnte?«

»Nein. Sie haben, soweit ich weiß, eine Reihe von Leuten befragt. Drüben in der Klinik natürlich, aber – klar, es werden dort Menschen mit psychischen Problemen behandelt, und es kann nie ausgeschlossen werden, das darunter jemand mit solch abseitigen Störungen ist.«

»Und die Leute hier haben noch immer die Vorstellung, dass dort gewalttätige Irre eingesperrt sind, ich weiß. Der Geselle des Installateurs ist zum Beispiel dieser Meinung.«

»Bully? Kevin Weiss? Der sollte aufpassen, dass er nicht selbst unter die Verdächtigen gerät.«

Verdutzt sah ich Pfeiffer an. Dann machte es Klick. »Oh, ich verstehe – Papa Bully ist Metzgermeister, und sein Sohn hat zwar die Lehre abgebrochen, wird aber dennoch einiges vom

Handwerk gelernt haben. Außerdem ist er sehr kräftig und fährt ein passendes Auto.«

»Bully? Nö, Jenny. Der nicht. Nein, das glaube ich nicht«, sagte Lili. »Bully mochte Tink. Er hat ihr manchmal Äpfel mitgebracht.«

»Man weiß nie, Lili«, meinte ihr Vater. »Aber überlassen wir das den Ermittlern. Sie haben auch die Leute vom Zirkus befragt.«

»Warum denn die? Ich könnte mir zwar vorstellen, dass sie ein so hübsches Tier wie Tinkerbell entführen könnten, aber doch nicht umbringen!«

»Der Zirkus hält noch Raubtiere, Frau van Rosmalen.«

»Nennen Sie mich Jenny, bitte. Uh, wie schrecklich. Sie glauben, auf diese Weise beschaffen sie ihr Futter?«

»Soll es schon mal gegeben haben. Allerdings wäre es sehr ungeschickt, es so offensichtlich zu tun. Vor allem noch während ihres Aufenthalts. Nein, ich kann mir auch nicht vorstellen, dass der Täter aus diesen Kreisen stammt.«

»Können wir nicht aufhören, über Tink zu sprechen?«, fragte Lili müde.

»Doch, das können wir. Der Kuchen ist ausgesprochen köstlich. Hast du ihn gebacken?«

»Nö, aufgetaut.«

»Aber mit Meisterhand«, fügte ihr Vater hinzu. »Wenn ich mich daran versuche, bleibt immer ein eisiger Kern im Teig.«

»Ja, die neue Küche will gelernt sein. Ich experimentiere auch gerade in dieser Richtung. Immerhin hat meinem Kater der Fisch gefallen. Er hat ihn mir aus der Pfanne geklaut.«

Endlich kicherte Lili wieder, und wir gingen zu problemloseren Themen über. Dabei erfuhr ich, dass das Kloster, das zwischen den Weinbergen über dem Städtchen thronte, zu Pfeiffers Grund gehörte.

»Das Kloster ist während der Französischen Revolution aufgelöst worden, und ein Vorfahr meiner Familie hat sich das Gelände und das Gemäuer unter den Nagel gerissen. Es gibt ein paar abenteuerliche Geschichten über Flüchtlinge und Rebellen, die man aber nicht unbedingt glauben muss. Im Zweiten Weltkrieg diente es eine Zeit lang als Waffenlager, danach blieb es lange ungenutzt. Es verfällt allmählich, und ich musste es absperren lassen. Aber ich fürchte, nicht alle halten sich an die Verbotsschilder. Hin und wieder finden wir Spuren von Picknicken in Kreuzgarten.«

»Schade. Das wird den Verfall noch beschleunigen. Andererseits strahlen solche alten Gebäude eine große Anziehungskraft aus.«

»Wollen Sie es mal besuchen? Ich biete Ihnen eine persönliche Führung an.«

»Unbedingt. Und Sie müssen mir auch die unglaublichen Abenteuergeschichten dazu erzählen.«

»Und die von dem schwarzen Mönch, der noch immer durch den Kreuzgang wandelt«, fügte Lili hinzu.

»Tut er das, der Ärmste?«

»Ja, und singt düstere Bußpsalmen dabei.«

Alles in allem war es ein wirklich netter Nachmittag, und als Lili sich von mir verabschiedete, flog mich eine Idee an.

»Der Zirkus wirbt mit einer sensationellen Pferdedressur. Hast du sie schon gesehen?«

»Nein, aber vielleicht …«

»Vielleicht hättest du Lust, mit mir zusammen eine Vorstellung zu besuchen?«

Fragende Augen wandten sich zu Papa.

»Darf ich?«

»Ja, darfst du.«

Als die beiden durch das Tor verschwunden waren, stromerte Ghizmo herbei. Er machte einen irgendwie geschäftigen Eindruck. Zwar nahm er ein paar Happen Futter, während ich den Tisch abräumte. Er leckte auch eine Portion Sahne von meinem Finger, dann fing er aber an, mir um die Beine zu streichen und quengelige Maunzer zu produzieren.

»Was ist los, Ghizmo?«

»Mauau!«

Er strebte zur Tür.

»Du willst raus. Na gut, ich bin deine gehorsame Türöffnerin.«

Aber er blieb auf der Schwelle stehen und maunzte mich wieder an.

»Du kannst alleine raus, mein Freund.«

Er setzte sich und sah mit seinen großen grünen Augen zu mir auf. Sein Blick hatte etwas Bezwingendes. Ich musste lächeln, dann aber dachte ich mir – warum nicht? Ein bisschen Bewegung konnte mir nach dem Sahnekuchen nur guttun. Neben der Tür standen die Gartenschuhe, ich schlüpfte hinein und forderte den Kater auf: »Los dann. Wohin gehen wir?«

Offensichtlich zur Koppel. Mausen, war mein Verdacht. Die Weide war voller Maulwurfshügel und vermutlich untergraben von Karnickeln, Mäusen und anderen jagenswerten Erdbewohnern. Doch Jagd war nicht Ghizmos Anliegen. Er streifte ein wenig ziellos umher, umrundete Tinkerbells Unterstand und zeigte mir, wie er es sich in der Krippe gemütlich machen konnte.

»Das war dein Unterschlupf, als das Haus verschlossen war«, sagte ich und sah mich um. Eine gute Wahl, denn die Bretterwände hielten Wind, Regen und Schnee ab, das Dach schien dicht zu sein. Ich fragte mich allerdings, warum dieser Florian niemanden beauftragt hatte, sich um seinen Kater zu kümmern. War der Mann denn so plötzlich verstorben?

Ghizmo sprang aus der Krippe und marschierte wieder auf die Koppel, jetzt sehr zielstrebig auf das kleine Gehölz am Rande der Wiese zu. Ich folgte ihm gemächlich, und als er anfing, heftig im Laub zu scharren, um zu tun, was Kater eben tun, ließ ich ihm seine Privatsphäre und sah mich um. Es war noch feucht, und ein kühler Wind fuhr raschelnd durch die Blätter. Brombeergestrüpp überwucherte fast die Schlehen, Brennnessel gediehen prächtig, ein Vogelbeerbaum bot seinen gefiederten Gästen schon reiche Ernte an. Ein typisches Heckengehölz eben. Trotzdem irritierte mich etwas. Der Boden … Zum Teil war das Gras mit altem Laub bedeckt, aber weiter vorne schien es aufgewühlt. Ich machte ein paar Schritte auf die Stelle zu und fand einen abgenagten Möhrenstrunk. Den mochte Tinkerbell verzehrt haben. Hatte das Pony auch den Boden zertrampelt? Natürlich denkbar. Aber ein Pferd fraß doch weder dornige Ranken noch Brennnessel, oder? Ich ging weiter, und dann entdeckte ich neben einer Matschpfütze ein leichtes Blinken. Ich bückte mich danach und hob ein Lederriemchen mit einer Niete auf. Ob das zu dem Zaumzeug gehörte?

Doch dann wuchs in mir ganz langsam ein entsetzlicher Verdacht.

Hatte jemand Tinkerbell mit einer Möhre hierher gelockt und dann an dieser Stelle umgebracht? Hier zerlegt, Kopf und Beine vorne, wo sie sichtbar und auffällig lagen, hindrapiert? Und vielleicht den Rest hier vergraben?

Es musste Blut geflossen sein. Aber der Regen mochte es fortgespült haben.

Mich schauderte es.

Erst langsam, dann immer schneller ging ich von der Koppel. In meinem Kopf entstanden furchtbare Bilder von blutigem weißem Fell und einem Messer, das in das warme Fleisch fuhr.

Erst als ich im Haus war, fiel mir Ghizmo wieder ein. Ihn hatte ich nicht mehr gesehen, aber natürlich würde er den Weg zurückfinden.

Auf der Heizplatte stand noch ein Rest Kaffee, ich goss ihn mir ein und wärmte meine Hände an der Tasse. Mir wurde erst jetzt klar, dass ich die Spuren des Verbrechens gefunden hatte. Das Riemchen lag vor mir auf dem Tisch. Hatten die Polizisten denn diese Stelle nicht gefunden? Hatten sie angenommen, das Pony sei dort getötet worden, wo die Überreste lagen?

Ich sollte diesen Kommissar anrufen. Wenn ich eine gute Staatsbürgerin sein wollte. Ich starrte auf das Telefon. Und mein Hals wurde eng und immer enger.

Ich? Die Polizei anrufen?

Mit einem Stöhnen ließ ich meinen Kopf in die Hände sinken.

Manches war mir schlicht noch nicht möglich.

Sollten sie doch selbst draufkommen.

12

Dunkle Erinnerungen

Ghizmo hatte sich die Zeit mit dem Aufstöbern einiger Mäuse vertrieben. Die alte Apfelplantage war ein ergiebiges Revier und die Mäuse wohlgenährt und äußerst schmackhaft. Boris Halbschwanz war auf seiner Runde vorbeigekommen, hatte von seinem Zusammenstoß mit Lothar berichtet, der versucht hatte, ihn mit einem Fußtritt aus Grandpa Woodys Garten zu befördern. Lothar hatte dort die Hecke geschnitten und dabei wie so oft vor sich hingegrantelt. Ghizmo und Boris hatten eine Weile unter einem der Apfelbäume gesessen, sich den Wind durch die Schnurrhaare streichen lassen und in glücklichem Nichtstun geschwelgt. Dann war Boris weitergezogen, und Ghizmo trottete auf das Haus zu.

Türen und Fenster verschlossen.

Unverschämtheit!

Mit einem lauten, fordernden Maunzen stellte er sich an die Terrassentür. Es dauerte verdammt lange, bis die Frau endlich aufmachte.

Aber dann merkte er es. Oh je, sie war wieder von diesem grauen, kalten Nebel umgeben. Ihre Schultern hingen, ihre Bewegungen waren fahrig, ihre Augen blickten so unsagbar traurig. Ghizmo strich um ihre Beine und drückte seinen Kopf an ihre Wade.

»Schon gut, Kleiner.«

Nix ist gut.

Er schnurrte.

Es half nix.

Unglücklich setzte Ghizmo sich hin und schaute zu ihr auf. Mit Blicken konnte man Menschen gewöhnlich recht gut lenken. Und ja, sie sah ihn an, und langsam wandte er seinen Kopf zum Schaukelstuhl. Noch zögerte sie, dann gehorchte Jenny und ließ sich mit einem tiefen Seufzen darauf nieder. Er knarrte leise, während er sich bewegte. Zögernd trat Ghizmo näher, erlaubte sich ein fragendes Maunzen.

»Na, dann komm hoch, Katerchen.«

Hupf, und schon saß er auf ihren Beinen. Zweimal gedreht, und er hatte eine gemütliche Position gefunden. Und wie erwartet legte Jenny auch die Hand um seinen gerundeten Rücken. Das war jetzt gut. Ordentlich schnurren, und der böse Nebel würde sich bald verziehen.

Das sachte Wiegen schien ihr auch zu helfen, aber dann fing sie auf einmal an zu reden. Leise und mit so trockener Stimme, dass es Ghizmo durch und durch ging.

»Sie haben mich abgeholt. Nachts. Kamen zu viert in mein Zimmer gestürmt. Ich schlief noch, da zerrten sie mich aus dem Bett, die Männer in den schwarzen Uniformen. Sie stießen mich gegen die Wand und durchsuchten mich. Ich hatte doch nur ein dünnes Hemd an. Und das ganze Zimmer durchwühlten sie. Rissen meine Sachen auseinander. Und fanden diesen Beutel mit Kokain. Und die ganze Zeit brüllten sie, und ich verstand kein Wort.«

Ghizmo verstand auch kein Wort, aber er verstand Angst und Demütigung und Erniedrigung und Schmerz. Es schwang in ihrer Stimme so deutlich mit, dass er es intensiv mitfühlte.

»Sie legten mir Handschellen an und zogen mich aus dem Zimmer. Brachten mich ins Gefängnis, in eine stinkende, schmutzige, enge Zelle. Vier andere Frauen waren schon darin, wir hatten kaum Platz zum Atmen. Keiner verstand mich, keiner hörte mein Flehen um Hilfe. Man ließ mich warten, stundenlang. Dann kamen andere in Uniform, und das Durchsuchen fing wieder an. Sie hatten ihre Freude daran, mich anzugrapschen. Lachten dabei dreckig und machten Bemerkungen, die ich nicht zu übersetzen brauchte. Als sie gingen, hatte ich überall blaue Flecken.«

Ghizmo spürte die Hilflosigkeit, die Ohnmacht und die Panik in der Tonlosigkeit ihrer Worte. Ihre Hand krallte sich fest in sein Fell, aber er befreite sich nicht aus ihrem Griff, sondern schnurrte nur noch etwas lauter.

»Sie verurteilten mich wegen Rauschgiftbesitzes, und alles wurde nur noch schlimmer. Diese Enge, die Düsternis. Das Essen war so furchtbar. Die Langeweile, dann immer wieder neue Demütigungen und Misshandlungen. Ich verstand niemanden, lange Zeit konnte ich mich nicht verständlich machen. Bis ich ein paar Worte lernte. Die anderen Gefangen verachteten mich, stießen mich herum. Ich wurde krank, verhungerte fast …«

Hunger – da konnte Ghizmo mitreden. Und die düstere Erfahrung des Eingesperrtseins hatte auch er schon gemacht. Damals, als er noch jung und unvorsichtig gewesen war. Da hatte er seine neugierige Nase in ein altes, aufgebocktes Auto gestreckt. Es war so aufregend, darin herumzuwühlen, und dann war die Klappe plötzlich zugefallen. Drei elend lange Tage hatte er gebraucht, um den rostigen Radkasten durchzukratzen. Drei Tage ohne Nahrung und ohne Wasser. Heiser hatte er sich geschrien, seine Pfoten bluteten, die Krallen waren abgewetzt. Aber er hatte sich befreit.

Jenny hatte das wohl auch getan. Auch wenn ihre Hände nicht blutig waren. Aber sie hatte das gleiche Entsetzen, die

Beklemmung und die Hoffnungslosigkeit durchgemacht wie er damals.

Jetzt schaukelte sie schweigend, und die Finger in seinem Fell lösten sich.

Dann hörte das Schaukeln auf, und ihr Atem ging ruhig.

Ghizmo ließ sein Schnurren verstummen und döste ebenfalls ein, doch nicht zu tief, und träge wanderten seine Gedanken und Sinne auf verschlungenen Pfaden. Und als er durch seinen Magen, der sein stetiges Hungersignal sandte, wach wurde, hatte er eine Erkenntnis gewonnen.

Jenny, die Menschenfrau, mochte durch ein tiefes Tal gewandert sein, verwundet und gedemütigt worden sein, doch sie war entkommen. Sie musste, wie eine Katze auch, einen starken Lebenswillen haben. Auch wenn der kalte Nebel sie dann und wann umgab – die Flamme in ihr war noch nicht erloschen.

Zufrieden richtete Ghizmo sich auf Jennys Schoß auf und forderte herrisch sein Futter ein.

Sie wachte auf und folgte gehorsam.

13

Besuch im Zirkus

Meine Kondition hatte sich deutlich verbessert, die langen Spaziergänge in den letzten Wochen trugen Früchte. Darum verzichtete ich auch darauf, mir ein Taxi zu rufen, und wanderte die Dreiviertelstunde unverdrossen zum Gelände, auf dem der Zirkus gastierte. Lili wartete schon am Eingang auf mich und plapperte gleich los.

»Nach der Vorstellung können wir die Tiere besichtigen, haben die gesagt. Und die Pferde.«

Die wohl in ihren Augen keine Tiere waren.

»Und einen Geschenke-Shop gibt es auch. Und Popcorn. Und diese Leuchtstangen …«

»Und für all das reicht dein Taschengeld?«

Grinsend sah sie mich an.

»Nö.«

»Gott sei Dank. Auf, stellen wir uns dort an der Kasse an.«

Sie wurstelte ein rosa Portemonnaie aus ihrer rosa Hosentasche, aber ich winkte ab.

»Spar dir das Eintrittsgeld fürs Popcorn auf.«

»Oh, danke!«

Ich erlaubte mir, für uns zwei Plätze der besten Kategorie – mit Polster! – zu ordern, und hinein ging es in das nach Sägespänen duftende Vergnügen. Genau wie Lili sah ich mich um, überwältigt von den Farben und Lichtern. Es war ein richtiger, traditioneller, kitschiger Zirkus, und auf der Empore – vergoldet, wie es sich gehörte – warteten mindestens fünf Musiker auf ihren Einsatz. Lili versorgte uns beide mit Popcorn und sagte dann: »Papa hat gesagt, ich soll Sie fragen, ob Sie am Samstagnachmittag Lust haben, sich das Kloster anzusehen.«

»Gerne. Kommst du auch mit und erzählst mir die gruseligen Spukgeschichten?«

»Na, klar doch.«

Ein Tusch unterbrach unsere Unterhaltung, und der hochberühmte Zirkusdirektor in glitzerndem Frack und Zylinder trat in die Manege, um den Beginn der sensationellen, atemberaubenden, hinreißenden, einzigartigen Vorstellung anzukündigen.

Er untertrieb nicht.

Wir verfolgten atemlos die unglaublichen Verrenkungen einer Gruppe goldener Artisten, sahen einen sensationellen Hochseilakt, waren hingerissen von den Clownerien eines tollpatschigen Pärchens, und dann vergab Lili für die Pferdedressur den Titel »einzigartig«. Sie wusste es wohl zu beurteilen. Mir gab die Promenade der Schimmel und Rappen mit ihrem glitzernden Federschmuck nicht so viel. Aber ich war ja auch keine Reiterin und Pferdenärrin. Auch die Raubtiernummer ließ mich eher kalt. Ich musste immer daran denken, dass diese prachtvollen, geschmeidigen Katzen ihr Leben hinter Gittern verbringen mussten. Eingesperrt sein hatte für mich eine ganz eigene Qualität.

Aber dann kam eine Vorführung, für die ich guten Gewissens auch den Titel »einzigartig« zu vergeben geneigt war.

Der Boden der Manege wurde mit einer schwarzen Plane bedeckt.

Die Lichter verlöschten, nur mitten im Rund stand eine Schale, in der ein Feuer brannte.

Es wurde still.

Eine Flöte spielte eine ätherische Melodie.

Ein Mann trat durch den Vorhang. Schwarz sein Anzug, schwarz sein Turban. Sein Gesicht klar beleuchtet durch einen einzelnen Spot.

Ich schnappte nach Luft vor Überraschung.

Kumar Chandan. Was machte der denn hier in einem Zirkus?

Nun gut, was er machte, war klar, denn in den Händen trug er die Poi. Und welchen Zauber er damit vollbringen konnte, das würden wir sogleich erfahren.

Aber Kumar hier?

Mir blieb keine Zeit, mich weiter zu wundern. Kumar entzündete die Enden der Feuerseile, der Spot verlöschte, und aus den Lautsprechern erklangen die ersten Takte des Liedes, zu dem er seine Show gestalten würde.

Mir stockte abermals der Atem.

Der Phönix-Song von Ignacia.

Oh mein Gott!

Im Takt der Musik wirbelten die brennenden Enden der Seile umeinander, hinterließen leuchtende Spuren in der Dunkelheit. Unvergleichlich beherrschte Kumar die Flammen, sie kreuzten sich über ihm, hinter ihm, glitten in schwerelosen Kreisen um ihn herum, folgten Ignacias leidenschaftlicher Trauer um den sterbenden Feuervogel. Die Musik schwoll an, der Orchesterklang füllte das Zelt, die Stimme der Sängerin wurde lauter, machtvoll dominierend. Und Kumar ließ den ersten Funkenstreif entstehen. Die brennenden Enden schlugen auf den Boden, Feuerregen fiel nieder. Funken wirbelten in Kreisen, bildeten Fontänen aus Feuer, während Ignacia die Wiedergeburt des Phönix beschwor, der aus seiner Asche entstieg. Gewaltige Feuerkaskaden umgaben den Mann, hoch sprühten die Funken auf. Ignacias Stimme erhob sich im letzten triumphierenden Aufschrei.

Die Flammen verloschen, die Musik schwieg.

Ebenso die Zuschauer.

Und dann tobten sie los. Sie standen und klatschten und trampelten.

Kumar verbeugte sich anmutig.

Ich blieb sitzen.

»Jenny, Sie weinen ja«, sagte Lili.

»Tue ich das?«

Ich berührte meine Wange. Sie war nass.

»Es war so wundervoll«, seufzte meine junge Freundin und reichte mir ein Taschentuch.

»Sensationell, atemberaubend, hinreißend, einzigartig«, sagte ich, und meine Stimme klang rau und gebrochen.

Nie wieder würde ich den Phönix besingen.

Nie wieder inmitten der Flammen stehen.

Fünf Jahre lang hatte ich meinen Verlust nicht beweint. Warum wollten die Tränen jetzt nicht aufhören zu fließen?

Nur gut, dass eine weitere akrobatische Vorführung Lili ablenkte.

Als die Abschlussparade beendet war, hatte ich mich wieder gefangen.

»Gehen wir zu den Käfigen«, sagte Lili und stürmte voran. Es war dunkel geworden, und die Gänge zwischen den Wagen wurden von Neonlampen beleuchtet. Es drängten sich noch eine ganze Reihe von Leuten durch die Gasse, blieben hier und da stehen, befragten die noch immer kostümierten Artisten, die geduldig auf sie eingingen. Ich beachtete sie nicht, sondern versuchte, mit Lili Schritt zu halten, die sich gnadenlos den Weg durch die Menge bahnte, zielgenau auf das Zelt zu, in dem die Pferde untergebracht waren. Dort angekommen verwickelte sie augenblicklich den knorrigen Stallburschen in ein fachkundiges Gespräch. Ich blieb am Eingang stehen und beobachtete sie, wie sie ihn um ihren kleinen Finger wickelte und zu einem der schönen Rappen geführt wurde.

Kurz überlegte ich, ob ich mich auf die Suche nach Kumar machen sollte. Wir hatten uns lange nicht gesehen, aber damals waren wir gut miteinander ausgekommen. Er war ein Künstler der besonderen Art und hatte mit großem Einfallsreichtum seine Feuershow für meine Lieder erdacht. Er hatte mir sogar die Grundzüge des Feuertanzes mit den Poi beigebracht. Doch seine Meisterschaft war unerreichbar. Umso mehr wunderte es mich, dass er mit einem Zirkus durch die Lande zog. Er hätte in jedem hochklassigen Varieté auftreten können. Er hatte es früher auch getan, und es war eine Ehre für mich gewesen, dass er meine Tournee begleitet hatte. Einen Augenblick lang nahm die Neugier fast überhand, doch dann erlosch sie so schnell, wie sie aufgekommen war.

Was vorbei war, war vorbei.

Ich war Jenny. Mein Leben hatte gerade wieder begonnen.

Lili flirtete gleichzeitig mit den Pferden und dem halb berauschten Stallburschen. Das Mädchen würde in nicht allzu langer Zeit eine Geißel der aufstrebenden Männerwelt werden.

Ich versuchte, ihr einen Wink zu geben, sie bemerkte mich und tätschelte dem schwarzen Dämonen von Pferd die Nase. Dann kam sie auf mich zu.

»Die werden in Freiheit trainiert, sagt Pedro. Und ich darf morgen zuschauen. Hoffentlich hat Papa nichts dagegen. Aber jetzt müssen wir zu den Tigern.«

»Müssen wir?«

»Unbedingt. Ich will was wissen.«

»Und nach Hause musst du nicht?«

»Doch, schon. Ich ruf Papa gleich an, damit er uns abholt.«

Natürlich besaß Lili ein rosa Handy, das sie mir vorzeigte. Ich hatte auf die Anschaffung eines solchen Geräts bisher verzichtet – wer sollte mich schon anrufen? Aber möglicherweise …

Schon wieder war Lili mir voraus. Offenbar hatte sie sich erkundigt, wo die Raubkatzen untergebracht waren. Der größte Teil der Besucher hatte sich inzwischen verlaufen, und an dem kleinen gitterumzäunten Freigehege hielten sich nur noch wenige Menschen auf. Müde lagen die drei Tiger zwischen Strohballen. Einer hatte einen abgenagten Knochen vor seinem Maul liegen, schien aber über dem Verzehr eingenickt zu sein.

Es waren aber nicht die Katzen, die Lilis Aufmerksamkeit anzogen, sondern auch hier die Tierpflegerin, die sich am Zaun aufhielt und Geld aus einer Sammelbüchse zählte.

Als ich hinzutrat, wollte Lili eben wissen: »Was fressen die Tiger eigentlich?«

»Fleisch natürlich. So ein Kätzchen braucht gut fünf, sechs Kilo am Tag. Das geht ganz schön ins Geld.«

Mit diesen Worten wies sie auf die Sammelbüchse hin, in der um Spenden gebeten wurde. Während ich meine Geldbörse zückte, fragte Lili in einem unangenehmen Tonfall: »Was ist das für ein Knochen da vor dem Tiger?«

»Einer von einem Rind. Wir bekommen ihr Futter hier von Bartels, dem Schlachtbetrieb.

»Nur von denen?«

Die Tierpflegerin schüttelte unwillig den Kopf.

»Was meinst du damit?«

»Na ja, es könnten ja auch noch andere Fleisch verkaufen.«

»Hey, Kleine, was hast du für üble Gerüchte aufgeschnappt? Willst du behaupten, wir ziehen hier über die Koppeln und organisieren uns Futter für die Katzen?«

»Könnte doch sein.«

»Lili«, fuhr ich dazwischen, aber der Schaden war angerichtet. Die Tierpflegerin, ein nicht eben duldsames Geschöpf, fetzte los. Offenbar hatte die Polizei hier schon Nachforschungen angestellt, und auch das Veterinäramt hatte misstrauische Fragen gestellt. Als sie in ihrer lautstarken Tirade kurz innehielt, um Luft zu holen, sagte ich so laut es mir möglich war: »Es war Lilis Pony, das umgebracht wurde.«

Augenblicklich war die Luft raus.

»Ach Gott, Mädchen«, sagte die Tierpflegerin weit ruhiger. »Ach je, Kleine. Das ist böse. Aber keine Sorge, meine Kätzchen haben es nicht aufgefressen. Wir bekommen hier wirklich nur das Fleisch von Bartels. Keiner von uns würde eine so scheußliche Tat begehen. Das haben wir den Ermittlern auch klarmachen können.«

»Lili, was hältst du von einer Entschuldigung?«, fragte ich streng.

»Sie braucht sich nicht zu entschuldigen. Ich verstehe sie gut. Wir hängen an unseren Tieren, nicht wahr?«

»Ja«, sagte Lili und schniefte.

»Schon gut. Aber jetzt müsst ihr gehen, auch wir brauchen unsere Nachtruhe.«

Wie auf Befehl gähnte einer der Tiger und präsentierte uns sein gewaltiges Gebiss. Das war schon etwas anderes als Ghizmos Schnäuzchen, ging mir durch den Kopf.

Lili verabschiedete sich sehr höflich, und während wir zum Ausgang gingen, rief sie ihren Vater an. Vor dem roten Torbogen fragte ich sie, um sie von ihrem Verlust abzulenken, welche der Darbietungen ihr besonders gefallen hatten.

»Die Pferde. Die waren fantastisch. Aber dieser Feuertanz – echt, der war der Hammer! Und die Musik dazu. Mann! Kennen Sie das Stück?«

»Ja. Das war vor sechs Jahren recht erfolgreich. ›Phoenix Flying‹ von Ignacia.«

»Die kenne ich nicht. Aber es war toll. Ich habe den Text nicht verstanden. Nur, dass er auch irgendwas mit Feuer zu tun hatte.«

»Du weißt, was ein Phönix ist?«

»Nö. Sagen Sie es mir?«

»Der Phönix ist ein Feuervogel, vermutlich so groß wie ein Adler. Sein Gefieder schimmert wie Gold, seine Flügel leuchten in Purpur. In der griechischen und römischen Sagenwelt wird behauptet, dass es jeweils nur einen Phönix gibt, der aber wird fünfhundert Jahre alt. Und wenn er merkt, dass sein Leben zu Ende geht, baut er sich ein Nest aus duftenden, harzigen Hölzern, das sich in der heißen Sonne entzündet. Er facht dann mit seinen Schwingen die Flammen an und verbrennt sich selbst. Aber in der Asche bleibt ein Ei zurück, und wenn die Zeit reif ist, schlüpft ein neuer Phönix. Dieser Vogel ist das Symbol der Wiedergeburt und des ewigen Lebens. Und genau davon handelt Ignacias Lied.«

»Oh, schön!«

Ein Auto hielt vor uns, und Lili trat darauf zu. Raoul Pfeiffer machte das Papa-Taxi.

»Kommen Sie, steigen Sie ein.«

»Ich kann auch zu Fuß …«

»Jenny, rein mit Ihnen!«

Es brauchte keine große Überredung. Weiche Ledersitze waren einem Fußmarsch durch die Nacht deutlich vorzuziehen.

»Hat Lili Ihnen meine Einladung ins Kloster übermittelt?«

»Ja, vielen Dank. Und sie hat mir auch eine Gruselgeschichte versprochen.«

»Wir werden alles dazu tun, dass Sie kalkweiß und zähneklappernd aus der Ruine wanken.«

»Das, Raoul, kann schneller geschehen, als Sie denken. Ich bin ein wenig klaustrophobisch veranlagt, und in finsteren Kerkern werden Sie mich zusammenbrechen sehen.«

»Finstere Kerker gibt es dort nicht. Ich dachte mehr an die Geschichten, die wir Ihnen erzählen können. Ich hole Sie dann so um drei Uhr ab. Ist das recht?«

»Ja, danke. Und auch danke für den Heimtransport. Und gute Nacht. Lili wird Ihnen jetzt von den Highlights des Abends berichten.«

Ich hatte eben das Auto verlassen, als das schwere Motorrad an uns vorbeidonnerte. Natürlich der Kerl mit dem schweineohrigen Totenkopf auf dem Buckel.

Der schon wieder.

Aber er verschonte mich mit seiner Anmache, und im Hof wartete auf dem roten Eimer sitzend Ghizmo.

»Komm, Tiger. Ein halbes Rind wartet auf dich.«

»Mirr!«

14

Kätzisches Nachtleben

Eigentlich hatte er nicht auf sie gewartet. Eigentlich hatte er sich nur die Zeit vertrieben.

Eigentlich.

Ghizmo sprang eilig von seinem Eimerplatz und schwänzelte um Jennys Beine, als sie über den Hof zur Haustür ging.

Futter erwartete ihn.

Für eine Weile vergaß er alles um sich herum und bohrte seine Nase tief in die Schüssel. Danach putzte er sich gründlich und lauschte dann auf die Geräusche im Haus. Die ging jetzt zu Bett. Da oben rumorte es, und bei diesem Rumoren gab sie Töne von sich. Komische Töne. Dann wurde das Licht ausgemacht.

Mist.

Denn eigentlich müsste er jetzt nach draußen und seine Runde drehen. Täte er das nicht, würde dieser verdammte Jaromir wieder hässliche Markierungen in seinem Revier hinterlassen. Also galt es, Jenny noch einmal aus dem Bett zu scheuchen, damit sie die Tür aufmachte. Dazu gab es verschiedene Möglichkeiten. Die erste war höflich.

Er stellte sich an den Fuß der Wendeltreppe und maunzte.

Nichts geschah.

Nun, dann musste man deutlicher werden.

Ghizmo erklomm die Stufen. Es roch oben noch immer nach

Holz und Lasur, aber nicht mehr nach Florians Zeug. Ein bisschen roch es auch nach Lavendel. Und der Boden war ganz glatt und neu. Das Bett stand unter dem Fenster, und unter der Decke hörte er Jenny leise atmen.

Es war nicht schön, aus dem Schlaf gerissen zu werden, das mochte Ghizmo auch nicht. Aber was sein muss, muss sein! Die Frau hatte ihm die Tür zu öffnen. Da konnte ein Kater keine Rücksicht nehmen.

Also noch mal ein herrisches Maunzen.

Nichts tat sich.

Lauter Maunzen.

Noch immer nichts.

Also musste er wohl zum Äußersten gehen. Es war ja eigentlich strikt verboten, auf das Bett zu springen.

Eigentlich.

Aber hier war ein Notfall angesagt.

Ghizmo ruckelte sich zurecht und sprang. Er landete in dem göttlich weichen Plumeau und hätte sich fast entschieden, die Nacht darin zu verbringen. Aber die Pflicht rief. Darum kämpfte er sich zu Jennys Kopf vor. Da, das Ohr. Maunzen.

Ein unwilliger Laut war die Antwort.

Noch ein Maunzen, schon fast ein Schrei.

Ihr Arm fuhr unter der Decke hervor, als wolle sie ihn schlagen. Das nicht! Mit den Vorderpfoten packte er den Arm. Krallen raus, Zähne rein.

»Auaua!«

Ja und?

»Lass los, du Teufel!«

Aha, wach. Ghizmo lockerte seinen Griff. Ups, das war wohl etwas heftig gewesen. Er schmeckte Blut an seinen Lippen.

»Autsch. Runter mit dir! Raus hier!«

Ja, raus!

Ghizmo sprang vom Bett und strebte zur Treppe. Jenny folgte ihm. Hui, war die wütend.

Tür auf, Kater raus. Tür zu. Peng!

Nein, er fühlte sich nicht schuldbewusst. Nein, ganz und gar nicht. Seine Menschen musste man erziehen. Sie hatten jeder Bitte katzenseits umgehend zu gehorchen. Das musste man von Anfang an klarstellen. Sicher, vieles erreichte man durch Schmeicheln und Schnurren und strenge Blicke, aber hin und wieder musste man auch die härteren Erziehungsmaßnahmen ergreifen. Wofür hatte ein Raubtier seine Krallen und Zähne?

Gut, blutige Kratzer hätte er ihr nicht verpassen müssen. Vielleicht tat es ihm jetzt doch irgendwie ein ganz kleines bisschen leid. Sie zeigte sich ja sonst ganz anstellig. Wie gestern eben, als sie ihm zur Koppel gefolgt war. Und dieses Riemchen aufgeklaubt hatte. Daran würde er sie noch mal erinnern müssen.

Jetzt aber war es an der Zeit, die Pfade zu kontrollieren.

Einmal um den Garten, hier war alles im Lot. Über die Straße, an der Koppel entlang. Selenas Runde berührte hier die seine, er sah die weiße Kätzin auf einem Zaunpfosten sitzen. Ach, sie war so schön. Und doch so unnahbar.

Dennoch. Ein schlichter Gruß konnte nicht schaden.

Blaue Augen streiften ihn kühl.

»Hast dich bei der Neuen eingeschleimt?«

»Ich brauchte nicht zu schleimen.«

»Du bist aber ein Schleimer.«

»Und du eine giftige Kröte.«

»Warum schleimst du mich dann an?«

»Ich werd's zukünftig unterlassen.«

Nase hoch, Schnurrhaare angelegt, Augen nach vorne gerichtet, marschierte Ghizmo an der weißen Schönheit vorbei.

»Arroganter Muffkopp«, vermeinte er zu vernehmen, aber

er drehte sich nicht um und zog ihr eins über. Das war unter seiner Würde.

Dann Grandpa Woodys Garten: Das war Jaromirs Heimrevier, und er mied es füglich. Aber inzwischen war er auf Krawall gebürstet, und darum hechtete er über den Zaun und sah sich herausfordernd um. Natürlich war er hier nicht zum ersten Mal, versteht sich. Denn der verdammte rote Teufel stromerte ja auch immer durch sein Heimrevier. Als Erstes hinterließ Ghizmo also einen kräftigen Gruß an der Hecke, dann durchmaß er die gepflegten Rabatten zum Haus, wo eine Katzenklappe Jaromir den ungehinderten Ein- und Ausgang gewährte.

Auch hier hinterließ er einen herausfordernden Gruß.

Hah, der Rotpelz würde die Krätze kriegen!

Leider ließ der sich nicht blicken, und darum suchte Ghizmo eine andere Art der Ablenkung. Er fand sie im Kräuterbeet.

Grandpa Woody war ein echter Katzenfreund. Dicke Polster von köstlich duftender Katzenminze hatte er für Jaromir angepflanzt. Sie luden geradezu ein, sich darin zu wälzen und ein paar Blätter abzurupfen. Ghizmo gab der Versuchung nach. Betörend war der Geruch, geradezu betäubend. Die Nase tief in das duftende Grün vergraben sank er in einen beseligten Halbschlummer.

Und erfuhr an eigenem Leib, wie hässlich es war, unversehens aus diesem Schlummer gerissen zu werden.

Ein Fauchen warnte ihn zwar vor, aber die Kralle traf sein Ohr. Es brannte, und umgehend war sein Kampfeswille wieder geweckt. Jaromir tänzelte vor ihm. Ghizmos Rückenhaare stellten sich auf. Linke Tatze, ducken, rechte Tatze. Rote Fellfusseln fliegen. Kreischen durchschrillt die Nacht. Dann ein Treffer – Jaromirs Nase blutet. Der auf ihn, wirft ihn um. Mit allen vier Pfoten boxen. Der Feind auf dem Rücken. Beißt. Weiße

Fellflusen zwischen den Krallen. Auseinander, anstarren, Rücken buckeln, Schwanz gesträubt.

Jaromir stelzt vor. Spuckt Beleidigungen aus. Ghizmo erwidert.

Oben fliegt ein Fenster auf.

»Jaromir! Jaromir, nicht streiten.«

Der Rotpelz verstummt, sein Fell glättet sich.

»Machen wir Schluss. Der Alte regt sich sonst auf.«

»Ist gut.«

Manchmal musste man Rücksicht nehmen.

Ghizmo setzte sich hin und begann, sein zerrauftes Fell zu bürsten. Sein Gegner tat es ihm gleich.

»Schöne Nacht heute«, meinte er schließlich versöhnlich.

»Ja, schön trocken.«

»Ist sogar ein Mensch unterwegs, drüben, an den Weiden.«

»Manche können nicht schlafen.«

»Kann sein. Hat am Zaun gestanden. Hat zu dem Pferd geguckt.«

»Das gefällt mir nicht. Welcher Mensch?«

»Hab ihn nicht erkannt. Wollte nicht näher.«

»Verständlich.«

»Ich geh jetzt rein. Der Alte braucht mich. Und du verpiss dich aus meinem Garten.«

»Bis dann. Man sieht sich.«

Jaromir grinste hämisch.

»Ich schärf meine Krallen, Weichpfote.«

Ghizmo ersparte sich eine Erwiderung. Seine Meinung hatte er mit einer höchst beleidigenden Duftmarke an der Katzenklappe kundgetan. Der empörte Schrei bestätigte ihm, dass sie bemerkt worden war. Zufrieden schlüpfte er durch die Hecke und sah sich auf der Straße um. Sollte er nachsehen, ob der Mensch noch auf der Koppel war? Sie lag etwas außerhalb seines Kontrollbereiches, was zwar kein Hinderungsgrund war, aber gewisse Risiken barg. Ein raufsüchtiger Streunerkater patrouillierte dort manchmal.

Nein, für diese Nacht hatte er genug gekämpft, er würde seine Runde beenden, sich ein geschütztes Plätzchen im Garten an seinem Haus suchen und ein wenig der Ruhe pflegen.

Zwischen den Dahlien verbrachte er den Rest der Nacht, erwachte in der Morgendämmerung und frönte seiner Jagdleidenschaft. Eine Maus fiel ihm zum Opfer, die er verzehrte. Einer zweiten brach er jedoch nur das Genick und trug sie zur Terrassentür.

Er hatte nämlich doch ein schlechtes Gewissen entwickelt. Lästig, aber wahr.

Und da im Haus die Lichter angegangen waren, maunzte er vernehmlich.

Es ward ihm aufgetan.

15

Streitereien

Ghizmo legte mir eine tote Maus vor die Füße, als ich ihm die Tür öffnete. Dann setzte er sich aufrecht hin und sah mich mit seinen schönen grünen Augen an.

In der Nacht war ich ziemlich wütend auf ihn gewesen, und die vier langen, blutigen Kratzer an meinem Arm brannten noch immer. Aber nun lag in seinem Blick so etwas Flehendes, und ich konnte ihm einfach nicht mehr böse sein.

»Die Maus ist ein Geschenk für mich, nehme ich an?«

Er machte keinen Ton, blickte aber weiter hoch zu mir.

»Danke, Ghizmo. Ich werde damit mein mageres Frühstück ergänzen. Darf ich sie aufheben?«

Er trat ins Haus, und ich zog ein Taschentuch hervor, um die pelzige Gabe von der Schwelle zu entfernen. Bio-Müll. Aber gut gemeint.

Während Ghizmo seinen Napf leerte, streichelte ich ihn, damit er wusste, dass ich ihm vergeben hatte.

Ich sollte wohl doch mal über eine Katzenklappe nachdenken, um solche nächtlichen Angriffe fürderhin zu vermeiden. Aber noch gehörte mir das Haus nicht, und mit dem Gesangsverein wollte ich nicht darüber diskutieren, ob und wo ich eine solche bauliche Veränderung vornehmen durfte.

Das Problem jedoch löste sich schon im Laufe des Vormittags, denn kaum hatte ich mein Geschirr in die Spülmaschine gestellt, ertönte die Türklingel, und Miriam, heute in strengem Hosenanzug, begehrte Einlass.

»Du siehst schlampig aus, Jenny«, war ihre erste Bemerkung.

»Du nicht. Aber ich habe ja auch heute keine Termine.«

»Es ist eine Frage der Selbstachtung. Wenigstens Jeans und Bluse könntest du anziehen, dieser Lumpensack, den du da trägst, ist unmöglich. Und deine Haare stehen dir wie ein Mopp vom Kopf ab.«

»Danke, sonst noch was?«

Aber mich beschlich so ganz leise das Gefühl, dass sie recht haben könnte.

»Ja, ich habe Unterlagen mitgebracht, die wir durchsprechen müssen.«

»Auch das noch.«

Sie schob einen Stuhl vom Esstisch weg, musterte mit offensichtlichem Abscheu die braunkarierte Tischdecke, knallte ihre Tasche darauf und holte den Laptop heraus. Fingerfertig bearbeitete sie die Tastatur, hielt inne und schnauzte mich an: »Kein WLAN in dieser Bude?«

»Miriam, du hast diese Bude angemietet. Hättest du dich nicht darum kümmern müssen?«

Sie krallte sich ihr Smartphone und knipste wild drauflos.

Sie war eindeutig schlechter Laune. Ich stapfte die Treppe hoch. Gut, ich sah wirklich ein bisschen gammelig aus. Also zog ich mich um und bürstete meine Haare. Sie waren zu kurz, um eine Frisur draus zu machen, aber mit einem Schal konnte ich sie zurückbinden. Das sah etwas ordentlicher aus.

Von unten drang Miriams Stimme herauf, die herrisch Befehle erteilte. Dann brach sie ab, und ich hörte sie in die Küche gehen. Langsam traute ich mich wieder nach unten. Miriam stand an der Kaffeemaschine und beäugte die Reste in der Kanne misstrauisch.

»Ich mach uns frischen«, sagte ich begütigend.

»Gut. Heute Nachmittag kommt der Elektriker und richtet die Netzanschlüsse.«

»Mit was hast du ihm gedroht?«

Ein kleines Lächeln huschte über ihre fein geschnittenen Züge.

»Berufsgeheimnis.«

Das Wasser gurgelte durch die Kaffeemaschine, und ich holte Tassen aus dem Schrank. Miriam schlenderte an den Wohnzimmerschränken – zugegeben, keine wirklich eleganten Stücke – vorbei und strich mit den Fingern darüber.

»Jenny, du brauchst eine Putzfrau.«

»Sicher?«

Ein genervter Augenaufschlag zeigte mir, dass ich wieder einmal die Dumme war. Aber leider, leider, auch damit hatte sie wohl recht. Hausfrauenpflichten waren mir völlig fremd.

»Woher krieg ich eine, was soll ich ihr sagen, dass sie tun soll, und was kostet so eine Perle?«

»Ich kümmere mich darum. Morgen oder übermorgen stellt sich jemand bei dir vor.«

So war sie, meine Freundin Miriam.

Einfach überwältigend.

»Ah, und du siehst ja inzwischen wieder ganz menschlich aus.« Sie goss sich Kaffee in die Tasse, verschmähte wie üblich alle Beigaben und setzte sich wieder an den Tisch. »Und nun zu den Unterlagen. Ich habe hier den Kaufvertrag für das Haus.«

Eine halbe Stunde ließ ich mir die juristischen Formulierungen erklären, fand, wie üblich, alles brillant gelöst und stimmte zu, mich in der nächsten Woche beim Notar einzufinden, um den Vertrag zu unterschreiben. So schnell wurde man Eigentümer eines Hauses.

»Und jetzt zu den Geldanlagen, Jenny.«

»Muss ich?«

»Solltest du. Du solltest dir vor allem überlegen, was du damit anfangen willst.«

»Ich bezahle die Handwerker. Ich könnte mir ein Auto kaufen. Und neue Möbel für hier unten.«

»Alles ganz wundervolle Ideen, Jenny, aber das kratzt noch nicht mal an den Zinsen. Verdammt, du bist eine schwerreiche Frau.«

Vielleicht sollte ich mich doch mal um meine Konten kümmern? An mir war wirklich einiges vorbeigegangen in den letzten Jahren. Also ließ ich mir geduldig von Miriam erklären, wie sie mein Vermögen verwaltet hatte. Auch das hatte sie in ihrer üblich effizienten Art vorbildlich getan. Und ich hatte für die nächsten Tage tatsächlich einigen Stoff zum Nachdenken.

»Und, wie kommst du sonst so zurecht?«, fragte Miriam und klappte den Laptop zu.

»Ganz gut. Es ist unterhaltsamer, als du dir vorstellen kannst. Wir hatten einen Pferdemord, das Atelier wurde renoviert, die Bäder ebenfalls, jetzt wird noch die Heizung überholt, ich war mit Lili im Zirkus und morgen werde ich mit ihr und ihren Vater die hiesige Klosterruine besichtigen.«

»Von dem toten Pony habe ich gehört. Hast du nicht schon mal gesagt, dass hier ein irrer Pferderipper rumläuft?«

»Ja, das hatte Lili erwähnt. Aber der Vorfall ist Monate her. Und das Tier ist nur verletzt, nicht umgebracht worden.«

»Der jetzige Mord hat vor deiner Haustür stattgefunden. Irgendwie unheimlich. Pass auf dich auf, Jenny.«

»Ich bin doch kein Pferd.«

»Man weiß ja nie. Und jetzt – was ist mit diesem Vater von Lili?«

»Er besitzt das hiesige Weingut. Aber er scheint in finanziellen Schwierigkeiten zu stecken. Da ist wohl vor einiger Zeit etwas mit seinen Pflanzungen passiert.«

»Und sonst?«

»Und sonst sieht er aus wie ein Filmstar, hat ausgezeichnete Manieren und ist verwitwet.«

»Wie angenehm für dich.«

»Ach, Miriam. An Männern habe ich wirklich kein Interesse mehr.«

Miriam nickte und packte ihre Unterlagen zusammen.

»Ich muss los, mein Terminkalender platzt. Wir sehen uns beim Notar nächste Woche.«

Weg war sie. Und ich blieb allein am Esstisch sitzen.

Gott, was für eine hässliche Tischdecke. Offenbar hatte Ghizmo das auch schon bemerkt, es hingen etliche Fäden aus dem grob gewebten Stoff. Man sollte sie einfach wegwerfen.

Unter dem Scheusal befand sich ein zerkratzter Holztisch, der auch nicht besser aussah. Aber wenigstens zog er keine Fäden. In meiner Betrachtung wurde ich von dem erneuten Scheppern der Klingel gestört. Stefan und Bully standen vor der Tür und verkündeten, sich jetzt der Heizung annehmen zu wollen. Ich gestattete ihnen den Eintritt und flüchtete in den Garten. Hier bemerkte ich eine rote Katze, die mit hocherhobenem Schwanz die Eibenhecke markierte. Ein prachtvolles Tier, und vermutlich Ghizmos Erzfeind. Aber später würde der sich über den Gruß an dem Busch herzhaft ärgern. Der Rote sandte mir einen Blick, der zu sagen schien: »Mach bloß keinen Stress!«, dann verdrückte er sich. Jaromir war, wie ich mich erinnerte, sein Name.

»Frau van Rosmalen«, rief Stefan durch das Fenster. »Es klingelt!«

Was war denn heute nur los?

Diesmal war es Lothar, der Gärtner, der behauptete, es sei

der Tag, an dem die Hecke geschnitten werden sollte. Also ging mir auch der Garten als Sanktuarium verloren. Lothar hatte eine gefährlich aussehende Heckenschere dabei, die einen Höllenlärm verursachte. Im Haus heulten Bohrer und krachten Hämmer. Ich dachte an Flucht. Da klingelte das Telefon. Isabell fragte nach, ob sie sich mal die Scheune ansehen sollte.

»Bringen Sie eine Kreissäge mit?«

»Nein, soll ich?«

»Die würde das Geräuschkonzert hier prächtig ergänzen«, brüllte ich in den Hörer.

Immerhin war der Lärm im Hof etwas gedämpfter, und in der Scheune konnte man es auch aushalten.

Isabell kam nach kurzer Zeit und strahlte mich an. Sie war geschäftstüchtig, das musste man ihr lassen. Und da ich nun in Kürze Besitzerin des Anwesens sein würde, war ich auch geneigt, mir ihre Vorschläge anzuhören. Wir schoben die hölzerne Tür auf, die breit genug war, um einen Traktor durchzulassen. Innen war es dämmerig, staubig und extrem unordentlich.

»Was für ein Müll!«, entfuhr es Isabell.

»Sieht aus, als sei das noch von dem Vorvorbesitzer. Oder hat der Maler auch Landwirtschaft betrieben?«

»Nein, der nicht. Und die Generalin auch nicht. Das muss Zeug vom letzten Pächter sein. Das Land hier herum hat ja auch der Generalin gehört, aber sie hat es schon vor Jahren verkauft.«

»Kann man herausfinden, wer der Pächter war?«

»Kann man bestimmt, aber ich würde mir keinen Kopf darum machen. Wenn das Gerümpel für ihn irgendeinen Wert gehabt hätte, hätte er es schon lange abholen können. Bestellen Sie sich einen Container und lassen sie es zur Abfallentsorgung bringen.«

»Und dann?«

»Und dann machen wir etwas Hübsches aus dem Gebäude. Was brauchen Sie? Ein Fitnessstudio? Eine Sauna mit Whirlpool? Ein Gästequartier? Eine Festscheune?«

Isabell brachte mich zum Lachen.

»Sie wollen einen möglichst großen Auftrag, was?«

»Natürlich.«

Sie bahnte sich den Weg durch das Gerümpel und wies auf die verschiedenen Möglichkeiten der Umgestaltung hin, rüttelte an Stiegen, klopfte auf den Zwischenboden, zerrte ein blindes Fenster auf und begutachtete eine feuchte Stelle im Dach.

Ich gestand mir ein, dass ihr Elan mich ermüdete.

»Isabell, ich denke, ich werde die Scheune erst mal ausräumen lassen. Und dann überlege ich mir, welcher ihrer hervorragenden Vorschläge mir entgegenkommt.«

»Schon gut. Ich war wieder voreilig. Aber ich habe gehört, sie kaufen das Haus, und da muss man dranbleiben.«

»Ihr gutes Recht. Ich melde mich, wenn die Scheune leer ist.«

»Fein. Danke.«

Als ich ins Haus trat, war aller Lärm eingestellt. Klar, es war zwölf Uhr – die Herren machten Mittag. Ich hörte ihre Stimmen von der Straße her und schaute aus dem Fenster. Sie standen an Stefans Truck gelehnt, Tüten mit belegten Brötchen in der Hand. Auf der Kühlerhaube standen Colaflaschen, Lothar hingegen setzte eben eine Bierdose an den Mund. Er wischte sich die Lippen ab und klagte in nörgeligem Ton: »Klar verdient der sich dumm und dämlich. Ich habe da gearbeitet, ich weiß, was der für ein Schwein zahlt. Das ist lächerlich. Und ich weiß, was ich für ein Schnitzel blechen muss. Das kennst du doch auch, Bully. Dein Vater macht auch seine Gewinne.«

»Hey, Lothar, so einfach ist das nicht. Um aus einem Schwein ein Schnitzel zu machen, muss einiges an Arbeit reingesteckt werden.«

»Klar, aber es wird auch groß was draufgeschlagen. Woher könnte der Bartels sich denn sonst seine kostbaren Dressurpferde halten? Und den Luxusschlitten, mit dem er rumfährt? Und seine Frau mit Glitzerkram behängen?«

»Kann er eben«, antwortete Stefan gelangweilt.

»Kann er, weil er seinen Leuten einen Hungerlohn zahlt und sie wie die Sklaven antreibt.«

»Ja, ja.«

Offenbar hatten Stefan und sein Geselle derartige Auslassungen schon häufiger erlebt und reagierten mit demonstrativem Desinteresse. Was Lothar dazu brachte, ein brisanteres Thema anzusprechen.

»Den, der das Pony abgestochen hat, hat man noch immer nicht gefunden. Ist echt gefährlich hier.«

»Findest du?«

»Ich habe gehört, die haben in der Klapse drüben sogar Massenmörder. Und die lassen sie frei rumlaufen.«

»Wohl kaum.«

»Doch, Mann. Ich kenn einen, der arbeitet da. Die Irren sind nicht eingesperrt. Die können jederzeit aus ihren Zimmern raus. Und die Ärzte machen nichts anderes, als die mit Drogen vollzuballern. Kann gut sein, dass da einer durchdreht.«

Ich wollte ja eigentlich nicht lauschen, aber Lothars Sicht der Welt begann mich zu faszinieren. Sie war schon recht eigenwillig.

»Hör mal, das Pferd war säuberlich zerlegt. Das war keine Tat eines Irren«, wandte Bully ein.

»Eines irren Schlachters vielleicht? Hey, du hast doch auch gelernt, wie man ein Tier absticht.«

»Klar. Aber, Mann, ich bin nicht irre.«

In Bullys Stimme schwang eine Drohung, und seine Haltung wurde aggressiv.

»Diese Unterhaltung ist es aber«, fauchte Stefan. »Schluss jetzt, gehen wir wieder an die Arbeit.«

Bully und Lothar funkelten sich noch einmal kurz an, dann drehte der Gärtner ab und verschwand hinter der Hecke. Das Gedröhne setzte wieder ein.

Stefan und sein Geselle kamen wieder ins Haus und begaben sich in den Heizungsraum. Ein wenig nachdenklich sah ich ihnen nach. Bully mochte nicht der Hellste sein, er war ein wahres Muskelpaket und recht derb im Umgang. Sollte er einen wie auch immer gearteten Grund gehabt haben, Tinkerbell umzubringen? Immerhin, die Fähigkeit und sicher auch das Handwerkszeug dazu besaß er. Ob er einen Groll gegen Pfeiffer hegte? Ich würde am Samstag mal vorsichtig nachfragen. Man wusste ja nie, was für Querverbindungen es so gab. Möglicherweise hatte der gut aussehende Raoul Bully die Freundin abspenstig gemacht. Oder Papa Bully hatte Pfeiffer Geld geliehen, das der nicht zurückzahlen konnte.

Ah, ich fing schon an zu fantasieren.

Ich verscheuchte die Gedanken, kümmerte mich um mein Mittagessen und floh dann vor dem Krach nach draußen zu einem langen Spaziergang.

16

Nachtwache

In seinem Revier war die Hölle los. Schrecklich. Ghizmo traute sich den ganzen Tag nicht zum Haus. Stattdessen verträumte er die Zeit in der verwaisten Krippe von Tinkerbells Unterstand. Erst als die Autos vor dem Haus fortgefahren waren, schlenderte er hinüber und wartete im Hof auf Jenny. Sie kam auch bald und lud ihn zu einem Mahl ein.

Das klappte schon ganz gut.

Auch die Unterhaltung danach war nicht schlecht. Sie hatte ein Bällchen mit einem Band versehen und ließ ihn danach haschen. Höchst animiert zeigte Ghizmo Jenny, zu welchen Verrenkungen und wilden Sprüngen er fähig war, und sie sparte nicht mit Lob.

Jenny zeigte sich auch weiterhin gelehrig, denn als sie mit dem Spielen fertig waren, sprang Ghizmo auf den Couchtisch – was eigentlich streng verboten war. Aber sie erkannte, dass er sie an das Riemchen erinnern wollte, das da zwischen einem Notizblock, Stiften und Bonbondosen lag.

»Stimmt, Ghizmo. Darum sollte ich mich noch mal kümmern. Ich frage mich, ob das von Tinkerbells Zaumzeug stammt.«

Tat es nicht, aber ihr das zu erklären, ging über seine Fähigkeiten hinaus. Was das war, das musste sie schon selbst herausfinden.

»Ich denke, ich werde morgen mal in den Unterstand gehen und sehen, was ich da herausfinde.«

Falsche Fährte. Aber immerhin, sie kümmert sich schon mal.

Jetzt gab es noch eine Handvoll Knusperfischchen, und glücklich schnurrend rollte Ghizmo sich auf dem Sessel zusammen.

Jenny hatte auch noch mehr dazugelernt, denn bevor sie sich nach oben zurückzog, öffnete sie ihm, ohne dass er etwas sagen musste, die Tür. Darum streifte er beim Hinausgehen auch an ihren Beinen vorbei. Erziehung durch Lob und Zuspruch.

Zunächst war alles so weit in Ordnung. Boris Halbschwanz fand sich zu einem Schwätzchen ein, Selena mimte wieder die Königliche, Jaromir hatte ausgefallene Beleidigungen hinterlassen, die Ghizmo mit großem Vergnügen erwiderte. Ein Hundebesitzer führte zu nachtschlafender Zeit noch seinen Dackel Gassi, und natürlich musste der Kläffer ihn lauthals verbellen. Als das dumpfe Röhren eines Motors durch die Nacht dröhnte, sprang er sicherheitshalber auf ein Gartenmäuerchen und ließ den Motorradfahrer an sich vorbeirauschen. Dann war Ruhe im Revier.

Ghizmo hatte seine Runde beendet und fühlte sich noch nicht müde genug, um seinen Schlafplatz im Garten aufzusuchen. Es war eine Gelegenheit, die weiter entfernte Koppel aufzusuchen, auf der Jaromir am Vortag den Menschen gesehen hatte. Neugier war es, die Ghizmos Nase voranzog. Er folgte ihr.

Die Nacht war dunkel, der Schein der letzten Straßenlaterne reichte kaum mehr bis zu den Wiesen. Der Mond war auch nur eine schmale Sichel, die sich häufig hinter Wolkenstreifen verbarg. Doch für Katzenaugen reichte das wenige Licht, und daher erkannte Ghizmo, dass auf dem eingezäunten Areal zwei große Pferde standen. Zwei, nicht drei. Bisher waren es drei gewesen, zwei einfarbig braune und eines mit einer weißen Blesse. Hochnäsige Biester, ganz anders als Tinkerbell. In die Nähe dieser Pferde hatte er sich nie gewagt und sich ganz bestimmt nie in deren Krippen gelegt. Die Menschen gingen auch ganz anders mit ihnen um. Nicht wie Lili, die auf dem Rücken des Ponys herumgeturnt hatte. Nein, zu diesen Pferden kamen Menschen und luden sie in Anhänger ein. Die mussten nicht selber laufen, die wurden gefahren.

Trotzdem – wo war das dritte Pferd?

Hatte man das wieder weggefahren?

Oder hatte es sich in dem angrenzenden Gehölz versteckt?

Auf die Koppel selbst wollte Ghizmo sich nicht begeben, zum einen wegen der Biester, zum anderen, weil sich möglicherweise der Streuner dort herumtrieb. Neugier war auch immer mit Vorsicht verbunden, das hatte er in seinen fünf Lebensjahren gelernt. Daher schlenderte er auf dem grasbewachsenen Streifen vor dem Koppelzaun weiter. Dieser endete an einer wilden Wiese, die möglicherweise Mäuselöcher barg, mit Sicherheit aber Kletten und anderes widerliches Zeug, das sich im Fell festsetzte. Ghizmo kehrte um. So interessant war die Gegend auch wieder nicht. Er hatte eben die Hälfte des Weges zurückgelegt, als eine Bewegung am Gehölzrand ihn aufmerken ließ. Er blieb stehen und richtete all seine Sinne darauf.

Völlig irritiert sah er den Pferdekopf mit der weißen Blesse auftauchen. Doch nicht das Pferd selbst. Und dann erkannte er, dass ein Mensch in dunkler Kleidung diesen Kopf unter dem Arm trug. Jetzt legte er ihn in der Nähe des Zaunes nieder und ging wieder weg.

Kopf ohne Pferd!

Pferd ohne Kopf!

Der hatte dem Pferd den Kopf abgemacht!

Wie bei Tinkerbell!

In blankem Entsetzen schoss Ghizmo davon. Erst als er sich im Garten seines Hauses unter einem Haufen Heckenschnitt eingegraben hatte, kam er wieder zur Besinnung. Hektisch begann er, sein Fell zu putzen, um das Grauen daraus zu entfernen. Es gelang ihm nur sehr langsam, sich wieder zu beruhigen. Doch der Geruch von frischem Blut schien ihm noch immer in der Nase zu stecken. Und als er in den Schlaf sank, peinigten ihn entsetzliche Traumfetzen.

17

Männerbelustigung

Meine Nacht war wie üblich unruhig gewesen. Sie bestand aus einem Wechsel zwischen Dösen und Denken, kurzem Wegnicken und wachem Sternengucken. Aber daran war ich gewöhnt. Mir war vieles im Kopf herumgegangen, was ich zu entscheiden hatte, aber das hinderte wenigstens die Erinnerungen daran, mich zu quälen. Einmal war ich fast eingeschlafen, aber da hatte mich dieses grässliche Motorrad aufgeschreckt. Ich war mir ganz sicher, dass es dieser aufdringliche Biker war, der hier seine Runden drehte, denn vor dem Haus hatte er seine Fahrt verlangsamt. Hoffentlich entwickelte der Kerl sich nicht zum Stalker. Das hätte mir gerade noch gefehlt.

Um sechs Uhr hatte ich die Nase voll davon, mich im Bett herumzuwälzen, und stand auf. Morgennebel lag über dem Land, verhüllte die Bäume und Sträucher im Garten. Den Haufen Grünabfall neben der Terrasse verhüllte er leider nicht. Lothar hatte zwar die Hecke geschnitten, es jedoch nicht mehr geschafft, Laub und Äste zu entfernen. Wie dumm, dass ich keine Telefonnummer von ihm hatte. Ich wusste nicht mal seinen Nachnamen. Es war schon erschreckend, wie unbeholfen ich war. Aber Stefan wusste wohl Rat. Überhaupt – Heizung. Stefan hatte mir gestern einen Zettel an die Kaffeekanne gelehnt mit dem freundlichen Hinweis, dass das heiße Wasser erst heute Mittag wieder zur Verfügung stand.

Die kalte Dusche machte mich richtig wach.

Der heiße Kaffee unterstützte diesen Zustand, ich widmete mich der gemächlichen Zeitungslektüre, und um acht fragte ich mich, wo Ghizmo sich wohl aufhielt. Auf mein Rufen erschien er nicht, aber vielleicht war es noch zu früh für ihn. Gewöhnlich tauchte er zwischen neun und zehn auf, um sein Frühstück einzufordern.

Aber auch um zehn erschien der Kater noch nicht, und ich trat in den Hof, um ihn erneut zu rufen. Nichts rührte sich. In der Scheune ebenfalls keine Spur von ihm. Im Garten hörte er auch nicht auf meine Stimme, und ich wollte schon besorgt die Straße absuchen, als ich ein Quieken und Fauchen hörte. Überraschenderweise aus dem Haufen Grünzeug.

»Ghizmo?«

Ein tiefes Knurren, dann wieder ein jammerndes Quieken.

Ich zog vorsichtig einige Zweige weg und stieß auf getigertes Fell.

»Ghizmo? Bist du verletzt?«

Der Kater schoss hoch, starrte mich, Ohren angelegt, mit wildem Blick an und fauchte.

»Ghizmo, keine Angst. Alles ist gut.«

Der Blick fokussierte sich, die Ohren richteten sich auf. Dann sträubten sich die Schnurrhaare nach vorne, und er riss sein Mäulchen zu einem riesigen Gähnen auf.

Ganz offensichtlich hatte ich ihn aus einem Schlaf aufgeschreckt, der von wilden Träumen durchzogen war. Katzen träumten doch, oder?

»Maumau!«, sagte Ghizmo und schüttelte sich Laub und Borkenkrümel aus dem Fell. Dann strebte er auf die offene Terrassentür zu.

»Ah, ich nehme an, du hast jetzt Hunger nach deinem wilden Abenteuer.«

Ich bekam keine Antwort, doch sein gieriges Schlingen bestätigte meine Vermutung. Ich überließ ihn seiner Mahlzeit und beschloss, da der Tag inzwischen sonnig, trocken und windstill war, das Gittertor fertig zu streichen. Stefan hatte einige Ausbesserungen an den Metallteilen vorgenommen, ich hatte die Grundierung aufgetragen und dann lange überlegt, in welcher Farbe ich es streichen sollte. Rot wie die Haustür war ja mein erster Gedanke gewesen, aber dann hatte ich zu zweifeln begonnen. Das filigrane Muster verdiente es, hervorgehoben zu werden, und so hatte ich mich nach langem Hin und Her zu der klassischen Variante entschlossen. Das Gitter würde schwarz gestrichen, die Ornamente sparsam mit Gold abgesetzt. Die Farben hatte mir Stefan auch schon besorgt, mich aber gewarnt, nicht an einem windigen Tag an die Arbeit zu gehen, da Staub im Lack hässliche Spuren hinterließ. Ich band mir also eine Schürze um, ein farbbekleckstes Relikt des verstorbenen Malers, und machte mich mit Farbdosen und Pinsel an die Arbeit. Zugegeben, sie entspannte mich. Ich pfiff leise vor mich hin, versuchte den Pinsel tropfenfrei zu führen und hatte die erste Hälfte des halben Torflügels bereits einmal gestrichen, als Grandpa Woody mit der zähnefletschenden Sandra die Straße entlangkam.

»Das sieht schon viel ordentlicher aus«, grüßte er mich. »Aber ganz schwarz wollen Sie es doch nicht lassen?«

»Nein, nein. Die Blumen hier und ein paar Blätter werde ich später vergolden.«

»Gute Idee. Ich meine mich zu erinnern, dass es ganz früher auch einmal so gestaltet war. Sandra, wir müssen die alten Alben mal durchsehen. Darin finden sich auch Bilder von diesem Haus.«

»Machen wir, Herr Woodrow. Später, wenn sie haben gemacht Ihr Nickerchen.«

»Ich will kein Nickerchen machen, Frau. Ich bin doch kein alter Mann.«

Ich lächelte ihn an. Gut, dass er sich nicht als alter Mann empfand.

»So ein Foto von früher würde mich sehr interessieren.«

»Dann bringe ich es Ihnen. Und, wie haben Sie sich eingelebt? Ich habe gesehen, sie haben viele Handwerker im Haus.«

»Ich werde in wenigen Tagen den Kaufvertrag unterschreiben.«

»Sehr schön. Das ist eine gute Gegend hier. Waren Sie schon oben im Wald wandern?«

»Noch nicht, aber am Samstag bekomme ich eine Führung durch das Kloster.«

Wir plauderten eine Weile über die Attraktionen der Umgebung, dann aber mischte sich die Pflegerin ein.

»Ist alles ganz schön, Herr Woodrow. Aber Sie vergessen, ist Ungeheuer unterwegs!«

Offenbar war Sandra auch den Gerüchten von umherstreifenden mordlustigen Irren aufgesessen, doch Grandpa Woody belehrte mich eines Besseren.

»Das ist leider wahr. Haben Sie es schon gehört, Jenny? Heute Nacht ist wieder ein Pferd umgebracht worden. Da hinten, auf der Koppel von Joseph Bartels. Eines seiner Dressurpferde. Und genau wie Lilis Tinkerbell. Kopf und Beine lagen am Zaun.«

»Himmel!«

»Ist schrecklich. Jemand isst Pferdefleisch.«

Das ergab ein ganz neues, sehr originelles Motiv, auf das wohl noch kein anderer gekommen war.

»Sandra, Sie spinnen!«

Auch Grandpa Woody wohl nicht. Aber die Nachricht vom neuerlichen Pferdemord erschütterte mich.

»Heute Nacht – und ich habe lange wach gelegen. Ich habe nichts gehört. Keine Schreie, keine Fahrzeuge … außer einem Motorrad.«

»Es geht jemand ganz professionell vor, nehme ich an. Die Polizei war auch schon da und hat den Fall untersucht. Wahrscheinlich wird Joseph Bartels einiges in Bewegung setzen, um den Tierschänder zu finden. Seine Pferde sind ein wertvoller Besitz.«

»Vielleicht war es wertvoller als Tinkerbell, aber das Pony hat Lili viel bedeutet.«

»Egal. Es ist eine Schande, wehrlose Tiere umzubringen.«

»Ja, das ist es auf jeden Fall. Und es wird dazu führen, dass noch mehr unschuldige Leute verdächtigt werden. Ich habe schon einige ziemlich üble Gerüchte gehört.«

Grandpa Woody nickte, und Sandra machte den Eindruck, als freue sie sich darauf, diese Gerüchte aufzuschnappen und weiterzuverbreiten. Ich rügte mich selbst wegen dieses Gedankens, aber die Pflegerin war mir unsympathisch.

Stefan hielt mit seinem Truck am Straßenrand und stieg mit Bully aus. Den wies er an, die Ersatzteile zu entladen, und kam zu uns. Offenbar war der Installateur in allen Häusern bekannt, er fragte Grandpa Woody nach seiner Heizung, dann begutachteten beide meine künstlerische Tätigkeit am Gitter und gaben mir weitere fachkundige Ratschläge. Schließlich verabschiedeten sich der alte Herr und seine Begleiterin. Ich hielt Stefan kurz zurück, bevor er im Haus verschwand.

»Lothar hat gestern die Hecke geschnitten, aber den ganzen Abfall einfach im Garten liegen lassen. Wissen Sie, wie man den Mann erreichen kann?«

»Weiß ich.«

Und schon war das Handy gezückt, und Stefan gab dem säumigen Gärtner recht barsch den Befehl, seinen Hintern zu meinem Haus zu bewegen und seinen Pflichten nachzukommen.

Grinsend sah er mich dann an.

»Der hat gestern Abend wieder im ›Grünen Baum‹ gesessen. Aber ein dicker Kopf ist keine Entschuldigung. Die Arbeit an der frischen Luft wird ihm guttun. Ich geb Ihnen einen Tipp, Frau van Rosmalen: Bezahlen Sie den Kerl immer erst, wenn er seine Arbeit vollständig erledigt hat. Das hilft bei ihm.«

»Aber ich bezahle ihn gar nicht. Das tut der Gesangsverein.«

»Wenn Ihnen das Haus gehört, haben Sie ihn an der Backe. Oder Sie suchen sich einen anderen Gärtner. Aber die sind teurer als unser Lothar.«

»Wir werden sehen.«

Ich pinselte noch eine halbe Stunde weiter, dann knurrte mein Magen.

Nach dem Essen – einem bunten Salat, der Appetit auf Fleisch war mir wegen der dummen Bemerkung über den Pferdefresser vergangen – fiel mein Blick wieder auf das Riemchen.

Noch einmal nahm ich es in die Hand und betrachtete es. Ich hatte so bedauerlich wenig Ahnung, wo solche Lederschlaufen überall zum Einsatz kamen. Aber der Besuch in Tinkerbells Stall würde mir vielleicht eine neue Erkenntnis schenken. Ich ging also aus dem Haus, in dem es noch immer laut rumorte, und öffnete das Gatter. Vorsichtig wich ich den großen, matschigen Pfützen aus, die sich vor dem Unterstand gebildet hatten. Innen fand ich auch gleich Halfter und Sattel. Es war erstaunlich schwer, und die ganzen Riemen und Ösen sagten mir wenig. Aber nirgendwo an dem ganzen Ledergewirr fand ich etwas, das dem Riemchen glich. Ich fand auch keine Stelle, an der etwas abgerissen worden war. Lili hatte die Sachen sehr gut in Ordnung gehalten. Eine Weile sah ich mich noch um, entdeckte aber nichts weiter von Bedeutung. Also trat ich ins

Freie, und wie das miese Schicksal es wollte, kam eben der Biker angedonnert. Bully und Stefan, die mit Lothar wieder am Truck lehnten, um ihre Mittagspause zu genießen, starrten mit bewundernden Blicken das jetzt leise tuckernde Spielzeug an.

Der Biker sah indes zu mir.

Ich drehte mich zum Gatter um.

»Hey, Schwester!«, dröhnte er. »Stress in der Bude? Schwing deinen süßen Hintern rauf, wir machen eine Tour ums Eck!«

Jetzt starrten die drei Männer auf meinen Hintern. Na toll. Ich zuckte also lässig mit den Schultern und machte einen Schritt Richtung Gatter. Und das wahrhaft miese Schicksal wollte, dass ich ausglitt und mich mit meinem süßen Hintern in den Matsch setzte. Eine Flut nicht artikulierbarer Worte durchströmte mich, und ich biss fest die Zähne zusammen, um sie nicht entwischen zu lassen. Langsam sog sich meine Jeans mit dem schlammigen Wasser voll.

»Cool!«, sagte der Biker. »Mach das noch mal, Schwester, aber ganz langsam.«

Stefan, Bully und Lothar hatten versteinerte Gesichter.

Sehr bedacht erhob ich mich und schritt mit dem Rest meiner Würde zum Zaun, schob das Gatter hinter mir zu und ging über die Straße, direkt an dem schweineohrigen Biker vorbei.

»Ihr dürft jetzt lachen!«, sagte ich zu den drei Handwerkern.

»Cool!«, sagte Stefan und grinste.

Der Biker brüllte los, und ich drehte mich wutschnaubend um.

»Ihnen habe ich das nicht erlaubt!«

»Süßer Matschhintern!«, antwortete er halb erstickt. Der Motor heulte auf, und weg war er.

»Boah, was für ein Hobel!«, entfuhr es Bully.

»Der kostet fast so viel wie deine Kiste, Bully«, sagte Lothar und sah grämlich dem entschwindenden Motorrad hinterher.

»Ich habe mich schon immer gefragt, womit du die bezahlt hast. Löhnt Stefan so gut?«

Stefan schüttelte nur den Kopf, und Bully pumpte sich schon wieder auf. Zwischen den beiden stimmte definitiv die Chemie nicht.

»Was Stefan löhnt, geht dich gar nichts an, klar?«

»Klar. Und was Papa dir zusteckt, auch nicht, was?

»Hey, frag ich dich, woher du deine Knete kriegst? Vielleicht verkaufst du ja Pferdefleisch, hä?«

»Verdammt, was unterstellst du mir da? Ich bin kein Pferdemörder. Das war eher dieser verdammte Rocker von eben. Solche sind zu allem fähig.«

»Du spinnst. Du bist ja nur neidisch …«

Bevor das weiter eskalierte trat ich zwischen die beiden.

»Gehen Sie an die Arbeit. Ihre Pause mit Belustigung ist vorbei«, fauchte ich sie an. Sie gehorchten.

Mir hingegen wurde allmählich kalt in meinen nassen Kleidern, und eilig verzog ich mich ins Haus. Erst als ich die schlammigen Sachen in die Waschmaschine stopfte, fiel es mir auf: Ich war buchstäblich in eine demütigende Situation hineingerutscht, und ich war nicht in Panik geraten. Im Gegenteil – ich war stinkwütend geworden.

Und plötzlich musste ich sogar lachen. Dieser schweineohrige Biker – ein unmöglicher Kerl.

Und dass ich lachen konnte, das war wirklich ein Schritt in Richtung Heilung.

In sauberen Jeans und Pullover sah ich aus dem Fenster. Lothar war dabei, die Grünabfälle auf die Ladefläche seines uralten, von oben bis unten schlammbespritzten Kleintransporters zu laden. Gegen Stefans sauberblitzenden roten Truck wirkte das Fahrzeug, als hätte sein Fahrer es durch ein Sumpfgebiet gesteuert. Aber die Arbeiten, die Lothar verrichtete, mochten das entschuldigen. Komisch, irgendwie kam mir das grüne Auto bekannt vor. Es war ein ungewöhnliches, dunkles Grün, soweit man das unter dem Dreck erkennen konnte. Aber nun gut, es gab anderes, als darüber nachzugrübeln. Denn schon standen die nächsten Besucher vor der Tür. Diesmal zwei Damen, die dem weißen, sehr sauberen Wagen mit der Aufschrift »Blitzrein« entstiegen waren. Miriam hatte sie bereits angekündigt.

»Guten Tag, Frau van Rosmalen. Ich bin Simone von Hindenburg, die hier ist Inge Olberg. Ihre Freundin hat mich gebeten, bei Ihnen vorbeizukommen.«

»Treten Sie ein, Frau von Hindenburg. Alter preußischer Adel?«

»Sehr entfernt. Aber der Name gibt mir einen seriösen Anstrich.«

Sie lächelte, vermutlich war meine Bemerkung nicht sehr originell gewesen. Ich besann mich also darauf, dass ich eine Hausherrin war, die Personal einstellen wollte. Eine neue Erfahrung. Frau von Hindenburg erwies sich jedoch als hilfreich.

»Ich würde mir gerne einen Überblick über die anstehenden Arbeiten verschaffen und Ihnen Inge vorstellen.«

Inge war eine stattliche Dame in einer violett geblümten Bluse und perfekter Dauerwelle. In ihrer Sprache klang die Melodie des hiesigen Dialektes durch, und ihre Sätze begann sie mit dem gemütlichen »Ala«. Sie erzählte, dass sie früher im Hotelgewerbe tätig gewesen sei, dann geheiratet und zwei Kinder bekommen habe. Die und der Mann aber hatten das Haus verlassen, und seither sei sie bei »Blitzrein« tätig.

Mir reichte das als Referenz, und ich nickte zustimmend. Die beiden Damen, mit Klemmbrett bewaffnet, machten also Bestandsaufnahme.

»Zweimal die Woche je vier Stunden, würde ich vorschlagen. Lieber vormittags oder nachmittags?«

Mir wurde prompt bewusst, dass mir damit wieder ein Teil meiner Einsamkeit verlustig ging.

»Frau van Rosmalen?«

»Äh, ja. Entschuldigen Sie. Nachmittags wäre mir lieber.«

Es musste wohl sein. Wir besprachen weitere Details, und als ich Lothars Auto davonfahren hörte, fiel mir ein, dass ich mich bei Frau von Hindenburg nach einem anderen Gärtner erkundigen könnte.

»Nein, einen solchen Service bieten wir nicht an. Sie könnten sich bei Egon Bauer erkundigen. Er hat hier einen Gartenbaubetrieb. Aber habe ich nicht vorhin Lothar bei Ihnen arbeiten gesehen?«

»Doch, ja. Allerdings scheint er mir ein wenig unzuverlässig zu sein.«

Es war Inge, die antwortete: »Er ist nicht verkehrt, Frau van Rosmalen. Und er braucht die Arbeit. Der arme Mann hat viel Pech gehabt. Früher hatte er eine Stelle bei Bartels in der Fleischfabrik gehabt, aber als die umgestellt haben, fiel die weg. Und bei Pfeiffer gibt es ja nur Saisonarbeit. Und der Mann hat seine eigenen Schwierigkeiten. Also ist Lothar seit einem Jahr arbeitslos und verdient sich mit kleinen Jobs was dazu. Er kann alles Mögliche, und gewöhnlich erledigt er die Sachen auch ordentlich.«

Dass er ein Säufer war, erwähnte sie nicht.

»Ich werde es mir überlegen«, sagte ich unverbindlich, und Frau von Hindenburg bemerkte, dass es Zeit zum Abschied war. Wir vereinbarten, dass meine Haushaltshilfe am nächsten Tag ihre Arbeit aufnehmen würde.

Und da das Gehämmer und Bohren noch immer die Wände erschütterte, floh ich zu einem langen Spaziergang aus dem Haus.

18

Ein schmerzhafter Tritt

Ghizmo hatte von alledem nichts mitbekommen. Nach dem Futtern und Putzen hatte er noch eine kurze Runde durch den Garten gemacht, dann war dieser Mensch gekommen, der in dem Laubhaufen rumgewühlt hatte, und er war wieder ins Haus geschlüpft. Da es ihm unten zu geschäftig war, hatte er die Wendeltreppe erklommen und sich in dem neu gestalteten Atelier umgesehen. Es entsprach seiner kätzischen Vorstellung von Gemütlichkeit nun erheblich mehr, und als er den weichen Pullover fand, der achtlos auf einen Stuhl geworfen war, nahm er das als Aufforderung, sich in ihm einen Ruheplatz zurechtzutreteln. Mit einigen gezielten Pfotengriffen war das Kleidungsstück zu einem Nest geworden, und einen Ärmel hatte er sogar über sich gezogen. Sanft schnurrend schlief er ein.

Ein kräftiger Rums und ein schrilles Kreischen weckten ihn unsanft wieder auf. Es war wohl besser, das Haus zu verlassen. Dieser Lärm war für Katzenohren eine Tortur.

Ghizmo lief nach unten, um die Frau aufzufordern, die Tür zu öffnen, doch sein Maunzen blieb ungehört. Dafür klopfte und jaulte es in dem hinteren Raum, den er nie zu betreten wagte, weil darin ein Ungeheuer wohnte, das brummte und fauchte. Missmutig trottete er in die Küche, um den Napf zu kontrollieren, aber der war leer. Eine Weile sah er aus dem

Fenster, verfolgte einen blöden Vogel mit seinen Blicken und schnatterte frustriert, weil er nicht hinter ihm herjagen konnte. Dann wandte er sich ab und schlenderte durch die Küche zur Haustür.

Jählings kam der bullige Mensch aus dem hinteren Raum gestürmt. Ghizmo wollte zur Seite springen. Zu spät. Ein gewaltiger Fußtritt beförderte ihn durch das halbe Zimmer. Kreischend kam er am Sessel an und blieb halb benommen liegen.

»Bully!«, brüllte der andere Mann. Er kam auf Ghizmo zu, kniete neben ihm nieder und betrachtete ihn. »Hey, Kleiner.«

Ghizmo fauchte. Seine Rippen schmerzten. Was wollte der Typ? Wenn der ihn anfasste, würde er zuschlagen. So viel Kraft war da noch.

»Ey, Stefan, Mann. Das wollte ich nicht.«

Stefan stand auf und fauchte ebenfalls.

»Bully, du Trottel, verdammt. Ich habe dir oft genug gesagt, dass du vorsichtig sein sollst, wenn wir in den Häusern unserer Kunden arbeiten. Zerbrochene Vasen, ein versauter Teppich, ein angeschlagener Spiegel und jetzt auch noch eine verletzte Katze. Du kostest mich mehr, als ich dir zahle, du Idiot.«

»Ich bin kein Idiot!«, brüllte Bully.

»Das zu beurteilen überlässt du besser mir. Ich bin es leid, mich jedes Mal für deine Tölpelhaftigkeit entschuldigen zu müssen.«

»Ich bin kein Tölpel. Mann, ich mache meine Arbeit gut.«

»Zur Arbeit gehört auch anständiges Benehmen. Du bist ein Rüpel, Bully. Und mir geht das auf den Senkel.«

»Und mir geht auf den Senkel, wie du mich hier anscheißt. Genau wie mein Alter. Der war auch nie zufrieden. Du bist genauso ein Arsch!«

»Was fällt dir ein, Mann? Hier bin noch immer ich der Chef!«

»Scheiß-Chef!«

Bully ballte die Fäuste, Stefan riss einen Schraubenzieher aus seinem Werkzeuggürtel. Drohend standen die beiden voreinander.

Abrupt drehte Bully sich um und stürzte aus der Tür. Stefan ließ die Hand sinken und atmete tief ein. Dann legte er den Schraubenzieher auf den Tisch.

»Verdammt, wollte ich ihn wirklich damit angreifen? Bin ich denn völlig bescheuert?«, murmelte er und wandte sich wieder dem am Sessel liegenden Kater zu.

Ghizmo hatte sich die ganze Zeit nicht gerührt. Zum einen, weil ihn seine Rippen schmerzten, zum anderen, weil er beinahe starr vor Angst gewesen war. Wenn die beiden aufeinander losgegangen wären, hätte er vermutlich mehr als einen weiteren Fußtritt abbekommen. Nun aber schien das Schlimmste vorbei zu sein, und er bemühte sich, auf die Pfoten zu kommen. Es tat widerlich weh, aber es gelang. Langsam humpelte er zur Terrassentür. Nur raus hier aus dem Haus. Irgendwo draußen ein Versteck suchen.

»Nein, nicht raus«, sagte Stefan. »Nein, wir müssen dich zum Arzt bringen, sowie deine Jenny wieder hier ist.«

Maunzen half nicht, weder kläglich noch fordernd.

»Komm her.«

Ein Schälchen Sahne stand da. Na gut, man konnte wohl noch einen Moment bleiben. Bis das weiße Zeug weg war.

Während er schlappte, kam Jenny zurück. Und ein völlig zerknirschter Stefan beichtete ihr den Unfall.

Streichelhände berührten ihn. So sanft und vorsichtig. Nur als sie die wehe Stelle erreichten, jammerte er leise. Aber es fühlte sich schon nicht mehr so schlimm an.

»Eine Prellung, denke ich. Kein Blut, keine Wunde. Und er hat die Sahne aufgeleckt. So schlecht kann es ihm nicht gehen. Er wird die Nacht hier drin verbringen, und wenn er morgen noch humpelt, bringe ich ihn zum Tierarzt. Gibt es einen am Ort?«

»Im Nachbarort. Dr. Neumann, eine gute Ärztin, sagt man. Sie betreut auch die Pferde hier.«

»Apropos Pferde! Haben Sie schon gehört?«

»Ja, Bartels Goldmedaillen-Gewinner. Das wird mächtig Ärger geben.«

»Welcher Art?«

»Ich schätze, er wird der Polizei ordentlich Feuer unter dem Hintern machen, damit sie den Tiermörder finden. Es ist der zweite Fall innerhalb einer Woche. Und vermutlich wird es nicht der letzte sein.«

»Ein Serienmörder.«

»So könnte man sagen.«

Ghizmo entwand sich den Streichelhänden. Das war jetzt genug. Langsam humpelte er wieder zum Fenster. Maunzte.

»Nein, Ghizmo, heute nicht mehr.«

Doch!

»Nein.«

Doch!!!

»Nein!«

Was für ein widerwärtiges Wort.

Ghizmo drehte sich um, hob den Schwanz und pinkelte demonstrativ ans Fenster.

Doch!

Stefan lachte.

»Lassen Sie ihn raus. Sonst können Sie morgen die Wohnung renovieren.«

Jenny öffnete die Tür.

Ging doch.

19

Der schwarze Mönch

Ghizmo hatte sich von dem Tritt in die Rippen erstaunlich schnell erholt. Er war in der Dämmerung zurückgekommen und hatte tatsächlich die ganze Nacht im Haus verbracht. Da er kaum noch humpelte, als er zu seinem Frühstücksschälchen ging, ersparte ich ihm den Besuch bei der Tierärztin. Die Heizung funktionierte jetzt auch wieder, was mir eine heiße Dusche erlaubte. Aber der Streit zwischen Stefan und seinem Gesellen gab mir ein wenig zu denken. Stefan hatte wenig gesagt, aber es musste sehr heftig gewesen sein und kurz vor einer körperlichen Auseinandersetzung gestanden haben. Als Stefan den Schraubenzieher zurück in seinen Werkzeuggürtel stecken wollte, fiel der auf den Boden. Die Schlaufe, in der er wohl gewöhnlich steckte, war gerissen. Stefan musste ihn in blinder Wut herausgezogen haben.

Was mich wiederum zu einer neuen Erkenntnis brachte. Das Riemchen, das ich gefunden hatte, konnte von einem solchen Gürtel stammen. Das passte irgendwie. Der Mörder brauchte Werkzeuge, um seine Opfer zu zerlegen. Es war ganz sicher schwere Arbeit, einem Pony oder einem Pferd Kopf und Beine abzutrennen und den Rest in transportierbare Stücke zu zerteilen. Mich packte plötzlich das Grauen, als ich mir die blutige Arbeit vorstellte, die da jemand im Schutz der Nacht durchgeführt hatte. Schlachterarbeit.

Werkzeuggürtel trugen viele. Alle Handwerker, die ich inzwischen kennengelernt hatte, benutzten so ein Ding, um ihre Werkzeuge griffbereit zu haben. Hatte der Mörder bemerkt, dass ein Riemchen von dem seinen abgerissen war?

Ich sollte meinen Fund vermutlich doch der Polizei melden. Aber es sträubte sich alles in mir, das zu tun. Ganz abgesehen davon könnte das Riemchen auch aus einem ganz harmlosen Grund auf der Koppel gelandet sein.

Ich schob den Gedanken zur Seite. Stefan hatte gesagt, Bartels würde sich um die Angelegenheit kümmern. Der Besitzer der Fleischfabrik hatte wahrscheinlich mehr Einfluss auf die Ermittler als ich. Allerdings könnte ich mit dem anderen Betroffenen reden. Heute Nachmittag war ich mit Raoul Pfeiffer und Lili zu dem Klosterbesuch verabredet. Da ergab sich bestimmt eine Gelegenheit, die Angelegenheit zur Sprache zu bringen.

Und genau dieser Besuch stellte mich vor ein neues Problem.

Eines, das ich schon lange nicht mehr gehabt hatte.

Was sollte ich anziehen?

Meine Garderobe beschränkte sich auf das, was man gerne *casual wear* nannte: Sweatshirts, T-Shirts, Leinenblusen, Jogginghosen, Jeans. Schick war anders. Miriams abfällige Bemerkung über die Schlampigkeit klingelte mir noch im Ohr.

»Ghizmo, ich muss shoppen gehen.«

»Mau!«

Schön, wenn man Verständnis fand.

Es war kühl und bedeckt, aber trocken. Den Weg in den Ort bewältigte ich inzwischen in einer Viertelstunde, und der Einkauf in drei Boutiquen erforderte anschließend noch den Besuch des kleinen, aber teuren Schuhladens. Meine Kreditkarte quietschte, als ich ihn verließ, und ich sah mich gezwungen, die Bank aufzusuchen, um mein Konto auffüllen zu lassen. Man behandelte mich mit äußerster Zuvorkommenheit, was vermutlich daran lag, dass man den Inhalt meines Depots kannte.

Mit drei Beuteln und einem Schuhkarton bepackt wollte ich mich auf den Heimweg machen, als die freundliche Dame am Schalter mir anbot: »Soll ich Ihnen ein Taxi rufen?«

Darauf hätte ich auch selbst kommen können. Ich war wirklich noch nicht in der Realität eingetroffen. Dankbar nahm ich das Angebot an.

Immerhin hatte ich die ganze Einkaufprozedur ohne Atemnot überstanden, und eigentlich hatte es mir sogar Spaß gemacht, die Kleidungsstücke auszuwählen. So war ich kurz vor drei bereit, mit dem gut aussehenden Weingutbesitzer eine Klosterruine zu besichtigen.

Sie waren malerisch, die alten Gemäuer. Auf halbem Weg zum Berggipfel lagen sie, eingebettet in einen alten Kastanienwald. Die einstigen Mönche wussten offensichtlich den herrlichen Ausblick zu genießen. Über die weite Ebene zu Füßen des Pfälzer Waldes konnte man bis zum Rhein blicken. Weingärten in ihrem flammenden rotgoldenen Herbstlaub lagen in sanften Wellen vor uns, braune Stoppelfelder und grüne Weiden wurden von grauen Straßen durchzogen, dazwischen Ortschaften mit weißen Häusern, die Dächer rot und schwarz gedeckt. Der Horizont verschwamm im Dunst, doch auf uns schien die Sonne.

»Vor vielen, vielen Jahren beging man hier eine grauenvolle Tat«, begann Lili, und ich drehte mich zu ihr um.

»Aha, was für eine?«

»Eine, die aufgrund von Aberglauben ein unschuldiges Opfer forderte. Und darum spukt es hier noch immer im Kloster.«

»Berichte uns von der Tat.«

Und mit erstaunlicher Eloquenz erzählte Lili die Geschichte.

»Es war eine eisige Winternacht, der Schnee bedeckte das Land und hatte hohe Wehen gebildet. Die Wege waren kaum mehr passierbar, und der Wind pfiff eisig von den Bergen. Die Menschen blieben in ihren Häusern, aus den Kaminen stieg schwarzer Holzrauch auf, und in den Ställen drängte sich das Vieh zusammen. Dennoch mussten einige wenige über die verschneiten Wege ziehen. Händler mit ihren Karren kämpften sich von Süden herauf zu den großen Städten. Und wo Händler waren, fanden sich auch Wegelagerer ein. Hier unten, am Fuße des Berges, überfielen sie den Händlertrupp, erschlugen die Männer und raubten die Waren. Es dauerte eine Weile, bis ein Bauer die sechs Toten fand und den Pfarrer aufsuchte, der sie begraben sollte. So geschah es auch, doch der siebte Händler, der offenbar überlebt hatte, war weitergekrochen und in einer Wehe zusammengebrochen. Ihn fand eine Krämerin auf ihrem Weg zum Kloster. Neugierig näherte sie sich dem in prächtige Pelze gehüllten Mann, im Glauben, einen weiteren Leichnam gefunden zu haben. Doch als sie ihm den Pelz ausziehen wollte, schreckte sie zurück.

Der Mann hatte ein schwarzes Gesicht, genau wie der Teufel. Und er öffnete seine Augen, und die starrten sie mit einem kohlschwarzen Blick an. Von seinen Lippen kam ein Knurren, das nur von einem Dämonen der Hölle stammen konnte.

Schreiend ließ die Krämerin von ihm ab und floh. In der nächsten Schenke, in der sie den dringend benötigten heißen Wein hinunterstürzte, berichtete sie von ihrer Begegnung mit dem Höllenfürsten. Atemlos lauschten ihr die Gäste. Nur einer schien nachdenklich und stahl sich heimlich aus der warmen Gaststube.

Es war der Hufschmied, der sich bis zu der Schneewehe durchkämpfte und wie erwartet den schwarzen Mann fand. Auch er schreckte zunächst zurück, doch dann wurde seine Neugier größer. War das wirklich ein Höllengeschöpf?

Das Blut im Schnee machte ihn stutzig. Blutete der Teufel?

Oder war das doch nur ein Mensch, dessen Haut verbrannt war?

Die schwarzen, rollenden Augen schienen zwar dämonisch, aber die geröchelten Worte verstand der Hufschmied.

Adiuva me, stammelte der Schwarze mehrmals, und das bisschen Latein, das der Hufschmied kannte, machte ihm klar, dass der Mann um Hilfe bat. Der kostbare Pelz mochte ihm Dank genug sein, er half dem Verletzten auf und versuchte, ihn auf dem Weg zum Kloster zu stützen. Doch der Versuch scheiterte nach wenigen Schritten, und so ließ der Hufschmied den Mann am Wegesrand liegen und machte sich alleine auf, an die Klosterpforte zu klopfen. Dort schilderte er dem Bruder seinen Fund, und ein Trüppchen Mönche machte sich auf, den Fremden zu bergen.

Den Pelz erhielt der Hufschmied nicht, wohl aber die Versicherung, dass man für ihn ein Gebet sprechen würde. Ungehalten darüber, dass er um seine Belohnung gekommen war, verbreitete der Hufschmied also in der Taverne bei einem wärmenden Wein, dass auch er einem Teufel begegnet sei, und malte das Äußere des Fremden in den finstersten Farben. Alle, die ihm gebannt zugehört hatten, trugen die schaurige Botschaft weiter.

Allein, die Mönche hatten eine andere Meinung zu ihrem Gast. Der Abt und einige andere Brüder hatten einst eine Pilgerreise in das Heilige Land gemacht und waren dabei schon Menschen mit dunkler Hautfarbe begegnet. So nahmen sie denn den Fremden in ihr Hospiz auf und pflegten seine Wunden. Zwar war das Latein des Mannes wunderlich, aber sie konnten sich bald miteinander verständigen. So erfuhren sie, dass der Händler durch die Räuber alles verloren hatte und dass er dem Herrn dankte, noch am Leben zu sein. Als er genesen war, bat er darum, der Gemeinschaft der Brüder beitreten zu dürfen, um Gott zu dienen.

Der Schnee war geschmolzen, die ersten Frühlingsblumen sprossen aus der Erde, die Bauern bestellten ihre Felder, und das Vieh wurde auf die Weiden getrieben. Aber die Geschichte von dem schwarzen Teufel, der aus der Schneewehe kam, hatte sich wie ein Lauffeuer verbreitet und immer schaurigere Züge angenommen. Jedes Huhn, das starb, jede Milch, die sauer wurde, jeder Husten eines Kindes, jeden Fliegenschwarm schob man dem Wirken des höllischen Dämonen zu. Und immer wieder zogen Gruppen von Menschen zum Kloster hin und forderten von den Mönchen, dass sie den schwarzen Mann herausgeben sollten, damit er auf dem Scheiterhaufen brenne.

Die Mönche weigerten sich und wiesen die Bittsteller ab. Was ihnen den Ruf einbrachte, schwarze Messen zu zelebrieren.

Einer der Mönche aber, ein bigotter Geselle, der hörte sich heimlich die Gerüchte an, und da er habgierig war, ließ er sich bestechen. Und an einem Neumondabend lockte er den Fremden vor die Klosterpforte, wo seine Häscher schon auf ihn warteten. Sie banden den schwarzen Mönch in Fesseln und schleppten ihn zu einem Holzstoß. Und wie es hieß, fuhr der Teufel aus den Flammen direkt in die Hölle. Die Mönche aber wagten es nicht, für den Fremden eine Messe zu lesen, denn dann hätte man ihnen nachgesagt, sie würden weiterhin höllischen Riten frönen. Und der Abt ließ alle Hinweise auf den Fremden aus den Unterlagen löschen. So ist nur die Geschichte vom schwarzen Mönch von Mund zu Mund weitererzählt worden. Und die niemals erlöste Seele des schwarzen Mönchs wandelt weiter in den Mauern des Klosters.«

»Das ist wirklich eine schreckliche und traurige Geschichte«, sagte ich. »Und ganz ausgezeichnet erzählt.«

»Ich habe sie ja auch aufgeschrieben. Ja, sie ist gruselig. Wie kann man nur einen Menschen für einen Teufel halten!«

»Ungerechte Urteile sind schrecklich. Und hier handelte es sich offensichtlich um einen Mann, der nur aufgrund seiner Hautfarbe verurteilt wurde.«

Ich blickte über die Mauer zum dunstigen Horizont hin. Mich traf die Geschichte mehr, als Lili ahnen konnte. Mit einigem Willensaufwand schüttelte ich die aufkommenden Erinnerungen ab und fragte: »Hast du denn den gespenstischen Mönch schon mal gesehen, Lili?«

»Ich weiß nicht. Manchmal habe ich so ein komisches Gefühl hier. Und … es gibt so dunkle Schatten in den Gemäuern.«

»Ja, die können den Eindruck von Spuk erwecken.«

Mir ging durch den Kopf, dass man aus der Geschichte einiges machen könnte. Aber mein Gedankengang wurde von Raoul unterbrochen.

»Gehen wir in das einstige Refektorium, den Speiseraum der Mönche«, schlug er vor. Er wollte wohl die düsteren Vorstellungen von in den Mauern umgehenden Geistern vertreiben, und dankbar für die Ablenkung folgte ich ihm in das Innere des Gemäuers. Der Raum war groß, und ein alter Kamin beherrschte die hintere Wand. Licht fiel durch einige Rundbogenfenster, die einst sicher mit Bleiglasscheiben verschlossen gewesen waren. Jetzt waren sie leer, und der Wind wehte einige blutrot belaubte Weinranken hinein.

»Wie viele Mönche haben hier eigentlich gelebt?«

Wir traten ins Freie und standen in dem von Säulen umgebenen Kreuzgang.

»Zu den besten Zeiten des Klosters waren es an die hundert.«

»Und die lebten in kargen Zellen in jenem Gebäude dort?«

»Richtig. Aber überwiegend arbeiteten und beteten sie hier unten. Das da war die Kirche.«

Der Kirche fehlte das Dach, und der Boden war grasbewachsen. Noch stand ein steinerner Altar, moosüberzogen, im Halbrund des alten Chors, und auch hier rankte Weinlaub durch die leeren Fensterbögen. In den Mauerspalten hatte sich allerlei Grün angesiedelt, sogar dicke Farnbüschel schmückten die Wände. Und in den Nischen saßen Tauben. Es herrschte eine seltsame Stimmung hier – leise war es, und doch nicht still. Der Wind säuselte in dem Gemäuer, die Tauben gurrten, Amseln flöteten, Bienen summten. Sonnenstrahlen verirrten sich bis auf den samtgrünen Boden.

»Sie sollten es für Hochzeiten vermieten«, entfuhr es mir.

Lili erkannte sofort das Bild, das in mir entstanden war.

»Oh ja, Papa. Stell dir vor, hier eine Braut mit langem Schleier, und Blumen auf dem Altar dort. Und feiern kann man im Kreuzgang. Wir könnten da Beete anlegen. Und den Brunnen wieder aufmachen. Und im Refektorium einen langen Tisch aufstellen.«

»Und wo möchtest du die Pixi-Toiletten unterbringen? Wie die Beleuchtung und die Wasserversorgung herstellen? Wie den Müll entsorgen?«

»Ach, Papa. Du siehst immer nur Schwierigkeiten.«

»Leider hat dein Papa eine sehr realistische Einstellung. Aber seine Fragen lassen sich sicher beantworten.«

»Mit Geld kann man die Probleme lösen, Lili. Da hat Jenny recht. Aber du weißt ja …«

Lili gab einen langen Seufzer von sich, der mir erzählte, dass diese Antwort nicht neu für sie war.

»Ja, Papa. Ich weiß. Geld haben wir nicht. Nicht mal für ein neues Pony.«

Raoul legte Lili den Arm um die Schulter. Wir verließen die Kirche und traten wieder an die Mauer, über die man den Blick über die Gegend hatte. Wolkenschatten zogen über das Land, aber hier oben wärmte uns noch immer die Septembersonne.

Eine Weile schwiegen wir, aber dann überwand ich mich, die Frage zu stellen, die mich seit einiger Zeit umtrieb.

»Sie haben ja gehört, dass ein weiteres Pferd getötet worden ist.«

»Ja, das haben wir mitbekommen. Und wieder ganz in Ihrer Nähe, nicht wahr?«

»Ja, und wieder habe ich nichts davon mitbekommen. Aber mir sind da so ein paar Gedanken durch den Kopf gegangen. Sehen Sie, dass beide Male die Tiere so auffällig hergerichtet wurden, muss doch etwas zu bedeuten haben.«

»Ohne Zweifel. Der Täter will uns zeigen, was er getan hat.«

»Er will es Ihnen persönlich zeigen. Ihnen und diesem Joseph Bartels. Sie müssen sich einen Feind gemacht haben.«

»Danach hat mich die Polizei auch schon gefragt. Aber mir ist niemand eingefallen. Oder zumindest niemand, der in der Lage wäre, ein Pony oder gar ein Pferd zu töten.«

»Nicht nur zu töten, sondern sogar abzutransportieren und zu entsorgen.«

»Das ist nicht so schwer. Mit einem passenden Fahrzeug und einer Seilwinde bekommt man das schon hin. Bedauerlicherweise fahren hier unzählige Leute mit derartigen Wagen herum.«

»Ja, zum Beispiel der Geselle des Installateurs, Bully. Kennen sie ihn?«

»Natürlich. Aber nein, der würde wirklich kein Tier umbringen.«

»Auch nicht aus Wut oder Hass? Ich meine, hatten Sie vielleicht irgendwann mal einen Streit mit ihm?«

Raoul lachte.

»Worüber sollte ich mich wohl mit einem Mann wie Bully streiten, Jenny?«

Damit versetzte er mich in Verlegenheit. Ich hatte an eine Frau gedacht, die möglicherweise einen Konflikt zwischen den beiden Männern heraufbeschworen hatte. Aber Frauen, die sich für Bully interessierten, mochten für Raoul nicht eben anziehend wirken. Und die Frage nach geliehenem Geld war mir dann doch zu peinlich. Ich drehte mich wieder zum Ausblick um und schwieg betreten.

»Schon gut. Sie sind noch nicht lange hier und wissen wenig von den Umständen. Bully, der eigentlich Kevin heißt, der Arme, ist Metzgermeister Weiss' ältester Sohn, er hat noch zwei jüngere Schwestern. Sein Vater hat sich gewünscht, dass Bully sein Handwerk lernt und später den Laden übernimmt. Es mag vielleicht ungeschickt gewesen sein, dass er seinen Sohn selbst in die Lehre nahm, aber das hätte auch nichts daran geändert – Bully erwies sich als komplett unfähig, ein Tier zu töten. Und das muss ein Metzger nun mal können. Es gab einen ganz bösen Streit zwischen Vater und Sohn. Ich vermute, der arme Kerl hat einige seelische Wunden davongetragen. Aber schließlich hat er sich wieder gefangen, ist von zu Hause ausgezogen und hat seine Lehre als Klempner bei Stefan gemacht. Die Gesellenprüfung hat er bestanden, und wie es aussieht, kommen die beiden ganz gut zurecht.«

»Er kann keine Tiere töten? Okay, das dürfte ihn aus dem Kreis der Verdächtigen tatsächlich ausschließen. Aber …«

»Sie meinen, manchmal ist es der nette Junge von nebenan?«

»Na ja, als netten Jungen würde ich Bully nicht bezeichnen.«

»Nein, er war schon als Kind ein kleiner Rüpel.«

Ich sah einen kleinen, stämmigen Jungen vor mir, der mit hochrotem Kopf, geballten Fäusten und lautstark sein Recht verlangte. Das passte.

»Hat er eigentlich eine Freundin?«

»Bully? Nicht dass ich wüsste. Aber ich habe dem auch keine weitere Beachtung geschenkt.«

»Und ich bin ungebührlich neugierig.«

»Das haben Sie von Ghizmo gelernt«, warf Lili ein.

»Da magst du recht haben. Dieser Kater steckt seine Nase in alles.«

»Kommt er jetzt regelmäßig zu Ihnen?«

»Regelmäßig zum Futtern morgens und abends. Manchmal bleibt er ein paar Stunden, aber in den vergangenen Tagen war ihm der Lärm durch die Handwerker zu unangenehm. Und nachts muss er wohl sein Revier bewachen.«

»Er weiß bestimmt, wer Tinkerbell umgebracht hat.«

Ja, das mochte der Kater gesehen haben.

»Er hat sich an dem Morgen in der Scheune versteckt. Oh Gott, am Donnerstagmorgen hat er sich auch versteckt. Unter einem Haufen Heckenschnitt. Und als ich ihn dort fand, war er völlig verängstigt. Vermutlich hat er auch mitbekommen, wie das Pferd umgebracht wurde.«

»Wenn Ghizmo doch nur sprechen könnte«, flüsterte Lili.

»Schon gut!« Raoul zog seine Tochter wieder an sich. »Wir finden den Täter ganz bestimmt.«

»Hat die Polizei denn inzwischen neue Erkenntnisse?«

»Keine Ahnung. Aber Joseph Bartels wird ihnen schon Dampf machen.«

»Ja, das hat Grandpa Woody auch behauptet.« Und dann fiel mir Sandras eigenwillige Bemerkung ein. »Seine Pflegerin vermutet übrigens, dass es jemand ist, der gerne Pferdefleisch isst.«

»Sandra spinnt«, war Lilis lapidare Antwort.

»Ich hoffe nur, sie verbreitet diesen Blödsinn nicht. Dann haben wir es bald mit einem Pferdefleisch fressenden Psychopathen zu tun, der sein Unwesen in dieser Gegend treibt.«

»So entstehen Legenden«, sagte Raoul. »Genau wie die des schwarzen Mönchs, der hier im Kloster spukt. Kommt, wir fahren in die Stadt, ich lade euch zum Kaffee ein.«

Der Nachmittag endete in äußerst freundlicher Atmosphäre. Das Thema »Pferdemord« kam nicht mehr zur Sprache, aber zu meiner Überraschung bemerkte ich, dass Raoul ganz leicht mit mir zu flirten begann. Sehr dezent, sicher, denn die scharfäugige Lili nahm es nicht wahr. Die aber überraschte mich mit einer anderen Sache. Sie zog aus ihrer rosa Umhängetasche eine CD hervor.

»Schauen Sie mal, die habe ich gefunden. Irre tolle Songs drauf. Echt!«

Das Cover zeigte eine goldgeschminkte Frau mit einer rotschillernden Irokesenfrisur vor einer Flammenwand. »Phoenix Dying« war der Titel – das Lied, das wir im Zirkus gehört hatten.

Und, nein, ich erkannte mich darauf nicht.

Ignacia war eine andere Frau. Ich hatte immer darauf geachtet, in der Öffentlichkeit eine Maske zu tragen. Mein wahres Gesicht hatte nie jemand fotografiert.

»Den Musikgeschmack meiner Tochter teile ich gewöhnlich nicht, aber mit diesen Liedern hat sie mich tatsächlich beeindruckt«, sagte Raoul. »Die Stimme von Ignacia ist außergewöhnlich. Man möchte fast meinen, dass sie eine klassische Gesangsausbildung hat.«

Hatte sie. Und hätte Opern singen sollen. Aber nun war all der Aufwand, aus mir eine Altistin zu machen, vergebens. Meine Stimme war unwiederbringlich zerstört.

In manchen Momenten betrauerte ich mich.

»Jenny, was ist?«

»Nichts, Lili. Ach, da fällt mir ein, dieser komische Motorradfahrer ist noch zweimal aufgetaucht und hat mich mit blöden Sprüchen angemacht. Weiß jemand, wer das ist?«

»Klar. Das ist Darius Hellwig!«

»Aha.«

Raoul ergänzte: »Er hat oben im Wald ein Haus, eine Blockhütte, in der er manchmal seine Zeit verbringt. Machen Sie sich nichts aus seinen dummen Sprüchen. Er ist harmlos.«

»Uh, na gut. Ich hatte schon die Befürchtung, dass ich mir einen Stalker eingefangen hätte.«

»Sagen Sie ihm einfach, er soll sie in Ruhe lassen.«

Einfach sagen – das würde ein denkwürdiges Experiment werden.

Nachdem der ausgezeichnete Schokoladenkuchen verzehrt war, bat ich, nach Hause gebracht zu werden. Lili bettelte zwar noch ein bisschen, aber ihr Vater wies sie zurecht.

»Du besuchst mich einfach nächste Woche nach der Schule, okay?«, schlug ich vor.

»Oh ja, super!«

»Möglicherweise ziehen Sie es ja auch in Erwägung, an einem der Abende mit mir essen zu gehen?«, sagte Raoul.

»Möglicherweise.«

Ein durchaus bedenkenswertes Angebot war das.

20

Kätzische Nachforschungen

Sie hatte an diesem Morgen gute Laune. Ghizmo wickelte sich um Jennys Beine und schnurrte. Menschen mit guter Laune waren oft sehr großzügig.

»Na, hungrig?«

Und wie! Mach zu! Oder mach auf. Eine dicke Dose.

Tat sie. Der Napf war randvoll. Und schmeckte. Dann war der Bauch randvoll. Und drückte. Musste man irgendwo ablegen. Da, im Sessel. Ah, gut. Putzen und weg.

Dieses widerwärtige Klingeln weckte Ghizmo aus seinen schönen Träumen von warmen Sonnenplätzen und vorwitzigen Mäusen. Er öffnete ein Auge und sah Jenny zum Hörer greifen. Also öffnete er auch noch das andere Auge und spitzte die Ohren.

»Hallo Miriam. Ja, ich habe eine Putzfrau eingestellt. Ja, ich habe mir sogar ein paar neue Kleidungsstücke gekauft. Nein, es gibt keinen neuen Mann in meinem Leben.«

Dann kam eine lange Pause, in der Jenny schwieg und langsam durch das Zimmer spazierte.

»Ja, du hast recht. Wie immer. Und ich habe da eine Idee, Miriam. Hier gibt es ein altes Kloster, eine gut erhaltene Ruine, die ungeheuer malerisch im Wald liegt. Man könnte eine Gaststätte für Wanderer daraus machen. Und die ehemalige Kirche schreit geradezu danach, Hochzeiten darin zu feiern.«

Wieder kam ein Schweigen, das von seltsamen Gesichtsausdrücken begleitet wurde.

»Das mag alles stimmen, aber wenn ich das nun mal will?«

Die Antwort brachte Jenny zum Lachen.

»Du hast schon die ganze Zeit dafür gesorgt, dass ich mich nicht in meine Einsamkeit zurückziehen kann, Miriam. Ich werde eine Kostenaufstellung machen lassen, und dann sehen wir weiter.«

Stille, dann: »Mit Papier und Bleistift, wie sonst? Nein, ich will keinen Computer. Was? Okay, okay, ich lasse es prüfen. Nerv mich nicht. Ja, ich bin vorsichtig. Ja, du bist eine Liebe. Tschüss!«

Jenny verdrehte die Augen, was Ghizmo bewunderte. Er hatte es auch schon versucht, aber das gelang ihm nicht. Jetzt griff sie wieder zum Hörer und sprach mit diesem Stefan, der hier immer rumgelärmt hatte. Sie bat ihn zu prüfen, ob im Haus ein Netzanschluss lag. Komisch, mit welchem Netz wollte Jenny was einfangen? Menschen hatten gelegentlich unberechenbare Neigungen. Mit einiger Vorsicht begann Ghizmo seine noch immer schmerzende Flanke zu putzen. Das wirkte lindernd, und das leise Schnurren unterstützte die Heilung. Das gekonnte Kraulen seines Nackens ebenfalls. In manchen Dingen war die Frau richtig gut.

Später, als er wieder wach wurde, saß Jenny am Tisch – der jetzt eine neue Decke hatte, eine blaue, aus der man keine Fäden ziehen konnte – und kritzelte etwas auf ein Blatt Papier.

Er trottete zu ihr hin und setzte sich neben den Stuhl.

»Ah, aufgewacht?«

Sieht man doch.

»Geht's dir gut? Hast du noch Schmerzen?«

Geht so.

»Appetit?«

Wenn du schon so fragst …

Ghizmo stand auf und strebte zum Futterplatz.

Jenny füllte ihre Hand mit ein paar Knusperfischchen und reichte sie ihm nach unten. Sehr gut so.

»Wenn ich nur wüsste, was ein Pony kostet und wo man eins herbekommt. Ich bin so doof, ich weiß gar nichts. Um solche Sachen habe ich mich nie gekümmert.«

Was wollte die jetzt mit einem Pony?

Ghizmo verschlang den letzten Happen und putzte sich mit seiner blütenweißen Pfote das Mäulchen. Jenny setzte sich wieder an ihren Tisch und benagte einen Bleistift.

Warum kümmerte die sich nicht um Tinkerbell? Sie hatte doch schon angefangen, darüber nachzudenken. Er trabte zu ihr hin und starrte sie an.

»Verflixt, es lässt mich nicht los, Ghizmo.«

Ah, hatte gewirkt!

»Wir haben Kopf und Beine gefunden, aber wo ist der Rest der Tiere? Der Täter muss sie abtransportiert haben. Dazu braucht man vermutlich Hilfe. Und vor allem ein Fahrzeug mit einer Ladefläche. Klar, so ein Ding fährt hier jeder Handwerker. Und Dutzende andere auch. Und wo hat der Mann den Rumpf hingebracht? Mh. Er könnte ihn irgendwo vergraben haben. Der Wald bietet sich geradezu dafür an. Er könnte ihn auch zerlegt und die Teile irgendwo in den Müll geworfen haben. Igitt, nein, das würde anfangen zu stinken. Oder, um Sandras Theorie zu verfolgen, könnte er das Fleisch eingefroren haben und es nach und nach aufessen. Es gibt ja Leute, die Pferdefleisch mögen. Ein Pferdemetzger würde es vermutlich nicht annehmen. Aber der Zirkus? Gut, sie haben gesagt, sie bekommen ihr Fleisch für die Tiger von Bartels. Auch keine heiße Spur. Also zu der ersten Idee – er hat den Rumpf als Ganzes vergraben. Müssten es die Suchhunde dann nicht finden? Und er hat es transportiert, müssten da nicht auch Spuren am Fahrzeug zu sehen sein? Und er trug einen Werkzeuggürtel. Vermutlich auch dunkle Kleidung. Aber das Töten ist eine blutige Angelegenheit. Jemand muss blutige Kleidung besitzen. Und überhaupt – wie tötet man so ein großes Tier wie ein Pferd? Das geht sicher nicht mit einer kleinen Spritze.«

Jenny sprang auf und ging hin und her, Ghizmo brachte sich auf dem Sessel in Sicherheit.

»Miriam hat recht, ich brauche einen Computer. Die Anschlüsse liegen jetzt bald.«

Computer? Was war das und warum würde das Ding all diese Fragen beantworten? Aber wenn es das tat, dann sollte sie es sich wirklich ganz schnell besorgen. Dann wüssten sie gleich, wer der miese Kerl war, der Tink umgebracht hatte.

Plumps!

Sie hatte sich auf das Sofa fallen lassen, und der trübe Nebel begann schon wieder, sich um sie zu schließen. Mist, das war gar nicht gut. Ghizmo sprang vom Sessel und lief zu ihr hin. Sie bemerkte ihn nicht einmal. Einen Moment zögerte er, dann wagte er den Sprung auf die Polster. Und vom Polster aus wagte er sich weiter vor. Erst eine Pfote auf ihr Bein, dann die zweite. Fragendes Maunzen. Keine Antwort. Aber auch keine abwehrende Bewegung. Also weiter. Beide Hinterpfoten, leichtes Trampeln. Niedersetzen, einrollen. Und dann schnurren. Ganz laut.

Jetzt merkte sie es. Ihre Hand schloss sich um seinen gerundeten Rücken. Ach, war das schön. Das Schnurren noch eine Stufe intensiver.

»Ist schon gut, Ghizmo. Ein Anfall von Selbstzerfleischung. Das passiert immer wieder, wenn ich merke, wie weltfremd ich geworden bin. Aber das kann ich ja ändern. Und du hilfst mir dabei, Kleiner.«

Tu ich, aber klein bin ich nicht. Für meine Art bin ich höchst wohlproportioniert. Und wenn du es genau wissen willst, meine Seele hat die Größe eines Tigers. Jawohl. Warum würde ich sonst so oft davon träumen?

»Roaaar!«

»Was war das denn für ein Geräusch? Hast du dich verschluckt?«

Menschen …

Es dauerte nicht sehr lange, da war der Nebel um Jenny verflogen, und sie bat Ghizmo, aufstehen zu dürfen. Sie widmete sich wieder ihrem Papier und dem angenagten Bleistift, und er begab sich auf eine Runde durch den Garten. Der Grünzeughaufen war weg, die Blumen standen stramm, der Rasen war gemäht. Aber die Nachrichten gewisser anderer Katzen fanden sich an der Hecke. Es waren die üblichen Beleidigungen und ein eher freundlicher Gruß von Boris Halbschwanz.

Nach der Gartenrunde machte Ghizmo einen Ausflug auf die gegenüberliegende Koppel. Am Unterstand hatte sich jemand zu schaffen gemacht. Das Lederzeug war weg, die Krippe leer, der Boden gefegt. Nur noch ganz leicht roch es nach dem Pony. Das dämpfte seine Laune merklich, und mit hängenden Schnurrhaaren wanderte er zum Gehölz hin. Kurzfristig lenkte ihn ein Maulwurf ab, der eben aus seinem neu aufgeworfenen Hügel schaute. Aber Ghizmo stand der Sinn nicht nach Jagen. Er war gesättigt und mit anderen Dingen beschäftigt. Denn Jenny hatte eine interessante Frage aufgeworfen: Wo war der Rest des Ponys geblieben?

Der Mörder hatte es zu dem Gehölz gelockt, das sich an den Koppeln entlangzog. Dahinter befand sich ein staubiger Feldweg, dem gegenüber lagen abgeerntete Getreidefelder. Einige Spuren hatte Ghizmo schon zuvor entdeckt, die Stelle, an der Tinkerbell getötet wurde, kannte er. Es roch nach Blut. Und

Blut war geflossen. Anders als bei dem Todesbiss, den er selbst anwendete, musste der Mörder dem Pony an die weiche Kehle gegangen sein, denn das Menschengebiss war für das Brechen des Genicks nicht geeignet. Und in diesem Fall floss das Blut aus der Kehle heraus. Wieso gab es dann keine Blutflecken auf dem Boden?

Weil er sie verscharrt hatte.

Scharren konnte er auch! Ghizmos feine Nase zeigte ihm die Stelle, die noch leicht nach Blut roch, und mit einigen energischen Tatzenhieben fegte er altes Laub und lockeren Humus beiseite. Der Geruch wurde intensiver. Und weiteres Scharren förderte tatsächlich blutdurchtränkte Erde zutage.

Und jetzt?

Jetzt musste man sich erst mal von der harten Arbeit erholen. Ein paar Schritte weiter fand sich ein lauschiges Plätzchen, an dem man sich niederlegen und ein wenig nachdenken konnte.

Über das Nachdenken döste Ghizmo ein.

21

Unerwarteter Überfall

Ich war um elf zu Bett gegangen, und um zwölf war mir klar, dass mit Schlaf nicht zu rechnen war. Alle Tricks hatten versagt, ich war hellwach. Weshalb ich auch den Katzengesang hörte. Er machte mich neugierig. War es Ghizmo, der da so jodelte? Oder ein Fremder, der ihn in seinem eigenen Revier herausforderte? Ich tapste die Treppe nach unten und linste vorsichtig zwischen den Gardinen aus dem Fenster. Auf der Terrasse saß mein kleiner Freund, schaute zum Fenster und stieß wieder höchst eigenartige Laute aus, die wie Gurren gemischt mit Heulen klangen. Ein Konkurrent war nicht in Sicht.

Warum sang Ghizmo so? Nur aus Freude am Geheul? Oder hatte er mich wecken und nach draußen locken wollen?

Ich redete mir ein, dass Letzteres sein Begehr war, und darum beschloss ich, mir mit einem nächtlichen Spaziergang zur Bettschwere zu verhelfen. Niemand würde mich sehen, also durfte ich den schlampigen, dunkelblauen Jogginganzug anziehen. Und, weil es schon herbstlich kühl war, auch die schwarze Strickmütze aufsetzen. Im letzten Moment griff ich noch zu der Taschenlampe auf der Dielenkommode.

Ghizmo schien begeistert. Er trabte sogleich vor mir her, den Schwanz wie eine Flagge hochgestreckt. Wieder führte er mich auf die Koppel, die ich eingedenk der Matschpfützen äußerst vorsichtig betrat. Es war dunkel, Wolken hingen tief am

Himmel, und ich war dankbar für das Licht der Taschenlampe. Es half mir, weder über Maulwurfshügel zu stolpern noch in Wasserlachen zu treten. Ghizmo hingegen war deutlich an seinen weißen Pfoten zu erkennen. Auch diesmal führt er mich zu dem Gehölz am Ende der Koppel. Dort blieb er allerdings sitzen.

Wollte er mir etwas zeigen?

Ich sah mich um. Nichts erregte an den Büschen meine Aufmerksamkeit. Sie waren dicht und weit über mannshoch, manche Sträucher dornig, andere von miteinander verflochtenen Ranken überwachsen und absolut undurchdringlich.

»Mau!«

Ghizmo scharrte das Laub auf. Ich wollte mich dezent wegdrehen, doch er sagte nochmals: »Mau!«

Hatte er etwas auf dem Boden gefunden? Ich lenkte den Strahl meiner Lampe nach unten und bückte mich. Mir stieg der Geruch in die Nase. Blut. Der Boden war blutgetränkt. Das musste die sensible Katernase gerochen haben. Und deshalb hatte er die Stelle freigescharrt. Hier also war das Pony gestorben. Und nicht durch eine Todesspritze, sondern aller Wahrscheinlichkeit nach hatte man ihm den Hals durchgeschnitten.

Ich erhob mich und trat einen Schritt zur Seite.

Ein harter Stoß im Rücken warf mich bäuchlings auf den Boden. Bevor ich schreien konnte, hatte jemand mir die Arme auf den Rücken gerissen und zusammengebunden.

Nein. Nein! Nein!!!

Das nicht schon wieder.

»Hoch mit dir!«, blaffte mich eine Männerstimme an.

Ich konnte nicht. Ich war gelähmt. Keuchte, rang nach Luft.

Ich wurde hochgezerrt, knickte zusammen. Wurde über die Wiese geschleift. Verlor meine Schuhe.

Keuchte, rang nach Atem.

Wurde in ein Auto geschoben.

Nein. Nein! Nein!!!

Innerlich schrie ich. Nur gequältes Röcheln gelang mir.

Wir rasten durch die Nacht. Mir war kalt, und ich zitterte. Wiederholte sich denn alles? Wohin brachte der Kerl mich? Welcher Tat wurde ich verdächtigt? Was würde man mir antun?

Mit quietschenden Reifen hielt der Wagen vor einem Gebäude. Wieder wurde ich gezerrt und gestoßen, hinkte die Stufen hoch, wurde durch eine Tür geschubst, kam in einen grell beleuchteten Raum mit einer Theke, hinter der sich zwei Uniformierte aufhielten.

Sie verschwammen vor meinen Augen, meine Knie gaben nach. Wieder wurde ich hochgezerrt.

»Die Pferdemörderin!«, bellte der Mann, der mich festhielt.

»Langsam«, sagte der Polizist, aber weiter kam er nicht. Die klammernde Hand an meinem Arm löste sich plötzlich, und mein Angreifer knallte mit dem Kopf auf die Theke. Muskulöse Arme hielten ihn in einem unbequemen Griff fest, und unter dem schwarzen Helm dröhnte es: »Nehmen Sie diesen Idioten fest. Körperverletzung, Nötigung, Freiheitsberaubung. Was auch immer.«

»Hey!«, sagte der Polizist. »Was geht hier vor?«

»Bartels hat ein Dutzend seiner Leute zu Patrouillen abgeordnet. Und dieser Vollpfosten hier hat eine harmlose Anwohnerin überfallen. Schere! Los!«

»Stimmt«, sagte der zweite Polizist. »Bartels hat eine eigene Wachmannschaft aufgestellt.«

Er schob eine Schere über die Theke, und dann lösten sich meine Handfesseln. Der Biker warf einen Kabelbinder zu den Polizisten. Ich bewegte vorsichtig meinen Arm. Meine Schultern schmerzten, und auch sonst waren da wohl einige Prellungen.

»Die ist auf der Koppel rumgeschlichen. Mit einer Taschenlampe«, grunzte mein Angreifer.

»Und mit der Taschenlampe wollte sie ein Pferd erschlagen. Klar, du Pfeife.«

Ich musste unbedingt meine Stimme wiederfinden.

»Ich bin … bin Jenny van Rosmalen«, krächzte ich. »Ich … konnte nicht … nicht schlafen.«

»Sie wohnt neben der Koppel. Und hat einen Nachtspaziergang gemacht«, ergänzte mein Retter. »Und sie erstattet Anzeige gegen diesen Blindgänger.«

»Ich … ich will nur nach Hause«, flüsterte ich.

»Auch gut. Komm, Schwester, kleine Nachtfahrt.«

Ohne sich um die Polizisten zu kümmern, führte er mich am Ellenbogen nach draußen. Die kühle Nachtluft drang wohltuend in meine Lungen, und ich blieb neben dem Motorrad stehen, um sie tief einzuatmen.

»Bereit?«

»Ja.«

Er reichte mir einen Helm. Es war nicht das erste Mal, dass ich auf einem Motorrad mitfuhr. In meiner wilden Zeit hatte ich dann und wann an wüsten Touren teilgenommen. Also setzte ich den Helm auf und schwang mich hinter Darius Hellwig, den Mann, der einem Totenkopf Schweineohren verpasst hatte, und lehnte mich an seinen breiten Rücken. Dröhnend startete der Motor, und ich hielt mich an seiner Taille fest. Der Fahrtwind fegte jeden Rest von Panik aus meinem Hirn, und für einen ganz kleinen Augenblick fühlte ich mich frei und sicher.

Es war nur eine kurze Strecke bis zu meinem Haus. Vor dem Tor stieg ich ab.

»Wieso …?

»Darum.«

»Danke.«

»Da nicht für. Alles klar, Schwester?«

»Alles klar.«

»Schlaf gut.«

Und weg war er. Noch lange lauschte ich dem Motorengeräusch, das in der Stille der Nacht langsam verklang. Irgendwo oben im Wald hauste Darius Hellwig. Wie hatte er den Überfall auf mich mitbekommen? Was mochte ihn bewegt haben, mir zu helfen? Wie auch immer, er hatte es getan. Und ich war froh darum.

»Ghizmo?«, rief ich leise.

Weiße Pfoten erschienen auf der Straße. Der Kater kam näher, gurrte freundlich.

»Noch einen späten Imbiss?«

»Gurrrrgel!«

»Na dann.«

Ich machte mir auch noch ein Brötchen zurecht. Ghizmo bekam die Hälfte vom Schinken aus meiner Hand.

Unerwarteterweise konnte ich anschließend sofort einschlafen, und erst am Morgen wurde mir bewusst, was ich gefunden hatte. Hätte ich nicht derart unter Schock gestanden, hätte ich in der Nacht die Möglichkeit gehabt, der Polizei von meinen Entdeckungen zu berichten. Vielleicht hätte mir die Gegenwart meines breitschultrigen Retters die Kraft dazu gegeben. Aber die Chance war vertan, und freiwillig würde ich mich mit keinem der uniformierten Männer unterhalten. Von meiner Phobie war ich noch lange nicht geheilt. Auch wenn ich inzwischen zum Rest meiner Mitmenschen schon wieder ein einigermaßen ausgeglichenes Verhältnis hatte.

Eine lange heiße Dusche linderte die Schmerzen, die mir in den Gliedern steckten, der heiße Kaffee munterte mich zusammen mit dem Brötchen, das ich in kindischer Manier dick mit Schokoladencreme bestrichen hatte, merklich auf.

Weshalb ich auch den Anruf von Raoul Pfeiffer mit Gelassenheit entgegennahm und mich für den nächsten Abend zu einem Essen verabredete. Ohne Lili.

Da es draußen noch immer windstill war und die Wolken zwar tief hingen, jedoch nicht von Regen kündeten, suchte ich meine Malsachen zusammen und begann, die Verzierungen am Tor mit der goldenen Farbe zu versehen. Eine kniffelige Angelegenheit, die meine ganze Konzentration erforderte. Denn die Blüten waren zierlich und zum Teil unter Blättern versteckt. Aber als ich die ersten fertig bemalt hatte, trat ich ein paar Schritte zurück, betrachtete das Ergebnis und befand es für hübsch und gelungen.

Grandpa Woody war derselben Meinung. Er war heute alleine unterwegs, was mich heimlich freute. Er hatte auch eine zerknitterte Tüte dabei, die er mir in die farbbeschmierten Hände drücken wollte.

»Das Album, das mit den Bildern von diesem Haus.«

»Das können Sie mir nicht einfach so geben. Das verlangt mindestens eine Tasse Kaffee und ein Hörnchen. Kommen Sie rein.«

»Ich will Sie nicht stören, junge Frau.«

»Sie stören nicht. Sie machen mir eine Freude. Und nennen Sie mich Jenny.«

»Aber gerne. Nun dann.«

Er ging mit mir über den Hof und bewunderte das Arrangement von rotem Tisch und Stühlen am Brunnen. Ich hatte einen Topf mit gelben Astern auf den Tisch gestellt und weitere Töpfe mit blauen Astern um den Brunnen. Es ergab ein sehr farbenfreudiges Bild.

»Sie fangen an, das Haus zu lieben, nicht wahr?«

»Ja, ich fühle mich ganz heimisch hier. Aber manches muss ich noch verändern. Vor allem verlangt Ghizmo ausdrücklich nach einer Katzenklappe. Ich überlege noch, wo ich sie einsetzen soll.«

»In die Haustür?«

»Um den Einbrechern gleich den Schlüssel in die Hand zu geben?«

»Keine gute Idee, ich verstehe.«

Wir traten in den Wohnraum, und ich bat Grandpa Woody, auf dem Sofa Platz zu nehmen.«

»Ghizmos Platz?«, fragte er und wies auf die blaue, leicht behaarte Decke auf dem Sessel.

»Er hat so seine drei, vier Lieblingsplätzchen gefunden. Im Augenblick aber ist er draußen.«

Die Kaffeemaschine gurgelte, ich packte ein paar Croissants aus und holte das Marmeladenglas aus dem Kühlschrank. Grandpa Woody nahm in der Zwischenzeit das alte Fotoalbum vorsichtig aus der Tüte und blätterte darin. Ich brachte das Geschirr zum Tisch und schenkte Kaffee ein. Nie in meinem Leben hätte ich gedacht, dass es mir Freude bereiten würde, einen alten Mann zu einem Kaffeeklatsch einzuladen. Aber ich lernte ja dazu.

»Schauen Sie, hier ist dieses Haus, wie es vor rund sechzig Jahren aussah«, sagte er, und auf einem Schwarz-Weiß-Foto mit gewellten Rändern erkannte man den Hof und den Eingangsbereich. Blecherne Milchkannen standen am Brunnen, daneben ein Butterfass. Blumen vermisste ich, dafür zierte eine Galerie von Gummistiefeln die Stufe vor der Tür.

»Man hielt Kühe auf der Weide?«

»Es war ein landwirtschaftlicher Betrieb. Damals hatte der General dieses Anwesen verpachtet.«

»Der General. Aha.«

»Ein Veteran zweier Kriege, ein borstiger Kerl. Er wohnte in einer herrschaftlichen Villa im Ortskern, nahe der Kirche.

In den Achtzigern starb er, seine Frau überlebte ihn bis letztes Jahr. Sie ist beinahe hundert Jahre alt geworden. Eine willensstarke Frau, die sich ihre Selbstständigkeit bis zuletzt bewahrt hat. Meine herrschsüchtige Sandra hat sie betreut. Ich vermute, das hat die Generalin am Leben gehalten. Es war eine denkwürdige Beziehung.«

Grandpa Woody grinste, und ich konnte mir vorstellen, was er damit meinte. Zwei willensstarke Frauen unter einem Dach – das bot einiges an Potenzial.

»Aber die Besitzer haben hier nie gewohnt?«, wollte ich wissen.

»Nein. Aber der Pächter verstarb ebenfalls in den Achtzigern, und die Generalin verkaufte das Land. In das Haus zog erst ihre Tochter ein, doch nicht für lange. Sie verschwand eines Tages und hinterließ ihren Sohn Florian der Großmutter. Der wiederum zog vor rund zehn Jahren hier ein und verwandelte den Dachboden in ein Atelier.«

»Und wie lange leben Sie schon hier, Grandpa Woody?«

»Wollen Sie etwa wissen, wie alt ich bin?«

»Aber nein. Nie würde ich darüber spekulieren.«

»Ich bin aber stolz auf meine vierundachtzig Jahre. Und von denen haben ich die letzten zwanzig überwiegend hier verbracht. Und wenn Sie sich jetzt fragen, woher ich so viel über dieses Haus weiß, dann verrate ich Ihnen, dass ich oft mit der Generalin zusammengekommen bin. Aber es war eine rein platonische Beziehung. Nicht, dass Sie auf dumme Gedanken kommen.«

»Never ever!«

Ich lächelte ihn an und schob den Teller mit den Hörnchen in seine Richtung. Er reichte mir das Fotoalbum und bediente sich. Ich blätterte neugierig durch die Aufnahmen. Nach drei Seiten endlich stieß ich auf eine, die das Tor mit dem Eisengitter zeigte. Es war eine gestochen scharfe Aufnahme, wenn auch recht klein. Aber man erkannte sehr gut, dass die Spitzen und die floralen Ornamente damals vergoldet waren. Für einen Bauernhof vielleicht ungewöhnlich, aber sehr hübsch. Außen war die Mauer auch mit Weinranken überzogen, in denen ich reife Trauben zu erkennen vermeinte. Was ich aber besonders nett fand, war, dass neben dem Tor eine Katze saß – getigert mit weißen Pfoten. Offensichtlich Ghizmos Urgroßvater.

»Das Haus hatte schon damals einen Hüter«, murmelte ich, und Grandpa Woody nickte.

»Die Milch mochte ihn angezogen haben. Viel hat sich der Pächter nicht um die Katzen gekümmert, die in seiner Scheune lebten. Erst Florian hat Ghizmos Vorgänger und dann ihm hier ein Heim geboten.«

»Was mich wieder auf die Katzenklappe bringt.«

»Mir fällt eben ein – Florian hatte doch eine. Verflixt, wo war die noch gleich? Irgendwo zum Garten hinaus. Aber die Jungs vom Gesangsverein haben sie bestimmt zugemacht, damit keine Streuner in das leere Haus konnten.«

»Zum Garten hinaus? Ghizmo steht oft vor der Terrassentür.«

»Gucken Sie mal hinter das Sofa. Ich meine, das stand früher anders.«

Das Sofa war ein kaum zu bewegender Dinosaurier, ich beäugte es kritisch. Man sollte es gänzlich entfernen und durch etwas Hübscheres, vor allem Leichteres ersetzen. Auch wieder so eine Entscheidung …

»Warten Sie, ich helfe Ihnen beim Wegrücken.«

»Lassen Sie nur. Das ist eine Aufgabe für Bully.«

»Ah, da könnten Sie recht haben.«

Grandpa Woody genehmigte sich ein zweites Croissant, ich mir eine zweite Tasse Kaffee.

»Jaromir hat auch seinen eigenen Eingang?«, fragte ich.

»Aber natürlich.«

»Und kommen da nicht alle möglichen anderen Katzen oder sonstige Tiere ins Haus?«

»Er scheint ihn auf seine Weise zu verschließen. Katzen haben da so ihre Methoden. Ich sehe oft andere durch unseren Garten schleichen. Abends kommt Boris mit dem halben Schwanz vorbei, die schöne Selena, eine weiße Siamesin, schlendert morgens durch die Beete. Ihr Ghizmo streift außen an der Hecke vorbei, und wenn er den Garten betritt, gibt es Zoff. Es gibt noch einen schwarzen Streuner, der in der Wiese neben der Pferdekoppel sein Reich hat. Wenn die ein Unbefugter betritt, wird es auch laut.«

»Sie kennen sich ja gut aus in der hiesigen Katzen-Community.«

»Das bleibt nicht aus, wenn man mit einem solchen Strolch wie Jaromir zusammenlebt.«

»Er ist ein prachtvolles Exemplar. Ich habe ihn neulich hier im Garten getroffen. Er markierte höchst selbstbewusst die Hecke.«

»Ich sagte ja, er ist ein Frechdachs. Ich hätte Ghizmo ja zu mir genommen, nachdem Florian starb, aber das wäre mit den beiden nicht gut gegangen. Immerhin, das Mädchen, die Lili, die hat ihn gefüttert, und in Tinkerbells Stall hatte er es auch nicht schlecht. Und jetzt hat er wieder sein altes Heim.«

»Trotzdem scheint er das Pony zu vermissen. Er hält sich noch immer oft auf der Koppel auf. Und … irgendwie ist es komisch. Ich fürchte, er hat gesehen, was dem armen Tier passiert ist. Wissen Sie, ich kann nicht gut schlafen, und heute Nacht hat er laut vor dem Fenster gesungen. Ich bin nach draußen gegangen und bin ihm gefolgt. Er hat mich zu der Stelle geführt, wo Tinkerbell … umgebracht worden ist.«

»Woran haben Sie das erkannt?«

»Er hat den Boden aufgescharrt. Darunter befand sich blutgetränkte Erde.«

»Ich habe mir auch schon so meine Gedanken darüber gemacht, Jenny. Es gehört Fachkenntnis dazu, ein großes Tier zu töten. Und zwar schnell und lautlos. Bisher hatte ich vermutet, dass der Täter eine Spritze benutzt hat, so wie sie die Tierärzte zum Einschläfern verwenden. Eine große Blutlache deutet aber wohl auf eine andere Methode hin.«

»Ja, das dachte ich mir auch. Er hat dem Pony den Hals durchgeschnitten.«

»Schächten nennt man das, die religiös korrekte Methode der Juden und Muslime, um Tiere zu töten.«

»Was auf einen ganz neuen Täterkreis hindeutet.«

Entsetzt sahen wir uns an. Das war ein ziemlich heißes Eisen.

»Haben Sie Ihren Fund der Polizei gemeldet?«

»Nein. Ich … ich rede nicht gerne mit denen.«

Der alte Mann sah mich lange schweigend an und nickte dann.

»Schon gut, Jenny. Ich übernehme das.« Er warf einen Blick auf seine Uhr und meinte dann: »Die eifrige Sandra wird bald vom Einkaufen zurück sein. Es ist besser, ich bin dann zu Hause. Haben sie ganz vielen Dank für ihre Gastfreundschaft. Behalten Sie das Album ruhig noch, dann haben Sie einen Grund, mich zu besuchen, um es zurückzugeben.«

Ich brachte Grandpa Woody zur Tür und warf mich auf den braunen Dinosaurier. Die Nacht war anstrengend gewesen, und erst jetzt kam mir wieder zu Bewusstsein, was man mir angetan hatte.

Zitternd wickelte ich mich in Ghizmos Decke.

22

Ein Nest voll Katzen

Der schwarze Streuner hatte sich weit vorgewagt, stellte Ghizmo fest. Eine deutliche Botschaft hatte er an der Mauerecke neben dem Stall hinterlassen. Wollte er etwa sein Revier erweitern? Unabgesprochen? Also, kampflos würde er ihm das nicht überlassen. Mit steil aufgestelltem Schwanz hinterließ Ghizmo seine Aufforderung zum Duell. Dann stromerte er weiter zur Koppel, auf der die beiden Pferdebiester hochnäsig Gräser rupften. Man musste sehen, was der Streuner vorhatte.

Nichts, soweit er es erkennen konnte. Zumindest nicht in dem eingezäunten Bereich. Vermutlich hielt er sich in dem hohen Gras auf der danebenliegenden Wiese auf. Kein guter Kampfgrund. Besser, er lockte ihn, wenn es so weit war, auf sein eigenes Terrain.

Ein paar Sonnenstrahlen brachen durch die Wolken und verbreiteten eine wohlige Wärme. Fliegen summten um die Ohren der Pferdebiester, trunkene Wespen taumelten über die faulenden Äpfel unter dem krüppeligen Baum. In einer Matschpfütze spiegelten sich die wandernden Wolken. Ghizmo streckte sich genüsslich und hielt Ausschau nach einem ungestörten Ruheplätzchen. Er fand es an der Rückseite des Stalls, wo sich wilde, duftende Kräuter ausgebreitet hatten. Eine kurzes Treteln, und das Nest war bereit. Leise schnurrend rollte Ghizmo sich darin zusammen und gab sich philosophischen Betrachtungen hin. So gedachte er seiner neuen Lebenssituation. Die war, bis auf Weiteres, zufriedenstellend. Die Frau, jene Jenny, hatte sich als gelehrig erwiesen, und sie mochte ihn. Das war von Vorteil. Florian hatte ihn auch gemocht, gelehrig war er auch gewesen, aber meist viel zu sehr in seine Arbeit mit den bunten Farben versunken. Oft genug hatte er darüber die Futterzeit vergessen und musste auf das Nachdrücklichste ermahnt werden. Außerdem hatte er diese Sandra ins Haus gelassen. Das war gar nicht gut gewesen. Die hatte ihn nämlich nicht gemocht. Die hatte ihm immer hässliche Blicke zugeworfen und heimlich drangsaliert, wenn Florian nicht hinschaute. Die Alte, die Florian unter der Kralle hielt – und zwar buchstäblich, denn ihre Hände sahen wie Krallen aus – mochte auch keine Katzen. Aber die kam nicht so häufig ins Haus. Und nun waren sie und Florian Geschichte, während Jenny die Zukunft darstellte. Und glücklicherweise würde sie Sandra nicht ins Haus lassen. Obwohl – den alten Mann hatte sie vorhin doch hineingebeten. Allerdings war Jaromir mit dem ganz zufrieden, also wollte Ghizmo mal von seinem erträglichen Charakter ausgehen.

Versunken in diese Überlegungen döste er ein.

Eine Katzennase rammte sich in sein Gesicht, und mit einem Fauchen schoss Ghizmo aus seinem Schlummer.

»Wach auf, du Tröte!«

Er blinzelte überrascht, und Selenas weißes, blauäugiges Gesicht stand vor seinen Augen. Ganz nah. Näher, als er der Schönen je gekommen war. Sein Fauchen verwandelte sich in ein Gurren.

»Lass das!«

Sie zog sich zurück. Ghizmo erhob sich von seinem Lager und schob in Erwartung eines herben Schlags die Ohren zurück.

»Was willst du?«

Der Schlag blieb aus, trotzdem starrte er Selena misstrauisch an.

»Komm mit.«

»Wohin?«

»Da rüber!«

Die Nase der Weißen wies auf die Koppel der Pferdebiester.

»Was soll ich da?«

»Helfen.«

»Wem? Den Pferden?«

Jetzt reckte Ghizmo seinen Hals. Hoffentlich war da nicht schon wieder ein »Kopf ohne Pferd« passiert. Aber nein, die beiden Biester grasten noch immer friedlich vor sich hin.

»Denen doch nicht. Los!«

»Ich trau dir nicht. Das ist Streuner-Revier.«

»Feigling.«

Das konnte Ghizmo nicht auf sich sitzen lassen.

»Bin ich nicht. Geh vor!«

Mit schwänzelndem Gang bahnte Selena sich ihren Weg über die Koppel, ignorierte mit majestätischer Haltung die Biester und schlüpfte durch den Zaun auf die wilde Wiese.

Kletten. Käfer. Zecken. Disteln. Dornen.

Auch das ignorierte die Weiße.

Also musste er auch da durch.

Sie hielt an.

»Da!«

Da war gut. Doch dann erkannte er, was sie meinte. Tief verborgen unter verfilzten Gräsern lag eine getigerte Katze. Ein zerlumptes, mageres Bündel, an deren Bauch sich drei kleine Welpen schmiegten.

»Sie wird's nicht schaffen«, sagte Selena leise, und die Kätzin öffnete müde die Augen.

»Kann nicht mehr. Zu alt jetzt«, murmelte sie.

Die Kleinen erwachten und wuselten umeinander. Sie hatten die Augen schon geöffnet und suchten nach Nahrung. Aber die Katzenmutter hatte kaum noch Milch für sie.

»Sie werden verhungern«, sagte Selena.

Hunger war schlimm. Ghizmo konnte sich sehr gut an die Zeiten erinnern, in denen sich sein Magen vor Schmerzen zusammengezogen hatte. Irgendwann wurde man dann lethargisch, wollte von der Welt nichts mehr wissen und zog sich zum Sterben zurück.

Die Kleinen bewegten sich noch. Aber sie konnten noch nicht jagen, ja noch nicht mal feste Nahrung zu sich nehmen. Sonst hätte er ihnen ein paar Würmer gefangen. Die Wiese war voller Nahrung.

»Bringt sie zu den Menschen«, flüsterte die Kätzin. »Ich mag Menschen nicht. Aber vielleicht helfen sie meinen Kindern.«

»Tja, Selena, dann nimm sie mit zu deinen Leuten.«

Ghizmos Vorschlag kam nicht gut an. Selenas Augen sagten ihm, dass er so was von unmöglich war. Arrogante Tussi!

»Warum hast du mich dann hierher geschleift?«, fauchte er sie an.

»Ist doch klar. Damit du sie zu deiner Neuen schleppst. Da hast du dich doch ausreichend eingeschleimt.«

»Jenny hat andere Sorgen, als sich um drei Katzenwelpen zu kümmern.«

»Ach ja? Du nimmst Rücksicht auf Menschensorgen?«

»Du doch auch. Sonst würdest du dich um die Kleinen kümmern.«

Selena und Ghizmo funkelten einander an.

Eines der Katzenkinder gab ein jämmerliches Quieken von sich. Die magere Mutter hatte die Augen wieder geschlossen. Eine alte Streunerin, ohne Zweifel. Ghizmo war ihr noch nie begegnet. Sie musste ihr Lager erst vor kurzer Zeit hier aufgeschlagen haben. Vielleicht wirklich in der Hoffnung, die Menschen würden sich um ihre Kinder kümmern.

Ob Jenny das tun würde?

Unsicher betrachtete Ghizmo die Kleinen. Nein, wahrscheinlich nicht. Zu oft umgab Jenny dieser düstere Nebel. Und dann würde sie vergessen, dass da die jungen Kätzchen waren. Die erforderten nämlich Aufmerksamkeit. Die Aufmerksamkeit einer Mutter.

»Geht nicht!«, beschied er Selena. »Kümmer du dich darum.«

»Idiot!«

»Wenn du meinst.«

Misslaunig stolzierte Ghizmo davon. Nicht über die Pferdekoppel, sondern an der Straße entlang. Ein Auto fuhr vorbei, und zu spät erkannte er die Gefahr. Die Räder rauschten durch eine Pfütze, ein Schwall schmutzigen Wassers schwappte hoch und durchnässte sein Fell bis auf die Haut. Noch missmutiger hielt Ghizmo an und schüttelte sich. Die Tropfen flogen, aber der Schmutz blieb. Das würde lang andauerndes Putzen bedeuten. Pfui Deibel!

Grollend trabte er zum Haus und in den Hof. Am liebsten hätte er sich ins Haus verzogen, auf seine Decke auf dem Sofa. Aber Jenny reagierte nicht auf sein Maunzen. Auch an der Terrassentür nicht.

Rattenkacke!

Also legte er sich in die Katzenminze und begann das mühselige Geschäft, mit seiner rauen Zunge das gesamte Fell durchzubürsten. Danach war er so erschöpft, dass er in tiefen Schlaf fiel.

Darüber wurde es Nachmittag.

23

Weder Freund noch Helfer

Reiß dich zusammen, sagte ich mir. Die Polizei ist dein Freund und Helfer. Hör auf, dich wie eine schuldige Maus zu fühlen. Du hast in den letzten Tagen alles so gut überstanden. Du kannst ohne Panik einkaufen gehen, du hast die Handwerker im Haus erduldet, du hast einen voll besetzten Zirkus besucht, ohne in Atemnot zu geraten, und auch das alte Kloster hat dich nicht geschreckt.

Ich redete mir Selbstbewusstsein ein. Es gelang nach einiger Zeit, und das Zittern hörte auf. Dass mich dieser Rüpel letzte Nacht überfallen hatte, war zum Teil wohl meine Schuld. Was stolperte ich auch nachts über die Weiden. Und dass dieser andere Rüpel auf seinem Motorrad sich als Retter erwiesen hatte, warf ein neues Licht auf den Schweineohrigen. Es war ein radikaler Eingriff gewesen, meinem Angreifer den Kopf auf die Theke zu knallen. Ein wohliges Gefühl der Schadenfreude machte sich plötzlich in mir breit, und ein Grinsen schlich sich auf meine Lippen. Ein netter Kerl, der Biker. Doch, ja.

Innerlich gestärkt stand ich auf und räumte den Tisch ab. Meine Stimme war rau, aber fest, als ich den Hörer des klingelnden Telefons abnahm, und Raoul Pfeiffers Frage nach einem gemeinsamen Essen in einem französischen Restaurant hob meine Laune noch ein Stückchen an. Ich stimmte zu, mich am Abend von ihm abholen zu lassen.

Kaum hatte ich aufgelegt, stürzte ich die Wendeltreppe nach oben, um meine Garderobe zu prüfen. Die Einkäufe neulich hatten mir zwei Blusen, einen Rock und eine Hose eingebracht, die ganz anständig aussahen. Waren sie auch elegant genug für das angesagte Restaurant? Oder sollte ich noch einmal diese nette kleine Boutique aufsuchen, in der auch ausgefallene Cocktailkleider angeboten wurden?

Diese schwerwiegende Frage erübrigte sich zu beantworten, denn die Türklingel schepperte. Ich eilte die Treppe hinunter, und wieder schepperte es herrisch am Eingang.

Himmel, ich konnte doch nicht fliegen!

Energisch riss ich die Tür auf und stand Kommissar Hekking gegenüber.

»Frau van Rosmalen, ich habe einige Fragen an Sie!«

Sofort sackte mein frisch erworbenes Selbstbewusstsein in sich zusammen.

»Ja?«

»Darf ich eintreten?«

Innerlich schrie alles in mir lauthals Nein. Dennoch machte meine Hand eine einladende Geste. Hekking stapfte in den Wohnraum.

»Setzen wir uns!«, forderte er.

Gehorsam nahm ich auf der Kante des Sessels Platz.

»Frau van Rosmalen, Sie wurden heute Nacht aufgegriffen, als Sie über die Pferdekoppeln gingen. Aus welchem Grund waren Sie unterwegs?«

Aufgegriffen? So nannte er das? Ich wollte mich wehren, aber über meine Lippen kam nur ein Stammeln.

»Ich … ich w…wurde überf…fallen.«

»Sie wurden von einem Wachmann aufgegriffen, Frau van Rosmalen.«

»Quatsch!«, entfuhr es mir ziemlich laut.

»Nein, kein Quatsch, wie Sie irrtümlich annehmen, sondern eine ernste Angelegenheit. Warum gingen Sie über die Koppel, Frau van Rosmalen? In der Dunkelheit, nachts um zwei Uhr?«

Ich hätte mich so gerne gewehrt, aber mein Atem ging kurz, und kalte Schauer fuhren mir über den Rücken. Ich war unschuldig. Ich hatte nichts falsch gemacht. Ich hatte mit der ganzen Sache doch gar nichts zu tun. Warum schon wieder? Auch damals, vor fünf Jahren, hatten sie mich verhört. Stundenlang. Und doch war ich mir keiner Schuld bewusst gewesen. Aber keiner hatte mir geglaubt. Keiner wollte mir abnehmen, dass ich von dem Beutel Kokain nichts wusste, den sie in meinem Koffer gefunden hatten.

»Frau van Rosmalen!«, herrschte mich der Kommissar an.

»Ich … ich weiß nichts.«

»So, so. Sie wissen nichts. Frau van Rosmalen, Sie haben sich neulich eine Tiefkühltruhe gekauft. Zu welchem Zweck?«

Was meinte der? Was sollte das denn?

Keuchend starrte ich ihn an.

»Sie haben ebenfalls ein Messerset erstanden, teilte man uns mit. Zu welchem Zweck, Frau van Rosmalen?«

Was sollte das denn nur?

Und dann fiel es mir ein. Sandras wirre Fantasien hatten sich verselbstständigt. Der Kommissar glaubte, dass ich die Pferde abgeschlachtet und das Fleisch eingefroren hatte.

Ich sprang auf und stürmte zur Küche. Riss die Tür des Gefrierschranks auf und warf in hilfloser Hast all die bunten Fertiggerichte auf den Tresen.

»Dafür brauche ich den Gefrierschrank. Und mit den Messern hacke ich Kräuter.«

Der Kerl nickte und machte sich kommentarlos eine Notiz.

»Sie haben erst vor Kurzem eine Therapie beendet. Weshalb brauchten Sie eine psychiatrische Behandlung?«

Jetzt unterstelle er mir auch noch geistige Unzurechnungsfähigkeit. Ich schwieg dazu.

Er machte sich Notizen.

»Und warum waren Sie nun gestern Nacht unterwegs?«

Wenn ich ihm jetzt erklärte, dass ich dem Gesang meines Katers gefolgt war, würde er meine Einweisung in die Psychiatrie veranlassen.

»Ich konnte nicht schlafen«, sagte ich kurz und versuchte, meinen Händen das Zittern zu verbieten.

»Ach so.«

»Ja, ach so. Und nun muss ich Sie bitten, mein Haus zu verlassen. Sie stören.«

»Natürlich.«

Er erhob sich und sah mich noch einmal mit scharfem Blick an, mit dem er mir mitteilte, dass das letzte Wort noch nicht gesprochen war. Aber immerhin ging er zur Tür und verschwand.

Ich wankte zur Terrassentür, riss sie auf und rang nach Luft. Es half nichts, keuchend brach ich vor dem Sofa zusammen.

24

Kätzische Umtriebe

Noch einmal fegte Ghizmo mit der Zunge durch das inzwischen getrocknete Fell und entfernte den restlichen Straßenstaub. Dann streckte er sich, grub die Krallen tief in die Erde, machte einen Buckel und gähnte ausgiebig. Dann trat er aus dem Kräuterbeet und sah zum Haus hin. Ah, die Terrassentür war einladend geöffnet. Einen kleinen Happen vor dem Abendessen könnte er schon vertragen. Erwartungsvoll lief er auf die offene Tür zu.

Und stolperte über Jenny, die neben dem Sofa auf dem Boden lag und seltsame Geräusche machte. Ein Pfeifen und Ächzen war das, und ihre Augen bewegten sich wild unter den geschlossenen Lidern. Aber ansonsten war ihr Köper ganz starr und unbeweglich. Das war vermutlich nicht gut. Das war wie bei Katzen, die Gift gefressen hatten. Heilige Bastet, hoffentlich starb sie nicht. Es hatte gerade so schön angefangen.

Vorsichtig trat er näher. Ob er ihr irgendwie helfen konnte? Wenn sie nur die Augen aufschlagen würde. Und dieses Pfeifen lassen könnte. Vielleicht sollte er ihr mal auf die Brust springen. Gesagt, getan. Die Brust wackelte. Er begann mit seinen Vorderpfoten drauf herumzutrampeln. Richtig feste, und dabei schnurrte er aus Leibeskräften. Lange Fäden zogen sich aus ihrem Pullover und verhakelten sich in seinen Krallen. Aber er ließ nicht nach, denn ganz allmählich hörte das Pfeifen auf, und die verkrampften Arme und Beine lockerten sich. Jetzt lag sie lang ausgestreckt auf dem Boden. Er rutschte ein Stück tiefer und bearbeitete ihren Magen. Mit einem kleinen Rülpser öffnete sie die Augen.

»Genug, Ghizmo«, flüsterte sie.

Noch lange nicht. Es war so schön auf der weichen Wolle. Wieder zog er einen langen Faden heraus.

»Ghizmo, mein Pullover!«

Das kam schon etwas lauter.

Machte aber nichts, er trampelte weiter.

»Ghizmo!«

Na gut, na gut.

Er sprang von Jenny herunter und drückte seinen Kopf an ihren Arm. Ging's jetzt mit Futter?

Sie setzte sich auf und rieb sich mit den Handballen die Augen.

»Danke, Kleiner. Mein Pullover hat jetzt zwar Frotteequalität, aber mir hast du aus einem ganz tiefen Tal geholfen.«

Ihre Hand streichelte seinen Kopf, seinen Hals, seinen Rücken und – hach – auch seinen Bauch. Glücklich schnurrend wälzte Ghizmo sich auf den Rücken. Darüber vergaß er beinahe seinen kleinen Appetit.

Beinahe.

Aber es dauerte noch eine ganze Weile, bis Jenny aufgestanden war. Dabei murrte und murmelte sie die ganze Zeit vor sich hin und schien sich über etwas zu ärgern. Es war – neben Grandpa Woody – auch noch ein anderer Mensch hier im Haus gewesen. Ghizmo dachte darüber nach, wo oder wann er dessen Geruch schon mal wahrgenommen hatte, aber ihm fiel kein Gesicht dazu ein. Es musste aber einer gewesen sein, der seine Jenny erschreckt hatte.

Ein weiterer Grund, ihr nicht auch noch drei kleine Katzen aufzuhalsen.

»Ghizmo, wenn ich der zähnefletschenden Sandra das nächste Mal begegne, dann drehe ich ihr den mageren Hals um, das schwöre ich dir.«

Hui, war die wütend!

»Und diesem Kommissar auch!«

»Groaaarrr!«

»Ja, mein Tiger. Wir machen sie alle!«

Ghizmo nahm seine wahre Gestalt an und zeigte ihr, wozu ein Säbelzahntiger in der Lage war.

»Süß siehst du aus mit deinem Plusterschwanz.«

Süß? *Süß???* Ich erzähle dir gleich was von süß!

Mit ausgefahrenen Krallen schlug Ghizmo auf den Sessel ein. Ein dreieckiges Stück Cordstoff hing herunter.

»Lass das, Ghizmo!«, kreischte sie ihn an.

Böse Jenny!

Noch einen Fetzen aus dem Kadaver gerissen. Ein schönes Geräusch. Gelbliches Fleisch tauchte unter der braunen Hülle auf. Blutete nicht, zuckte nicht, wehrte sich nicht. Ärgerlich.

Ein Wasserstrahl traf sein Genick.

Empört ließ der hungrige Tiger von seiner Beute ab und starrte zu der gemeinen Frau auf.

»Tja, ich habe dich gewarnt, Ghizmo. Schluss jetzt.«

Echt?

Sie setzte sich auf das Sofa und sah ihn an. Er starrte zurück. Und starrte. Und starrte.

Und sie starrte auch.

Rattenkacke. Sie starrte länger.

Betreten senkte er die Lider.

»Ist gut, Kater. Ist okay. Der Sessel hatte es ohnehin hinter sich. Genau wie dieses verdammte Sofa. Und danke, dass du mich aus meiner Panik geholt hast. Das hast du gut gemacht. Komm, wir gehen in die Küche und gucken mal, was sich da so findet.«

Gucken reicht nicht, Jenny!

Er trabte hinter ihr her.

Sie guckte in den Kühlschrank und fand das Sahnetöpfchen.

War okay.

Danach rollte er sich auf dem geschundenen Sessel zusammen und ließ sie aufräumen.

Es war schon seltsam, dass sie seine wahre Gestalt nicht erkannt hatte, sinnierte er. Andere taten das, wenn er es wollte. Kühe beispielsweise. Die gerieten dann immer in Aufruhr. Pferde auch. Oder kleine Kinder.

Ghizmo gähnte und leckte sich noch einmal über seine weißen, makellos sauberen Socken und dann fegte er mit der Pfote noch einmal über den weißen Strich über seiner Nase. Dass der sich dort befand, hatte er durch einen Zufall herausgefunden. Er war damals noch jung und eben erst von Florian in dem Haus aufgenommen worden. Von unbändiger Neugier getrieben hatte er alles genau erkundet und war dabei auch auf die Kommode im Eingangsbereich gesprungen. Und da hatte ihn plötzlich ein Kater durch das Fenster angestarrt. Ein getigerter mit weißen Pfoten, weißem Latz und weißer Blesse über der rosa Nase. Sofort hatte er ihn wild angefaucht. Der andere fauchte ebenfalls und starrte ihn böse an. Drohend hatte er die Pfote erhoben – das Nämliche tat sein Gegenüber. Seine Ohren legten sich zum Angriff zurück, seine Schnurrhaare rückten zusammen, seine Augen wurden schmal – genau wie bei dem Fremden. Eine Weile funkelten sie sich an, dann, ganz plötzlich, hatte Ghizmo zugeschlagen.

Und seine Pfote knallte auf Glas.

Ein Schwall böser Ausdrücke gellte durch das Haus.

Und dann passierte etwas Unbegreifliches.

Florians Kopf tauchte vor dem Fenster auf, aber seine Stimme ertönte gleichzeitig hinter ihm, Ghizmo.

»Bewunderst du dich im Spiegel, Kater?«

Vollkommen irritiert hatte Ghizmo den Kopf umgedreht. Und sah das Fenster auf der anderen Seite, vor ihm aber Florian im Raum.

Er hatte lange darüber nachgrübeln müssen, bis er verstanden hatte, dass es nur ein Abbild war, das er da auf der Kommode gesehen hatte.

Ein Abbild seiner selbst.

Seither wusste er um sein vollkommenes Aussehen und pflegte es mit großer Gewissenhaftigkeit.

Seinem Magen jedoch schenkte er die gleiche Aufmerksamkeit.

Jenny musste für Futter sorgen!

Sie war nicht unten in der Küche, sie rumorte oben herum. Also musste er wohl diese kreiselnde Stiege hinauf. Gerne machte er das nicht. Wenn man zu schnell lief, wurde einem duselig im Kopf und man fiel auf die Schnauze.

Im Zimmer war sie auch nicht, sie rumorte im Bad herum. Ein Raum, in dem mit nassem Wasser herumgespritzt wurde. Sehr vorsichtig streckte er seine Nase hinein. Jenny guckte sich an – im Spiegel. Sie wollte wohl auch wissen, wie sie aussah. Menschen sahen unterschiedlich aus. Sie machten was mit ihren Haaren, und sie malten sich an. Also – Frauen mehr als Männer. Florian hatte sich die Lippen nicht rot gemacht. Aber er hatte sich das Dunkle aus dem Gesicht weggemacht, mit einem Schnurrer. Jenny hatte auch einen Schnurrer, aber sie bearbeitete ihre Beine damit. Warum auch immer. Menschen eben. Sie wuschen sich ja auch mit Wasser … Ekelhaft!

Wusch – ein Duftschwall waberte durch den Raum, und Ghizmo nieste.

»Neugierig, was?«, fragte Jenny.

Bisschen. Wie wäre es mit Futter?

»Ich muss mich nur noch fertig schminken, dann bekommst du dein Essen.«

Wie lange mag Schminken dauern? Muss ich unruhig werden?

Sie machte etwas mit ihren Wimpern. Drehte sich um und sah ihn mit klappernden Augenlidern an. Was sollte das nun schon wieder bedeuten?

»Gefalle ich dir?«

Würdest du weit mehr, wenn du endlich die Dose öffnen würdest. Los jetzt!

Ein forderndes Maunzen unterstützte seinen Blick.

»Ich geh ja schon, ich geh ja schon!«

Wurde auch Zeit.

Nach einer kurzen geistigen Abwesenheit – das Futter war ja so lecker – sah Ghizmo wieder auf und fand Jenny in hochhackigen Schuhen an der Theke stehen. Warum hatte sie diese gefährlichen Dinger angezogen? Und warum kramte sie in dieser kleinen Tasche herum? Und steckte den Schlüssel ein?

»Ghizmo, ich gehe essen. Ich glaube, es wäre besser, wenn du jetzt nach draußen verschwindest. Es kann sein, dass ich erst spät wiederkomme!«

Verantwortungslos. Nein, nein, der konnte man keine kleinen Katzen anvertrauen. Aber auch gar nicht.

Ghizmo trottete durch die aufgehaltene Tür. Und schon hielt ein Wagen auf leisen Rädern, in den Jenny einstieg. Zu einem Mann. In ihrer Duftwolke. War sie rollig?

Menschenweibchen waren das alle Nase lang, nicht nur im

Frühjahr oder Sommer. Die konnten sogar im Winter anfangen, die Männer verrückt zu machen.

Mit sorgenvollen Gedanken wanderte Ghizmo um das Grundstück, das er als sein eigenes auserkoren hatte. Schon wieder fand er eine Markierung von dem Streuner. Eine eigenartige allerdings. Keine Herausforderung zum Kampf, kein Anspruch auf das Revier, sondern eher eine Aufforderung zu einem Treffen.

Ein Treffen auf neutralem Gebiet könnte man ins Auge fassen, befand Ghizmo. Es war diese Neugier, die ihn dazu trieb. Was wollte der Schwarze von ihm?

Neutral war die Weide von Tinkerbell – sie lag neben der der Pferdebiester und grenzte nicht an die Wildnis. Dorthin begab Ghizmo sich also.

Die Dämmerung war schon zur Dunkelheit geworden, das Licht der einsamen Straßenlaterne fiel auf den Gehweg und auf das Gras, das inzwischen recht hoch gewachsen war, seit das Pony nicht mehr auf der Koppel weilte. Ghizmo betrat das Gelände, die Ohren aufmerksam gespitzt, die Schnurrhaare nach vorne gestellt. In der Mitte der Weide setzte er sich nieder und warf einen Blick gen Himmel. Ein Sichelmond war aufgegangen und hing zwischen den Sternen. Nur ganz wenige Wolken verdeckten sie dann und wann. Es war eine schöne Nacht, auch wenn ein kühler Wind durch die Halme raschelte. Die Pferdebiester nebenan schnaubten gelegentlich, und der kurzbeinige Dackel musste mal wieder irgendwas bekläffen.

Ein anderes Rascheln als das des Windes ließ Ghizmo aufmerken. Und richtig, der Schwarze schlich sich an. Fünf Schritte entfernt blieb er stehen und setzte sich auf. Das Licht der Laterne ließ seine Augen goldgelb aufblinken. Sein rechtes Ohr hing ihm zerfetzt vom Kopf, in seinem Fell konnte man über den mageren Rippen die Narben von langen Kratzern erkennen. Ein kampferprobter Held, vor dem man sich in Acht zu nehmen hatte, befand Ghizmo und senkte die Lider.

Der Streuner tat es ihm nach – eine Geste, die andeutete, dass er nicht auf Krawall aus war.

»Was gibt es?«, fragte Ghizmo.

»Ein Problem.«

»Haben wir nicht alle Probleme?«

»Sicher.«

»Und warum kommst du mit deinem zu mir?«

»Weil du es mir abnehmen kannst.«

»Damit ich es am Hals habe?«

»Damit du es weitergibst. Komm mit.«

Es war eine reichlich barsche Aufforderung, die Ghizmo zu einer störrischen Haltung verleitete. Der Schwarze hatte sich schon umgedreht und war in Richtung Zaun unterwegs, als er merkte, dass der Kater ihm nicht folgte.

»Los, komm!«

Unwillig setzte Ghizmo sich in Bewegung. Er ahnte schon, wohin der Streuner ihn führen würde. Was mochte diesen wilden Kater antreiben, sich um die Kätzin mit den Welpen zu kümmern? Seit dem Vormittag war die magere Katzenmutter jedoch noch schwächer geworden. Sie atmete nur noch ganz flach und hielt die Augen geschlossen. Ihr Leben versickerte. Still setzte Ghizmo sich in ihre Nähe und beobachtete erstaunt, wie der Streuner ihr sanft die Stirn leckte.

»Die Goldenen Steppen warten auf dich«, hörte er ihn schnurren. »Geh, meine Freundin. Für deine Kinder wird gesorgt.«

Ein Zucken ging durch den ausgemergelten Leib, dann erlosch das Leben der Kätzin.

Ghizmo hatte sie nicht gekannt, aber dennoch erhob er seine Stimme, genau wie der Streuner. Und da war plötzlich auch

Jaromir, und Selena tauchte aus den Schatten auf und Boris Halbschwanz. Und sie sangen die Große Klage für die Tote. Die machtvollen Klänge erfüllten die Nacht, schwollen an und verebbten.

Danach saßen sie stumm im Kreis, bis der Schwarze schließlich sagte: »Wir bringen die Kleinen in Ghizmos Haus.«

»Nein!«

»Doch!«, sagte Selena. »Dein Menschenweib wird sich um sie kümmern.«

»Kann sie nicht.«

»Kann sie wohl. Los, jeder eins!«

Ghizmo grollte und weigerte sich, aber schon hatten Boris, Selena und Jaromir je eines der Katzenkinder im Genick gepackt und trabten Richtung Haus.

Ghizmo trottete verärgert hinter ihnen her.

Die drei vor ihm schlüpften durch die Stangen des Torgitters und blieben in der Mitte des Hofes stehen.

»Mtür auf!«, nuschelte Selena, die das Maul voll Kätzchen hatte.

»Jenny ist nicht da.«

Jaromir drehte sich um und ging zur Scheune. Der Einschlupf zwischen den Holzlatten war klein, aber eine Katze passte hindurch. Ghizmo hatte ihn auch schon oft benutzt. Er folgte den dreien, die sich in dem leeren, staubigen Gebäude umsahen. Jenny hatte die Scheune ausräumen lassen, die schönen Verstecke waren alle verschwunden. Aber eine graue, staubige Decke lag noch in einer Ecke, und in die legte Selena ihr Katzenkind ab. Sie zerrte und tretelte ein Nest zurecht, und die beiden anderen legten ihre Kleinen ebenfalls darin ab.

»Du musst es ihr nur noch zeigen, Ghizmo. Sowie sie wieder da ist. Die Kitten brauchen Milch und Wärme.«

»Am besten legst du dich so lange um sie«, schlug Boris vor.

»Ich will das nicht«, murrte Ghizmo.

»Du musst aber!«, beschied ihn der Schwarze.

»Das gibt nur Probleme.«

»Na und?«

Die Kleinen maunzten jämmerlich, und entgegen allen Weigerungen ließ sich Ghizmo in der Decke nieder und schnurrte die Welpen leise an. Zutraulich schmiegten sie sich an ihn und suchten verzweifelt an seinem Bauch nach Milch.

»Machst du gut, Mama!«, sagte Jaromir.

Ghizmos Schnurren wurde zu einem Grollen.

Und dann wieder zu einem Schnurren.

25

Rendezvous

Der Tisch war mit einem Gesteck aus gelbroten Calla und Gräsern in einem Kelch voller Glaskugeln geschmückt, und in einem hochstieligen Kerzenhalter brannte eine gelbe Kerze. Die Menükarte entsprach der geschmackvollen Dekoration. Ich konnte mich kaum entscheiden, was ich bestellen sollte.

»Versuchen Sie die Dorade, wenn sie Fisch mögen«, half mir Raoul, der offensichtlich meine Entscheidungsunfähigkeit erahnte.

»Eine gute Idee.«

»Und als Vorspeise das Carpaccio von Pilzen?«

»Eine noch bessere.«

Es war wirklich erstaunlich – in meinem neuen Leben als Jenny legte ich plötzlich Wert auf gutes Essen. Viel zu lange hatte ich nur gegessen, um zu überleben.

Weg mit diesen Gedanken! Die hatten hier nichts zu suchen.

Raoul sah fantastisch aus. Im grauen Anzug, mit silbrig im Kerzenlicht schimmernden Schläfen, braun gebrannt – und mit einer Krawatte in pinkfarbenem Paisley-Muster. Die nicht anzustarren, damit kämpfte ich schon die ganze Zeit über. Er bemerkte es und grinste.

»Lili ist für die Auswahl meiner Krawatten zuständig.«

»Ich hätte es mir denken können«, murmelte ich.

Lili stand auf Rosa.

Der Ober trat an unseren Tisch, und Raoul bestellte unsere Gerichte und den Wein.

»Wie geht es Ihrer Tochter?«, fragte ich, als der Mann gegangen war.

»Sie scheint den Verlust von Tinkerbell allmählich zu bewältigen. Aber mindestens dreimal am Tag kommt sie mit einer neuen Theorie an, wer der Pferdemörder sein könnte. Ihre Lieblingsvariante lautet derzeit, dass sich ein heidnisches Opferritual dahinter verbirgt.«

»Das ist in der Tat ein origineller Ansatz. Den habe ich bisher noch nicht gehört. Die Polizei hingegen glaubt, dass ich die Tiere in meiner Tiefkühltruhe aufbewahre.«

»Bitte … was?«

»Kommissar Hekking suchte mich heute auf und befragte mich dazu. Er hatte gehört, dass ich mir ein Messerset gekauft und kurz nach dem Einzug eine Gefriertruhe geliefert bekommen habe. Ich frage mich, wer von den Handwerkern, die bei mir gearbeitet haben, ihm diese Information zugespielt hat.«

»Aber, Entschuldigung, das ist doch Blödsinn!«

»Nicht, wenn man den Spekulationen von Sandra, der Pflegerin von Herrn Woodrow, Glauben schenkt. Sie erinnern sich, die verbreitete die Meinung, dass jemand Pferdefleisch essen würde.«

»Nun ja, die Polizei muss vermutlich jedem Hinweis nachgehen. Aber absurd ist das schon. Ich wundere mich, warum sie in einen derartigen Aktionismus verfallen.«

»Daran scheint tatsächlich dieser Fleischereibesitzer schuld zu sein. Er hat sogar Wachen aufgestellt, die nachts auf den Weiden patrouillieren.«

»Seine Pferde sind wertvoll. Ich kann das verstehen.«

»Und die Kerle sind gründlich. Gestern, als ich nicht schlafen konnte und einen Spaziergang machte, hat mich einer von ihnen überfallen und zur Polizeiwache gebracht. Sie sehen, ich bin eine äußerst verdächtige Person.«

»Jenny!«

»Schon gut.«

»Nein. Ich werde mit Joseph Bartels ein deutliches Wort sprechen. So geht das nicht.«

Der Wein wurde uns gebracht und ersparte mir eine Antwort.

Und der Wein war köstlich. Und ich lächelte versöhnlich.

»Auf Sie, Jenny. Schön, dass Sie den Weg nach Feyenbach gefunden haben.«

Oh ja, er war ein attraktiver Mann.

Wir plauderten eine Weile über den Weinanbau in der Region, und er erzählte mir von seinem Unglück. Ein Teil seiner Reben war durch einen Brand vernichtet worden. Die Trockenheit im vorletzten Jahr war die Ursache, eine Glasscherbe, achtlos weggeworfen, hatte die Sonnenstrahlen eingefangen, fokussiert und ein trockenes Blatt entzündet. Bis endlich jemand die Rauchentwicklung bemerkt hatte, stand schon ein großer Teil der Reben in Flammen. Die Löschaktion der Feuerwehr hatte den Rest des Weingartens zerstört.

»Ja, natürlich bin ich versichert. Doch die Neuanpflanzung wird noch lange keine Erträge bringen. Bis ich wieder Wein in ausreichender Menge produzieren kann, habe ich buchstäblich eine Durststrecke vor mir.«

Ich murmelte ein paar mitfühlende Worte und ließ mir die Vorspeise servieren. Darüber versank ich leider in ein genussvolles Schweigen. Es schien Raoul nicht zu stören.

Doch als mein Teller leer war, erzählte ich ihm von dem Besuch des alten Herrn, der mir die Fotos von meinem – oh ja, meinem – Haus mitgebracht hatte.

»Es hatte eine wechselvolle Geschichte, ich weiß. Schön, dass Sie sich darin schon heimisch fühlen.«

»Kannten Sie eigentlich die Generalin?«

Raoul gab ein kleines Lachen von sich.

»Aber natürlich. Wer kannte sie nicht? Sie war eine echte Persönlichkeit. Ihr *Jour fixe* war immer gut besucht, und man konnte sicher sein, in ihrem Salon angeregte Gespräche zu führen. Als vor sechs oder sieben Jahren Sandra ihre Pflege übernahm, wurden diese Gespräche auch noch mit großen Mengen von ausgezeichnetem Streuselkuchen bereichert.«

»So hat die zähnefletschende Sandra auch ihre guten Seiten?«

»Durchaus. Sie ist zwar ein wenig dominant, aber sehr verantwortungsbewusst. Ich glaube, die Streitigkeiten zwischen ihr und der alten Dame haben die Generalin am Leben gehalten.«

Zwei zänkische Weiber, die aufeinander angewiesen waren – ein schöner Stoff für eine Komödie. Oder Tragödie?

»Wie mag Sandra nur auf diese absurde Idee mit den Pferdefressern gekommen sein?«, fragte ich und nahm den Teller mit der Dorade entgegen.

»Oh, das erklärt sich vermutlich aus ihrer bäuerlichen Herkunft. Ihre Eltern betreiben – oder zumindest betrieben sie – ein landwirtschaftliches Hofgut. Sie ist die siebte Tochter von insgesamt neun Kindern, die alle schon früh mithelfen mussten. Die Generalin bewunderte sie in gewisser Weise, weil sie Hühnern den Hals umdrehen und Fische ausnehmen konnte. Sandra hat uns auch mal erzählt, dass sie im Herbst selbst die Schweine schlachteten und Blutwurst herstellten.«

Ich stocherte in meinem Fisch herum. Er war vermutlich ebenso köstlich wie die Vorspeise, aber die Vorstellung von Sandra, die Hühner abmurkste, schlug mir auf den Appetit.

»Oh je, das war das falsche Gesprächsthema«, sagte Raoul und griff nach seinem Glas. »Kommen Sie, trinken wir auf diesen schönen Abend.«

Das half mir, und danach konnte ich den sauber filetierten Fisch auch genießen.

»Ich werde in den nächsten Tagen mal nach neuen Möbeln Ausschau halten. Ghizmo hat deutlich gemacht, dass er meinen Sessel nicht schätzt.«

»Katzen können sehr destruktiv sein, glaube ich.«

»Können Sie. Aber Ghizmo ist normalerweise verträglich. Nur heute hat ihm etwas missfallen. Und ich gestehe, der Sessel hatte es verdient. Wo also bekommt man hier Möbel?«

Raoul erklärte mir, wo sich zwei große Möbelhäuser befanden, und da er ein netter Mensch war, bot er mir auch an, mich dorthin zu fahren.

Ich wollte mir das Angebot überlegen und widmete meine Aufmerksamkeit der Dessertkarte. Eigentlich war ich schon ziemlich gesättigt.

Eigentlich.

Aber die Mousse mit der Komposition von drei Früchten …

Über diese Köstlichkeit hinweg sprach ich Raoul noch mal auf das Kloster an.

»Ihre Idee, eine Gaststätte daraus zu machen, hat selbstverständlich einen Reiz. Aber, Jenny, ich habe Ihnen ja von meinen Schwierigkeiten berichtet. Mir fehlen schlicht die Mittel.«

»Sie müssen ja nicht selbst den Umbau vornehmen, Raoul. Vielleicht findet sich ja ein Investor.«

»Den müsste schon der Himmel schicken. Ich kann mir eigentlich niemanden vorstellen, der so viel Geld in die Hand nimmt, um das alte Gemäuer entsprechend zu modernisieren.«

»Ich gebe zu, es ist ein Liebhaber-Objekt. Aber es würde doch der ganzen Gegend dienen. Der Pfälzer Wald ist ein beliebtes Urlaubs- und Touristikziel. Kümmert sich denn in Feyenbach niemand um solche Angelegenheiten?«

»Ich fürchte nein. Unsere Gemeindeverwaltung ist ein wenig … unflexibel?«

»Aha.«

Vermutlich ein Haufen verknöcherter Verwaltungsbeamter, die schnarchend über ihren Tischen hingen. Ich konnte sie mir lebhaft vorstellen.

»Es wäre vielleicht einen Versuch wert, sie mal aufzuwecken«, sinnierte ich.

»Versuchen Sie es, Jenny. Meine Unterstützung haben Sie.«

Himmel, was bürdete ich mir hier auf? Ich wollte eigentlich nur meine Ruhe haben.

Eigentlich.

Der Wein in meinem Glas hatte seine Neige erreicht, die Kerze war fast heruntergebrannt. Ein schneller Blick auf die Uhr zeigte mir, dass Mitternacht schon vorüber war.

»Es war ein wundervoller Abend, Raoul. Ich danke Ihnen.«

»Es war mir ein ausgesuchtes Vergnügen, Jenny.«

Er half mir in die Jacke und führte mich sanft am Ellenbogen aus dem Lokal. Die Nachtluft war kalt und ein wenig feucht. Doch ich fühlte mich warm und geborgen. Während der Heimfahrt schwiegen wir. Es lag eine leise, nicht unangenehme Spannung zwischen uns.

Natürlich brachte Raoul mich noch bis zur Haustür. Und die Spannung steigerte sich für einen Moment. Sollte ich ihn noch mit hineinbitten?

Die Frage erübrigte sich.

Ghizmo kam mit einem geradezu herrischen Maunzen auf mich zu und umrundete meine Beine.

»Ich habe meinen kleinen Freund vernachlässigt, Raoul. Wir haben geschlemmt, und er musste hungern.«

»Dann kommen Sie Ihren Pflichten nach.«

Ein nur sanft angedeuteter Handkuss beendete unseren gemeinsamen Abend.

»Grüßen Sie Lili und richten Sie ihr aus, dass sie jederzeit willkommen ist.«

»Und ich? Bin ich auch willkommen?«

Ich lächelte ihn an.

»Ich denke schon.«

Damit öffnete ich die Tür.

Raoul ging. Ghizmo stürmte hinein.

26

Mutterpflichten

Ghizmo hatte das Auto heranrollen und halten gehört und sofort das Lager der schlafenden Katzenkinder verlassen, um Jenny sein Problem aufzuhalsen. Das scheiterte. Sie stand mit dem Mann da und sah ihm in die Augen. Ein ganz schlechter Moment. Da würde gleich was passieren. Vermutlich würden sie sich hineinbegeben und im Bett herumrollen. So wie Florian und Sandra das getan hatten. Und dann war er selbst abgemeldet gewesen. Aber so was von.

Immerhin, einen Versuch war es wert.

Herrisch maunzte er Jenny an.

Und ach, was für ein Glück, sie bemerkte ihn. Und schickte den Mann weg. Hah!

Rein ins Haus, ran an den Napf.

Ghizmo schlang das Futter hinunter und machte sich bereit, Jenny in die Scheune zu locken. Sie hatte die Küche verlassen und war schon wieder nach oben verschwunden. Planschte im Badezimmer herum. Das hieß warten. Interessiert beäugte Ghizmo das Bett. Die Decke war zurückgeschlagen. Es sah ziemlich weich und gemütlich aus. So als könnte man sich richtiggehend darin vergraben. Und schlummern. Ob er es mal versuchen sollte?

Mist, nein. Er musste sich um die Kitten kümmern. In der staubigen, zugigen Scheune.

Wurde Zeit, dass Jenny da aus ihrer Planschstube rauskam und ihm die Sache abnahm.

Er maunzte schon mal, damit sie sich beeilte.

»Ist ja schon gut, ich lass dich gleich raus!«, tönte es aus dem Badezimmer.

Ah, wenigstens gehört hatte sie ihn. Und dann ging auch die Tür auf. Schon wieder begleitet von einem Duftschwall kam sie heraus. In einem kurzen Hemdchen. In Grün.

Ghizmo entschied sich zu einem lockenden Gurren, was sie offensichtlich erheiterte.

»Aber hallo, mein Süßer, flirtest du mit mir?«

»Gurrrr!«

Einmal um die Beine, Treppe runter. Sie hinterher.

Zur Tür, noch mal gurren.

Sie machte auf. Jetzt galt's!

Er schwänzelte um ihre Beine, versuchte, sie zum Gehen zu bewegen.

»Nein, Ghizmo. Ich bin müde und will zu Bett.«

Geht nicht, du musst mitkommen.

Wieder um die Beine, schnurren.

»Heute nicht. Wirklich. Vergnüg dich alleine.«

Maunzen, sehr laut.

»Nein!«

Das war auch sehr laut. Jetzt schob sie ihn sogar. Krallen in die Schwelle, starr machen.

»Nix da!«

Und dann hob diese gemeine Frau ihn einfach hoch und setzte ihn vor die Tür.

Peng.

Zu!

So eine Rabenscheiße! So ein Krötenköttel! So ein verdammter Hühnermist!

Kochend vor Wut hob Ghizmo den Schwanz und pinkelte an die Haustür.

Dann trabte er wieder zur Scheune, um sich seinen aufgebürdeten Mutterpflichten zu widmen. Noch schliefen die Kleinen, aber schon bald würde der Hunger sie wieder wecken. Und er konnte ihnen nicht helfen. Wenn sie wenigstens schon Regenwürmer fressen könnten. Aber sie waren noch zu klein. Gerade erst hatten sie ihre Augen geöffnet und nur langsam richteten sich ihre Öhrchen auf. Große Bastet, sie waren so hilflos.

Ghizmos Wut verrauchte, er legte sich wieder um das Fellknäuel, um ihm mit seinem Körper Schutz und Wärme zu spenden. Ganz leise ließ er ein Schnurren durch seinen Leib vibrieren, um die Träume der Katzenkinder sanft und bunt zu machen.

Darüber schlief er selbst ein.

Das Gewusel und hungrige Maunzen seiner Schützlinge weckte ihn im Morgengrauen. Es kostete ihn alle Mühe, sich dem Begehr nach Milch zu entziehen, und mit äußerster Erleichterung hörte er einen Wagen vor dem Haus halten und das Quietschen, als das Tor geöffnet wurde. Nichts wie raus und um Hilfe betteln.

Mäusemist, das war Bully. Und der schleppte Zeug heran.

Bully hatte ihn getreten.

Würde er das wieder tun?

Kurz erwog Ghizmo, sich dieser Gefahr nicht auszusetzen. Doch dann überwog sein Wunsch, endlich die Kitten loszuwerden. Sie standen kurz vor dem Verhungern. Und Bully würde gleich Jenny aus dem Haus holen.

Also musste er sich nur bemerkbar machen.

Hallo, Bully!

Bully, der eine Kiste vor sich hertrug, bremste seine Schritte.

»Na, Ghizmo? Früh auf, was?«

Auffordernd freundliches Maunzen.

Oh, er setzte die Kiste auf dem Brunnenrand ab und bückte sich.

Vorsichtig einen Schritt zurück.

Bully streckte langsam die Hand aus.

Sollte das eine Begrüßung werden? Mit leisem Argwohn näherte Ghizmo seine Nase den Fingern.

Bully schnurrte.

Bitte?

Schnurrte?

Kopf in die Hand, rumdrehen, ebenfalls schnurren. Einem Verbündeten musste man schmeicheln. Ha, und wie der kraulen konnte. Nicht aufhören, nein, nein.

»Schmusekater«, sagte Bully und grinste. »Geht's dir wieder gut?«

Och ja. Mach weiter!

Gab Nachschlag.

»Nun ist genug. Ich muss den Computer ins Haus bringen.«

Nein, nein, du musst die Kitten ins Haus bringen.

Ghizmo verstellte Bully den Weg, maunzte, was das Zeug hielt und starrte zu ihm hoch.

»Mh, du willst doch was.«

Ja, komm in die Scheune!

Ghizmo drehte sich um und machte ein paar Schritte auf das Scheunentor zu.

»Ist da was?«

Weiter auf den Einschlupf hin. Maunzen. Starren.

Bully kam, schob das Tor auf. Ghizmo rein, zu der Decke. Bully hinterher. Kniete nieder und begann zu lachen.

»Ghizmo, ich dachte, du wärst ein Kater!«

Pfeife!

Aber dann griff er in das Fellknäuel und hob eins der Katzenkinder hoch. Sehr behutsam. Es lag in seinen großen Händen und piepste.

»Wird Zeit für Futter, was?«

Er stand auf und ging mit großen Schritten zum Haus. Ghizmo lief ihm hinterher. Die Klingel schepperte. Mehrmals. Und eine zerzauste Jenny machte auf.

»Ein Notfall, Frau van Rosmalen!«

Und damit überreichte er ihr das Kleine. Sie starrte fassungslos auf das, was sich in ihren Händen bewegte.

»Sie brauchen Milch.«

»Sie? Das hier? Was soll ich damit? Wo kommen die her?«

»Liegen in Ihrer Scheune. Haben ihre Mama verloren.«

Ghizmo maunzte bestätigend.

»Ach, du meine Güte!«

»Haben Sie einen Korb und eine Decke?«

»Ja, aber …«

»Ich hole die beiden anderen.«

Damit ließ er die entgeisterte Jenny stehen.

Ghizmo fand es an der Zeit, ihr wieder zu schmeicheln, und strich schnurrend um ihre bloßen Beine.

»Korb. Decke. Milch?«

Bully kam mit den beiden anderen Katzenkindern zurück. Eines versuchte eben, seinen Arm zu erklimmen.

»Ich helfe Ihnen, Frau van Rosmalen.«

»Hören Sie bloß auf damit. Nennen Sie mich Jenny, wie alle anderen. Und kommen Sie endlich rein mit dem Getier.«

Ghizmo fühlte sich ebenfalls angesprochen und folgte den beiden. Jenny kramte hektisch in der Küche herum, kam mit einem ovalen Einkaufskorb aus Weidengeflecht zurück und riss die Decke vom Sofa. Seine Decke! Kurz war Ghizmo geneigt, sie anzufauchen. Aber dann fiel ihm ein, dass er jetzt sein

Problem los war. Erleichtert rollte er sich auf dem zerfetzten Sessel zusammen und machte es sich darauf gemütlich.

27

Kinderpflege

Drei kleine Katzen hatte Bully mir angeschleppt. Noch immer fassungslos betrachtete ich das maunzende und quiekende Gewimmel in dem Einkaufskorb. Was sollte ich bloß damit anfangen?

»Haben Sie Milch im Haus?«

Hatte ich, aber …

»Die sind am Verhungern. Milch und ein Tuch, an dem sie saugen können. Oder haben Sie eine Einwegspritze da?«

»Hm… nein. Aber Tücher.«

Ich reichte ihm ein sauberes Geschirrtuch und holte die Milch aus dem Kühlschrank. Kalte Milch? Nein, warme. Also Milch in den Topf, Topf auf den Herd.

»Tun Sie etwas Zucker hinein. Und – haben Sie eine Wärmflasche?«

»Nein. Aber ich habe ein Heizkissen irgendwo oben gesehen.«

»Das wär super.«

Ich lief also hoch und wühlte in den Schränken mit Florians Nachlass an Bettwäsche und Handtüchern. Ah ja, davon sollte ich auch mal was aussondern. Ich konnte mir durchaus neue Wäsche leisten. Vielleicht sogar solche, die mir gefiel. Und flauschige Handtücher. Oh ja, das würde ich als Nächstes in Angriff nehmen.

Mit einem Stapel fadenscheiniger Handtücher und dem Heizkissen lief ich nach unten und fand Bully damit beschäftigt, den winzigen Katzen milchgetränkte Zipfel zu reichen. Sie nuckelten eifrig. Aber das Bild war schon erstaunlich. Bully, ein untersetzter, muskulöser Kerl, dessen braune Locken wirr unter seiner Baseballkappe hervorstanden, unrasiert und gewöhnlich mürrisch, trug einen sanft verklärten Gesichtsausdruck zur Schau, der mich lächeln ließ. Und jeglicher Verdacht, dass dieser Mann ein Pony töten konnte, löste sich in Nichts auf.

»Wie kommt es, dass Sie so früh hier waren, Bully?«

»Ich hab den Laptop dabei. Wollt Ihnen den schon mal anschließen, bevor ich mit Stefan losziehe.«

»Oh, das ist aber nett.«

»Da hat mich Ihr Kater abgelenkt. Der wollte unbedingt, dass ich in die Scheune komme. Na, und da fand ich die. Mann, ist ja schon acht. Sie, Jenny, könn' Sie mal den Stefan anrufen. Äh … bitte.«

Bully tauchte das Tuch wieder in die Milch und reichte die Zipfel den Kätzchen.

»Klar!«, sagte ich und griff zum Telefon.

»Nein, Stefan, kein technischer Notfall. Ein kätzischer. Bully hat in der Scheune drei halb verhungerte Katzenkinder gefunden, die er eben versorgt. Seien Sie ihm nicht böse, ich wüsste nicht, was ich ohne ihn tun sollte.«

Stefan schien zwischen Ärger und Erheiterung zu schwanken. Ich versuchte, ihn wieder zu besänftigen.

»Außerdem hat er meinen Computer mitgebracht und wollte ihn anschließen.«

»*Bully?* – Frau van Rosmalen, ich komme vorbei!«

Und damit hatte er aufgelegt.

Und ich hatte vermutlich gerade eine größere Katastrophe verhindert. Bully gehörte – trotz seiner hingebungsvollen Liebe zu allen Tieren – zu jenen Individuen, die ihre Fähigkeiten leicht überschätzten.

»Besorgen Sie sich ein Fläschchen und einen Nuckel. Damit füttert es sich leichter. Die brauchen viel Wärme und Milch. Alle zwei Stunden füttern, dann schaffen sie es.«

»Na ja, ich hätte auch noch was anderes zu tun.«

»Echt?«

In echt nicht. Aber ich war nicht gut darin, meine Routine zu verändern. Und drei Katzenleben zu erhalten, war eine ziemlich verantwortungsvolle Aufgabe.

Bully ließ die Kleinen weiter an dem Handtuch nuckeln, und ich sah mich nach einer passenden Steckdose für das Wärmekissen um. Die in der hinteren Ecke neben dem schrecklichen braunen Sofa mochte gehen. Dann könnte ich den Korb auf den Dinosaurier stellen.

Wir arrangierten es so, und dann stand Stefan vor der Tür.

»Bully!«, sagte er nur kopfschüttelnd.

»Ja, Meister?«, antwortete der grinsend.

»Du wirst diese Tiere hier entfernen. Man halst seinen Kunden keine Verpflichtungen auf.«

»Ich weiß. Aber ich habe keine Zeit, mich darum zu kümmern. Ich muss schließlich für dich rackern.«

»Dann bring sie ins Tierheim.«

Ein sagenhaft unglücklicher Ausdruck machte sich auf Bullys Gesicht breit.

»Schon gut, schon gut, ein, zwei Tage können sie bleiben«, lenkte ich ein und wurde mit Bullys Strahlen belohnt. Offenbar hatte ich mir eben einen ergebenen Sklaven gemacht.

»Wo bekomme ich diese Fläschchen her?«

Hilflos, natürlich.

Stefan, der Mann für alle Fragen, verwies mich an den Drogeriemarkt, und ich begann, mir eine Liste zu machen mit all den Dingen, die für die Aufzucht dreier Katzenkinder notwendig waren. Beide Männer standen mir dabei mit ihren Vorschlägen zur Seite.

Die Katzen waren inzwischen gesättigt und in tiefen Schlummer gefallen.

»Bully, hol die Kiste rein. Ich mache mich daran, den Laptop einzurichten, und du fährst Frau van Rosmalen zum Einkaufen.«

Ich stimmte dankbar zu und bot auch Stefan an, mich Jenny zu nennen. Es mochte vielleicht gesellschaftlich nicht ganz korrekt sein, aber ich fühlte mich besser damit.

In Bullys bulligem Wagen fuhren wir zu einem Einkaufszentrum, das ich noch nicht kannte. Und als wir beladen mit Katzenkorb, Einwegspritzen und allerlei anderem Krimskrams beladen zurückkamen, surrte das Laufwerk des Laptops, und auf dem Esstisch schimmerte bläulich der Bildschirm.

Was hatte ich mir nur angetan! Weder konnte ich mit dem Ding umgehen, noch wusste ich, wie man Katzenkinder am Leben erhielt.

Und dann kam Ghizmo.

Der Fratz war neugierig und inspizierte zuerst das surrende Ding, ebenso verwirrt wie ich. Dann sprang er auf das Sofa und inspizierte die Kleinen. Das wiederum schien ihm zu gefallen. Er begab sich in den Korb und begann, sie gründlich abzulecken. Ich hatte schon Angst, er würde sie erdrücken, aber offensichtlich kamen sie miteinander klar.

»So, wir sind fertig hier«, sagte Stefan.

»Ah, eins noch. Könnten Sie bitte das Sofa ein Stück von der Wand rücken? Man sagte mir, dahinter verberge sich die frühere Katzenklappe.«

Und schon hatten die beiden das schwere Ding einen Meter vorgewuchtet.

Mein erster Eindruck war, dass meine Putzfee dort mal gründlich sauber machen sollte, der zweite Blick offenbarte uns den geheimen Eingang. Die Klappe war noch vorhanden, aber mit irgendetwas von außen zugestopft.

»Sehen wir uns das mal von draußen an«, sagte Stefan und machte die Terrassentür auf. Ich folgte ihm und zielstrebig räumte er einen Blumenkübel zur Seite. In der Röhre, die ins Haus führte, steckte Putzwolle. Er zerrte sie heraus und lächelte mich an.

»Da haben Sie ihren Eingang. Ghizmo wird sich schnell daran erinnern.«

»Und ich bin meine Türöffnertätigkeit endlich los.«

Als die beiden fort waren, stellte ich mir die grundsätzliche Frage, welches Problem ich als Erstes angehen sollte: mich mit dem gefährlichen Gerät vertraut zu machen oder mich um die Katzen zu kümmern. Und als mein Blick auf den zerfetzten Sessel fiel, beschlich mich das Gefühl, dass auch die Möbelfrage bald gelöst werden musste. Die Sache mit dem Kloster schob ich erst mal weit weg. Die häuslichen Angelegenheiten gingen vor.

Seufzend ließ ich mich neben den Korb auf das Sofa fallen.

Allein schaffte ich das alles nicht. Ich benötigte Hilfe. Aber wer hatte Zeit, mir beizustehen?

Sollte ich Inge von Blitzrein für weitere Stunden verpflichten? Sie war eine zupackende Frau, ja, aber sie schien Ghizmo nicht zu mögen. Sie betrachtete ihn nur misstrauisch und machte ihn für die Katzenhaare verantwortlich, die sie überall zu sehen schien. Und von einem Computer verstand sie vermutlich ebenso viel wie ich. Nämlich nichts. Miriam tat das vermutlich, aber dass sie die Geduld hatte, mich in das Ding einzuweisen, konnte ich mir nicht vorstellen. Und Katzen waren für sie eher Dekomaterial.

Ghizmo hatte seine Fürsorgearbeit beendet und sprang aus dem Korb. Neugierig umrundete er das nun frei stehende Sofa, inspizierte die Rückseite und erkannte selbstverständlich sofort die Katzenklappe. Kühn stieß er sie mit der Nase an, schob seinen Körper durch die Röhre und ließ die Klappe über seiner Schwanzspitze leise zufallen.

Ich stand auf und schaute aus dem Fenster auf die Koppel gegenüber. Das Gras wiegte sich sanft im Wind, und auf den Zaunpfosten saßen drei Krähen wie alte Jungfern beim Schwatz.

Lili!

Lili mochte Tiere und knipste mit Inbrunst auf ihrem rosa Smartphone herum.

Lili war die Lösung.

Lili war begeistert.

Lili würde gleich da sein!

Sie stürmte ins Haus, glückselig plappernd und fiel über den Korb mit den Katzenkindern her. Ghizmo floh vor ihrem ekstatischen Gequieke.

Aber nachdem Lili sich beruhigt hatte, bot sie mir wirklich Hilfe an.

»Ich bleibe hier, Jenny. Wir können uns abwechseln, dann muss jeder nur alle vier Stunden füttern. Und ich weiß, wie das geht. Joly hat auch mal ein verwaistes Katzenbaby gefunden, und wir haben es aufgepäppelt.«

»Bist du sicher, dass du hierbleiben kannst? Du hast morgen Schule.«

»Sie können mir ja ein Frühstück machen. Ich rufe nur schnell Papa an und sag ihm Bescheid.«

Papa verlangte mich zu sprechen, und ich erklärte Raoul die Lage im Katzenkinderzimmer.

»Ich wäre Lili sehr dankbar, wenn sie mir helfen würde.«

»Also gut. Ich bringe ihre Sachen vorbei. Brauchen Sie noch etwas? Katzenmilch oder so?«

»Alles an Bord!«

»Ich komme dann so gegen sechs, ist das recht?«

»Wir sind hier.«

»Bis später dann.«

Er beendete das Gespräch, und ich nickte Lili zu.

»Fein. Wann hatten sie das letzte Mal Futter?«

»Vor anderthalb Stunden.«

»Dann lassen wir sie noch schlafen. Oh, Sie haben einen Laptop!«

»Den hat Stefan vorhin angeschlossen. Äh – kannst du damit …?«

Ein milde pikierter Blick traf mich.

»Entschuldige, natürlich kannst du.«

»Soll ich ihnen zeigen, was sie machen müssen?«

»Das wäre riesig nett.«

Wir betteten also die Kitten in ihren neuen Korb um, wo sie sich sofort in die Decke kuschelten und ein Gewirr von Pfoten und Schwänzchen bildeten.

Und dann tauchte ich ein in die Welt der Websites und E-Mails und der Suchmaschinen.

»Hatten Sie wirklich nie eine Mail-Adresse?«

Lili war ein wenig fassungslos.

Wie sollte ich ihr das erklären? Ja, einst gab es eine Website – vermutlich gab es die sogar noch immer. Und eine Mail-Adresse auch. Nur darum kümmerten sich andere Leute. Und dann war ich fünf Jahre von all diesen Dingen ausgeschlossen gewesen.

»Ich hatte nie Zeit dafür«, beschied ich Lili, die so nett war, nicht weiter nachzuforschen.

Über meine Unterrichtsstunden und das Katzenfüttern verflog der Nachmittag, und es wurde Abend. Ich ging in die Küche, um uns ein Essen zu richten. Meine Fähigkeiten hatten sich schon auf einfache Nudelgerichte ausgeweitet, was Lili zu schätzen wusste.

»Spaghetti Bolognese« sagte ich und servierte sie in zwei tiefen Tellern mit jeweils einem Blättchen Basilikum darauf. Der, wie ich von Lothar erfahren hatte, in meinem Kräuterbeet wuchs.

Während des Essens kam Lili wieder auf ihr ermordetes Pony zu sprechen und präsentierte mir die Theorie der heidnischen Opferrituale.

»Sie haben Odin früher Pferde geopfert und das Fleisch gegessen. Ich habe gehört, es gibt hier eine Gruppe von Leuten, die sich Neuheiden nennen und sich an manchen Tagen im Wald treffen, um ihre Rituale zu feiern.«

»Das ist aber etwas weit hergeholt, sie gleich mit blutigen Opfern in Verbindung zu bringen.«

»Aber wieso denn nicht? Die versuchen doch, die alten Traditionen nachzumachen. Keiner hört auf mich …«, maulte sie.

»Mit wem hast du denn schon darüber gesprochen?«

»Mit Papa. Der wollte das der Polizei sagen, hat es aber nicht getan. Und Sie glauben mir auch nicht.«

Nun ja, es *war* eine Möglichkeit …

»Kennst du denn jemanden, der zu dieser Gruppe Heiden gehört?«

»In meiner Klasse ist ein Mädchen, die ständig von den Göttern erzählt, die sie und ihre Eltern anbeten. Sie trägt auch so komische Amulette aus Holz um den Hals. Mit eingeritzten Zeichen, die sie Runen nennt.«

»Das hört sich tatsächlich nach einer heidnischen Gruppe an.«

»Können Sie das der Polizei noch mal sagen?«

»Nein. Nein, Lili, das mache ich nicht. Das grenzt an Denunziation. Zumal dieser Kommissar inzwischen mich selbst im Verdacht hat, die Pferde umgebracht zu haben.«

»Ach, du lieber Gott! Sie sind doch eben erst hergezogen.«

»Vielleicht macht mich gerade das verdächtig.«

»Was für Idioten!«

In diesem Zusammenhang fiel mir plötzlich eine Kleinigkeit ein, die ich schon fast vergessen hatte. Lili hatte ihre Freundin Joly erwähnt, die schon mal ein Kätzchen aufgezogen hatte. Joly war eine Reiterfreundin, und ihrem Pony oder Pferd war vor einiger Zeit auch etwas zugestoßen. Offenbar hatte bisher noch niemand diesen Vorfall mit den aktuellen Taten in Verbindung gebracht.

»Lili, erinnerst du dich eigentlich noch daran, wann das Pferd deiner Freundin Joly verletzt wurde?«

»Huh, ja. Natürlich. Oh, verdammt! Sie meinen, das war derselbe, der auch Tinkerbell … Au Scheiße.«

»Könnte doch sein. Also, wann und wo?«

»Das war … das war, als ich diesen Husten hatte, nach Pfingsten, im Mai. Ja, im Mai, und das war auf der Koppel, die Jolys Eltern gepachtet haben, unten vor unseren Weingärten. Die waren gerade ganz neu bepflanzt worden. Und darum hat einer der Arbeiter das Pony gefunden. Es lag am Zaun, es war schon ganz schwach von dem Blutverlust. Er hat sofort die Tierärztin angerufen. Dr. Neumann war klasse. Joly hat gesagt, die ist sofort ins Auto gesprungen und hingefahren. Wenn sie nicht so schnell gewesen wäre, wäre ChinChin verblutet.«

»Was genau ist dem Pony zugefügt worden?«

»Ein Schnitt in den Hals.«

»Schnitt oder Stich?«

»Öhm. Weiß ich nicht. Oder … Es hat eine lange Narbe. Also wohl ein Schnitt.«

»Und hat man die Polizei alarmiert?«

»Ja, aber die haben nichts rausgefunden. Es gab wohl keine Spuren oder so.«

Das, was mir schon die ganze Zeit im Kopf herumging, sprach ich jetzt aus: »Sieht aus, als hätte der Täter damals noch geübt. Es ist nicht ganz einfach, ein großes Tier mit einem Schnitt durch die Schlagader zu töten.«

»Jenny, das müssen wir aber der Polizei melden.«

»Du oder Joly oder einer eurer Eltern – sofern die Beamten nicht schon selbst darauf gekommen sind.«

»Ich sage es Papa gleich, wenn er kommt.«

Und dann verlangte das Fellknäuel unsere Aufmerksamkeit.

Raoul kam, als wir gerade die Fütterung der kleinen Raubtiere beendet hatten, und brachte Lilis Rucksack für die Schule und eine Tasche mit Kleidungsstücken, die seine Tochter gleich benörgelte: Es war zu wenig Rosa darunter. Und dann überfiel sie ihn mit der Forderung, augenblicklich die Polizei von unserer neuen Erkenntnis zu benachrichtigen, während mir auffiel, dass ich mich mal wieder als Schlampe präsentierte. Mein Sweatshirt – sowieso nicht das eleganteste – war mit Milch bekleckert, meine Haare noch immer wild und ungebändigt, mein Gesicht ungeschminkt und meine Füße bloß.

Er war so höflich, es zu übersehen, und schlug auch das Angebot einer Tasse Kaffee aus.

»Ich bin in Eile, Jenny. Lassen Sie sich nicht von Lili ausnutzen. Sie kann einen wunderbar um den Finger wickeln.«

»Och, Papa …«

»Benimm dich, mein Kind!«

Und damit war er weg.

Wir setzten uns wieder an den Bildschirm, und unter Lilis Anleitung lernte ich, wie man Bücher, Kleidung und Haushaltswaren bestellte. Was ich angesichts meiner Phobie gegen

Menschenmassen und enge Kaufhäuser als verlockend empfand. Dass ich hingegen jedermann meine Kontonummer offenbaren sollte, machte mich skeptisch. Zu finanziellen Transaktionen würde ich später Miriam befragen. Die hatte doch ein etwas anderes Verständnis für diese Dinge als eine Dreizehnjährige mit begrenztem Taschengeld.

Das Klappern hinter dem Sofa und ein herzhaftes Maunzen erinnerten mich daran, dass auch ausgewachsene Katzen ein Recht auf Futter hatten. Ich befolgte den Befehl.

Ghizmo mampfte, putzte sich kurz und quakte dann an der Haustür.

»Du hast deine eigene Tür, Ghizmo. Benutze sie.«

Seine Körperhaltung zeigte mir, dass meine Bemerkung dämlich war.

»Also gut. Ein letztes Mal noch.«

Vermutlich nicht, aber was sollte man tun? Ich begleitete Ghizmo nach draußen und atmete die Abendluft ein. Es roch ein wenig modrig süß, Nebelschwaden zogen über die Weiden, der Himmel war mit rotgesäumten Wolken überzogen. Im Licht der Außenlampe schimmerten die goldenen Ornamente, und das Gitter selbst stand wie ein filigraner Scherenschnitt gegen das schwindende Hell. Es war ein unglaublich malerischer Anblick, und ich wünschte, ich hätte ein Foto davon machen können. Langsam öffnete ich das Tor und trat an den Straßenrand. Ghizmo folgte mir und trabte mit erhobenem Schwanz auf die Koppel zu. Dort verschwand er im Nebel, und nur seine Schwanzspitze war noch einem Moment lang zu sehen.

Ich stellte fest, dass ich lächelte.

Ich lächelte sogar noch, als sich das tiefe Brummen eines Motors näherte. Die schwere Maschine teilte die Nebelschwaden, verlangsamte sich und hielt direkt neben mir. Der Fahrer – wer anderes als mein steter Verfolger? – schob das Visier zurück und fragte: »Alles klar, Schwester?«

»Danke der Nachfrage. Alles im grünen Bereich. Aber unsere Verwandtschaft ist nicht offiziell bestätigt.«

»›Alle Menschen werden Brüder, wo dein sanfter Flügel weilt‹«, warf er mir grinsend an den Kopf.

Schiller diesmal. Also gut, den kannte ich auch.

»›Da werden Weiber zu Hyänen und treiben mit Entsetzen Scherz‹«, flötete ich zurück, dankbar meines Deutschlehrers gedenkend, der mich mit der »Glocke« getriezt hatte. Ein dröhnendes Lachen war mein Lohn, und damit donnerte Darius Hellwig von dannen. Ich blieb so lange vor dem Tor, bis das rotes Rücklicht im Nebel verschwunden war.

Irgendwie erschien mir diese Begegnung wie der würdige Abschluss des Tages.

28

Lauscher in der Nacht

Sie war wieder da, die Röhre nach draußen. Höchst befriedigt zwängte Ghizmo sich hindurch und stand witternd im Garten. Niemand hatte während seiner Abwesenheit hier einen Rechtsanspruch hinterlassen. Gut so. Und weiter so. Er markierte die Umgebung großzügig mit Warnungen gegen unbefugtes Eindringen und machte sich dann auf die Socken. Er war unglaublich erleichtert, das Problem losgeworden zu sein, und in seiner unendlichen Großmut beschloss er, immer mal wieder zu dem Korb zurückzukehren, um die Kleinen zu putzen. Das konnte eben nur eine Katze richtig!

Sein Rundgang verlief ohne Schwierigkeiten, keiner der anderen Kollegen ließ sich blicken. Er bedauerte das für einen kurzen Augenblick, denn er hätte gerne das Lob für seine aufopferungsvolle Tat gehört. Aber damit waren Katzen eben sparsam.

Die Pferdebiester grasten friedlich auf ihrer Koppel, aber sie hatten sich vermehrt.

Wie das?

Wieso standen da jetzt noch zwei weiße Pferde herum?

Jemand musste ihm das erklären!

Auch auf die Gefahr hin, sich wieder einmal prügeln zu müssen, strolchte Ghizmo zu Jaromirs Garten, durchbrach die Hecke und ging zielstrebig auf die Katzenklappe zu, die in die untere Kassette der Terrassentür eingelassen war. Ein schnelles Beschnüffeln sagte ihm, dass sein Feind noch im Haus weilte.

Da gab es zwei Methoden – er konnte ihn herauslocken oder er selbst ging hinein.

Letzteres würde für einen gewaltigen Aufruhr sorgen.

Aber wäre das nicht mal eine feine Sache?

Mit frischem Wagemut stieß er die Klappe auf und streckte den Kopf hindurch. Es roch anders als bei Jenny. Irgendwie strenger. Nicht nach Blumen. Er schob sich weiter vor, und seine Pfoten landeten auf einem weichen Teppich. Einem bunten. Mit Fransen. Aber von Jaromir noch immer keine Spur.

Weiter durch die Klappe – Bauch, Hinterpfoten, Schwanz – klapp!

Dicke Ledermöbel mit leichten Kratzspuren, mit einer Decke belegt. Ein dicker Tisch, dessen Füße sich in den Teppich krallten. Die Krallen waren nicht echt, sondern aus Holz. Wie blöd!

Gerade hatte Ghizmo sich einen Schritt weiter in den Raum gewagt, als ein empörter Schrei ertönte, und Jaromir ihm in den Nacken flog.

Krallen raus und zugeschlagen. Knallt der ihm die Hinterpfoten in die Seite, Sprung nach vorne, auf die Hinterbeine. Kreischen, was das Zeug hält. Jaromir auch hoch, haut zu. Ohr getroffen, laut heulen. Zurückschlagen, Nase zerkratzt. Wieder runter auf alle viere. Jaromir ebenfalls. Schwanz aufgeplustert, Rückenfell steht stramm hoch. Augen zusammengekniffen, anfunkeln.

»Was ist denn hier los?«, fragt eine menschliche Stimme.

Siehste doch, antworten beide fauchend.

»Raus mit euch!«

Ein Stock wird drohend geschwungen.

Jaromir haut ab, weg durch die Klappe.

Ghizmo hinterher.

Klappe zu.

»Was soll das?«, zischte Jaromir, und sein Schwanz peitschte wütend hin und her.

»Wollte mal gucken.« Ghizmos Fell hatte sich wieder gelegt, sein hinteres Ende senkte sich beruhigend. »Hätte der uns wirklich mit dem Stock geschlagen?«

Auch Jaromirs Fell glättete sich.

»Niemals. Nein, niemals. Und wenn doch, dann hätte er *dich* verprügelt. Geschähe dir recht.«

»Ich weiß. Aber du warst nicht auf der Runde.«

»Hab's verschlafen.«

»Hast du auch verschlafen, was auf der Weide los ist? Die zwei neuen Pferdebiester?«

»Och die! Die sind heute Mittag ausgeladen worden. Die sind nicht von alleine dahingelaufen. Die haben Menschen gebracht.«

»Welche Menschen?«

»Weiß ich nicht. Und nun zieh ab, sonst muss ich dich wieder vermöbeln.«

»Als ob du das könntest.«

Trotz dieser hochnäsigen Antwort zog Ghizmo es vor, sich schnellstmöglich zu verdrücken. Das Ohr brannte noch immer von dem Schlag, den er hatte einstecken müssen.

Immerhin, jetzt wusste er zumindest, wieso die Pferdebiester sich vermehrt hatten. Aber nicht, warum die Menschen sie hergebracht hatten. Aber das war wohl ihre Sache.

Er hatte seine eigenen Angelegenheiten.

Die Runde durch den Garten zeigte, dass alles in Ordnung war, dann drängte sein Magen ihn zum Haus zurück und durch die eigene Klappe.

Lili war da. Es roch nach Sahne. Beides war gut. Das Futter

auch. Lange brauchte er nicht zu verweilen. Kurz ärgerte Ghizmo sich, dass Jenny ihm nicht unverzüglich die Tür aufmachte, wie er es forderte, aber dann gehorchte sie doch und kam sogar ein paar Schritte mit hinaus.

Der feuchtkalte Nebel war nicht eben angenehm, und feinste Wassertröpfchen netzten sein Fell, als er sich zu Tinkerbells Unterstand begab, um sich dort eine kleine Weile dem Grübeln hinzugeben.

Die Sonne war untergegangen, das Glühen der Wolken verloschen, und der Nebel war höher aufgestiegen. Er verhüllte den Sternenhimmel und machte aus dem Licht der Straßenlampen gelblich schimmernden Rauch. Die Geräusche der Straße hallten dumpf und lange nach. Das alles störte Ghizmo nicht. Erst als ein wildes Wiehern die um ihn nistende Stille durchbrach, schreckte er auf. Spitzte die Ohren. Hufgetrappel kam von der anderen Koppel.

Alarmiert verließ Ghizmo seinen Unterschlupf und lief zum Zaun. Im Nebel rannten die Pferdebiester wild umher. Etwas musste sie aufgeschreckt haben. Der Pferdemörder?

Ghizmo strich weiter am Zaun vorbei, die Koppel zu betreten wagte er nicht, denn wenn die Biester wild wurden, lauerte Gefahr von ihren harten Hufen. Kaum hatte er das Ende des Zaunes erreicht, traf Menschengeruch seine Nase. Er blieb stehen und witterte.

»Du bist ein Idiot. Jetzt siehst du, was du angerichtet hast«, schnaubte ein Mann.

»Ist doch nichts passiert.«

»Nichts passiert? Und wenn die ausbrechen? Willst du in einer solchen Nebelnacht vier aufgeschreckte Pferde einfangen?«

»Die sind aber nicht ausgebrochen.«

»Hätten sie aber können.«

»Hätte, hätte, Fahrradkette!«

»Spinner.«

Zwei Männer, stellte Ghizmo fest. Und nicht die Hellsten. Pferdebiester durfte man nicht erschrecken. Dann wurden sie gefährlich. Andererseits wäre es sicher interessant herauszufinden, was diese Menschen hier machten. Er hatte sie auch schon in den Nächten zuvor bemerkt, sich aber ferngehalten. Sie waren Tölpel, denn einer hatte vorgestern seine Jenny überfallen und weggeschleppt. Das war für ihn ein scheußliches Erlebnis gewesen, und er hatte Angst gehabt, sie würde nicht mehr zurückkommen. Aber war sie doch, und zwar auf dieser Dröhnemaschine.

Also warum waren die hier?

Pferde mochten sie ja erschrecken, aber nicht umbringen. Aber vielleicht warteten sie auf den Pferdemörder. Nur – dann benahmen sie sich auch dämlich. Jetzt trampelten sie den Pfad hinter den Büschen entlang, und einer hinterließ dort seine Marke. Roch nach Bier. Anschließend klappte eine Autotür zu. Dann war Ruhe.

Ruhe zwar, aber keine Stille. Da war noch was. Ghizmos Fell sträubte sich. Jemand war noch da. Jemand versteckte sich. Jemand beobachtete etwas. Grauen breitete sich in Ghizmo aus.

Weg hier. Nichts wie weg.

In einem gewaltigen Sprint schoss er zur Straße hin, schlüpfte in seinen Garten und duckte sich unter die Hecke. Hier verweilte er, um sich beruhigend das Fell und insbesondere den aufgeregten Schwanz zu putzen. Darüber fand er seinen eigenen Gleichmut wieder. Aber er hatte genug von der kalten Feuchtigkeit, und er beschloss, sich der Katzenpflege hinzugeben. Im Korb bei den Kitten war es wunderbar warm.

Im Haus roch es weiter nach Sahne und nach etwas Süßem. Das Süße verdichtete sich um Lili, die unter seiner kuscheligen

Decke schlafend auf dem Sofa bei dem Katzenkorb lag. Das wirkte so verlockend, dass Ghizmo auf den Gang in die Küche verzichtete und gleich zu ihr hinauf sprang. Ein leises Grummeln, eine sachte Bewegung, eine Hand, die sich in seinem Fell vergrub, und schon hatten Mädchen und Kater eine befriedigende Schlummergemeinschaft gefunden.

Sie wurde durch ein melodisches Trillern gestört, und Lili richtete sich auf.

»Hallo, Ghizmo!«

Hallo, Lili.

»Ich muss die Kleinen füttern.«

Nur zu.

Ein wenig rumorte sie herum, dann kam sie mit einem Fläschchen und einer Schale. Die stellte sie auf den Boden. Es war Sahne darin. Warme, süße Sahne.

Gute Lili.

Nach dem gründlichen Putzen seines Mäulchens und jedem einzelnen Schnurrhaar, in dem noch ein Molekül Milch haftete, hüpfte Ghizmo in den Korb und bearbeitete die Kitten. Sie wirkten schon viel munterer und tretelten mit ihren kleinen Pfoten an seinem Bauch herum. Dann schliefen sie alle wieder ein.

Bis Jenny kam.

Warme Milch für alle.

Was für eine Nacht!

Jenny streichelte ihn auch und lobte ihn für seinen Einsatz im Katzenkorb.

Schlafen mit den Katzenkindern und glückliche Träume.

Dann wieder Lili und warme Sahne.

War das schön.

Dann wurde es hell, und zügig stahl Ghizmo sich aus dem Zimmer, um den Morgen zu begrüßen, denn die Sahne drängte aus seinem Gedärm. Als das erledigt war, betrachtete er seine Umgebung. Der Nebel war dichter geworden, und fast hätte er den Dackel übersehen, der sein Herrchen über den Gehsteig zog. Die Pferdebiester waren alle noch da, und hinter den Büschen stand ein Fahrzeug. In dem saßen die zwei Männer und bewegten sich nicht. Bierdunst hing in der feuchtschweren Luft.

Das Grauen hatte sich verzogen.

Ghizmo kehrte zu seiner üblichen Runde zurück und fand, das alles seine Ordnung hatte.

29

Shopping-Queen

Auch wenn Lili und ich uns im Vier-Stunden-Rhythmus abgewechselt hatten, um die Katzenkinder zu füttern, fühlte ich mich am Morgen wie durch die Mangel gedreht. Meine Helferin hingegen war quietschvergnügt. Sie half mir sehr nett, das Frühstück zu richten, fütterte noch einmal unsere Schützlinge und schwang sich dann auf ihr Fahrrad, um zur Schule zu eilen. Ziemlich schnell verschwand sie im dichten Nebel.

Mich zog es zu meinem neuen Spielzeug. Mit einigen Anfangsschwierigkeiten gelang es mir, mich in das viel gepriesene Netz zu begeben, dass alle Welt miteinander verbinden sollte.

Es war schon spannend, was man alles darin fand.

Zum Beispiel einen Artikel über den Angriff auf Jolys Pony. Joly Bergmann, so las ich, war die Tochter eines Ingenieurs, der bei einem Tiefbauunternehmen arbeitete, ihre Mutter war die Leiterin des Sozialamtes. Bergmanns hatten ihrer Tochter das Pferdchen zum elften Geburtstag geschenkt, und das Mädchen hatte sich schnell als begabte Reiterin qualifiziert. Ein Bild zeigte sie mit ausgebreiteten Armen auf dem Pferderücken stehend. In der Nacht vom einundzwanzigsten zum zweiundzwanzigsten Mai hatte ein Unbekannter vermutlich in den frühen Morgenstunden die Koppel betreten, das Pony mit einem Apfel zum Buschwerk an der südlichen Grenze gelockt und ihm einen Schnitt am Hals zugefügt, offenbar in der Absicht, es zu töten. Doch entweder war er gestört worden oder das Tier hatte es geschafft, sich loszureißen. Die Blutspur im Gras zeigte, dass es bis zum anderen Ende der Koppel gelaufen war, die an den Weingarten grenzte. Hier war es dann zusammengebrochen. Einer der Arbeiter, der die Anpflanzungen betreute, hatte bei Beginn seiner Schicht das blutende Pony bemerkt und die Tierärztin angerufen. Auch wenn ein großes Aufgebot der Polizei das Gelände sorgfältig abgesucht hatte, hatten sich keine Hinweise auf den Übeltäter finden lassen. Man vermutete, dass ein geistig Gestörter für den bösartigen Anschlag verantwortlich war.

Klar, ein geistig Normaler läuft nachts nicht durch die Landschaft und schneidet Pferden den Kopf ab. Dummerweise können sich aber Menschen mit solchen Störungen völlig normal verhalten und sich ansonsten nicht auffällig benehmen.

Es gab noch zwei weitere, immer kürzere Artikel zu dem Fall, die aber keine neuen Erkenntnisse bargen. Ende Mai hatte sich die Aufregung um die Sache gelegt – zumindest in der örtlichen Presse.

Es war wieder Fütterzeit, und wie es schien, hatten wir die Lebensgeister der Kleinen geweckt. Sie unternahmen die ersten Versuche, sich aus dem Korb zu begeben. Ich hatte alle Hände voll damit zu tun, sie daran zu hindern. Dann kam mir Ghizmo zu Hilfe, und ich setzte die Kitten zu ihm auf die Decke. Niedlich waren sie. Man konnte schon erkennen, welche Fellfärbung sie hatten. Eines war getigert mit einem weißen Bauch, eines weiß mit schwarzen Flecken, das dritte weiß mit getigerten Flecken. Wie mochten wohl die Katzeneltern ausgesehen haben? Ghizmo war ganz sicher nicht daran beteiligt, ihm fehlte dazu ein entscheidender Teil.

Es dauerte nicht lange, und die Kleinen waren erschöpft und

schliefen ein. Ich legte sie in den Korb zurück, gab Ghizmo sein verdientes Frühstück und wählte Miriams Nummer.

»Mit was für einer Schnapsidee kommst du mir jetzt schon wieder?«, begrüßte sie mich.

Ich erinnerte mich, dass wir uns bei unserem letzten Gespräch über das alte Kloster unterhalten hatten, und erwiderte freundlich: »Ich werde in den nächsten Tagen die Gemeindeverwaltung verrückt machen. Die sollen einen Zuschuss zu dem Projekt geben.«

»Jenny, dazu brauchst du ein belastbares Konzept.«

»Prima, dann mach mir eins.«

Ein damenhaftes Schnauben war die Antwort. Aber ich war sicher, sie würde in kurzer Zeit mit einem Entwurf vorbeikommen. Vermutlich drangsalierte sie einen ihrer Assistenten damit, es vorzubereiten.

»Ach, und Miriam …«

»Ja?«

»Ich habe seit gestern einen Laptop. Du, das ist ja sagenhaft, was man alles über das Internet bestellen kann. Ich habe bereits …« Weiter kam ich nicht. Ein greller Aufschrei riss mir fast das Ohr vom Kopf.

»Jenny! Nicht! Ich bin sofort bei dir. Rühr bis dahin nicht die Tastatur an!!!«

Ich grinste in mich hinein. Schön, dass sie mich für so leichtsinnig hielt. Natürlich hatte ich noch nichts bestellt, wie verlockend die Angebote auch waren.

Ich war doch nicht blöd!

Miriam traf gleichzeitig mit Lili ein, die sich sofort um die Katzenkinder kümmerte. Miriam hingegen flog wie ein Habicht auf meinen Laptop.

»Was hast du getan?«

Sie klapperte so energisch auf den Tasten herum, dass ich

Angst hatte, ihr rosafarbener Nagellack würde absplittern. Offenbar konnte man sich den gesamten Verlauf der Transaktionen ansehen, und erleichtert atmete sie auf.

»Du hast mich in Angst und Schrecken versetzt. Du weißt gar nicht, wie schnell man jemandem Unerwünschten seine Kontodaten verrät, und dann ist es auf einmal leer.«

»Genau darum hatte ich ja auch vor, dich um Rat zu fragen.«

Das besänftigte sie, und während sie mir einige Vorsichtsmaßnahmen aufschrieb, wuselte Lili in der Küche herum.

»Ich mache uns einen Salat, okay?«

»Oh Lili!«

»Papa hat gesagt, ich soll nett sein.«

»Wer ist der Papa dieses reizenden Kindes?«, flüsterte Miriam.

»Raoul Pfeiffer, Weingutbesitzer.«

»Ah, später mehr, ja?«

»Vielleicht. Darf ich mir ein paar Handtücher bestellen? Der schäbige Vorrat des verblichenen Bewohners ist für die Katzenpflege draufgegangen.«

»Nur zu. Hier, in diesem Portal findest du eine ansprechende Auswahl.«

Miriams exklusiver Geschmack war bewundernswert, die Preise auch. Ich bestellte ein Dutzend flauschiger Handtücher in meergrün, himmelblau, azurblau und strandgrasgrün und als besonderen Luxus auch noch drei riesige Badelaken. Mein Laptop klingelte, was mich irritierte. Aber Miriam klickte souverän auf das E-Mail-Verzeichnis, wo mir das Unternehmen bestätigte, dass meine Bestellung eingetroffen war und ordnungsgemäß bearbeitet würde.

»Darf ich auch noch Bettwäsche?«, fragte ich, und meine Stimme klang mir selbst wie die eines aufgeregten Kindes in den Ohren.

»Nur los. Hier. Satin? Baumwolle? Seide?«

Mir flimmerten die Augen.

»Soll ich Brötchen zum Salat aufbacken?«, unterbrach Lili meine Entscheidungsfindung.

»Eins für mich«, kam von Miriam.

»Zwei für mich«, rief ich.

»Okay.«

»Ich glaube, ich nehme einfach weiße Baumwolle. Damit kann ich nichts falsch machen. Das bunte Zeug oben sieht so ausgewaschen aus.«

»Kluge Wahl. Nimm die, und die, und die.«

Klick, Klick, Klick, und mein Konto dampfte.

»So, jetzt ist Schluss mit Shopping. Lili hat uns ein Essen gerichtet.«

Miriam war nett zu dem Mädchen, das musste man ihr lassen. Auf die Katzenkinder hingegen warf sie nur einen kritischen Blick und fragte, was ich mir damit denn nun schon wieder aufgebürdet hätte.

»Ich wollte sie nicht verhungern lassen. Aber das soll deine Sorge nicht sein. Wann fährst du mich in ein Möbelhaus, damit ich dieses scheußliche Sofa loswerden kann?«

»Ohne Zweifel ein löblicher Entschluss, Jenny. Aber bedenke die Folgen!«

»Folgen?«

»Na ja, willst du eines, das zu diesem schmutzigbeigen Teppichboden passt? Und zu den angegrauten Grasfasertapeten?«

»Miriam!«

Leicht erschüttert blickte ich mich um.

»Eben!«

Lili kicherte. Dann sagte sie: »Malermeister Baumstark. Der hat vor zwei Jahren bei uns renoviert. Papa gibt Ihnen nachher die Adresse.«

»So schnell geht das«, feixte Miriam. »Ich gehe jetzt. Besorg dir ein Smartphone.«

»Warum das?«

»Damit du auch unterwegs shoppen kannst.«

»Als ob ich das bräuchte.«

»Und erreichbar bist.«

Ich verdrehte die Augen.

»Tu es einfach!«, befahl Miriam.

»Okay. Aber du denk an das Konzept!«

»Mach ich, mach ich ja.«

Damit segelte sie auf ihren hohen Absätzen aus dem Haus und unfallfrei über den Hof. Ghizmo auf dem roten Eimer sah ihr bewundernd nach.

»Ich habe drei Freundinnen, die die Kätzchen nehmen wollen«, sagte Lili. »Wären Sie damit einverstanden?«

»Können die denn mit solchen Winzlingen umgehen?«

»Sonst hätte ich sie nicht gefragt, Jenny.«

Es klang ganz leicht vorwurfsvoll.

»Na gut. Ich kann sie sowieso nicht behalten. Ein Kater wie Ghizmo reicht mir.«

»Dann ruf ich sie an, damit sie herkommen können. Sie haben doch heute Nachmittag Zeit dafür, nicht?«

Musste ich wohl haben.

Die scheppernde Türglocke kündete einen weiteren Besucher an, und als ich öffnete, stand Inge vor der Tür. Wieder einmal hatte ich vergessen, dass heute Putztag war. In wildgeblümter Kittelschürze strömte meine Perle ins Haus und verbreitete sogleich den ersten Schwall Dorfklatsch. Ich hörte nur mit halbem Ohr hin, denn gleichzeitig telefonierte Lili auch unter Kicheranfällen und Geplapper mit ihren Freundinnen. Ich versuchte, mich neben dem Katzenkorb hinter der Zeitung zu verstecken, doch dann forderte Inge meine Aufmerksamkeit. Aus der Tasche ihres Gewandes zog sie zwei Ansichtskarten, die sie vor mir in der Luft schwenkte.

»Meine Tochter macht Urlaub in der Türkei. Schauen Sie mal, ist das nicht schön dort?«

Sie hielt sie mir derart auffordernd unter die Nase, dass ich nicht umhin kam, sie in die Hand zu nehmen und zu betrachten. Die eine zeigte eine leuchtend blaue Poollandschaft mit Sonnenschirmen und Palmen, die andere den Blick über eine Burgruine auf einen langen, weißen Strand.

Beide Ansichten waren mir bekannt.

Und beide riefen mir kalte Schauder über den Rücken.

Vier Tage hatte mein langersehnter Urlaub gedauert, dann war er brutal unterbrochen worden. Die restlichen fünf Jahre war der Ausblick nicht so schön gewesen. Und Pool mit Sonnenschirmen hatte es auch nicht gegeben.

»Was ist mit Ihnen, Frau van Rosmalen? Sie sind ganz blass.«

Lili war an meiner Seite und hielt mich fest.

»Lasst nur. Mir … mir ist ein bisschen schwindelig.«

»Wir waren die ganze Nacht damit beschäftigt, die Kätzchen zu füttern«, erklärte Lili liebenswürdig. Ich dankte ihr im Stillen dafür. Inge konnte nichts dafür, dass mich die Erinnerung noch immer einholte und ich dem Grauen nicht entfliehen konnte.

Aber jetzt war ich hier. Und alles war gut.

Inge packte die Karten wieder ein und versah ihre Pflichten von da an schweigend.

Doch lange war mir die Ruhe nicht vergönnt. Drei Fahrzeuge hielten vor dem Haus, und drei Mütter begleiteten ihre Töchter, darunter auch Joly, die sich als künftige Katzenmütter qualifizieren wollten.

Sie waren nett, allesamt. Aber anstrengend. Nach einer guten Stunde waren sie weg und der Korb leer.

Ich sank erschöpft auf den zerfetzten Sessel und ließ mir von Lili einen Kaffee geben.

»Das hast du gut gemacht, Lili.«

»Ja, nicht?«, sagte sie ohne Bescheidenheit. Aber warum auch?

30

Der Hauch des Bösen

Es war die Hölle im Haus los, und unwirsch verzog Ghizmo sich in den leeren Unterstand. Er war nützlich, aber trostlos. Der letzte Hauch von Tinkerbell war verflogen, die Krippe leer, die Spinnen webten ihre Netze in den Ecken. Allerdings raschelten ein paar Mäuse im verbliebenen Stroh. Appetit hatte Ghizmo nicht, aber sie weckten seinen Jagdtrieb. Er verbrachte eine unterhaltsame Zeit damit, ihnen aufzulauern und sie umherzuscheuchen.

In der Dämmerung prüfte er die Lage in seinem heimischen Revier und fand, dass Ruhe eingekehrt war. Als er seine Nase durch die Klappe streckte, nahm er den Geruch von Putzmitteln wahr. Der köstliche Duft von Milch hingegen war verschwunden.

Die Kitten auch.

Aha, auch Jenny war in der Lage, Probleme zu lösen.

Lili war auch weg.

»Hallo Ghizmo!«

Hallo Jenny!

Um die Beine streichen und leise gurren.

»Die Kleinen haben ihre Menschen gefunden.«

Gut gemacht.

»Aber jetzt habe ich noch eine ganze Tüte Milch hier. Was soll ich damit nur machen?«

Da fragst du?

Sie hatte ein Lächeln im Gesicht. Ghizmo schloss ein paarmal langsam die Augen. Schiet auf Verdauung!

Das Lächeln verstärkte sich.

»Lauwarm mit ein bisschen Traubenzucker?«

Oh, Mann! Mach zu!

Es war eine Orgie.

»Schnurrgel!«

»Lustige Laute beherrschst du, mein kleiner Freund.«

Keine Antwort. Schlabbern. Putzen. Sessel. Plötzliches Verdauen. Raus!

Als er wieder reinkam, hörte er das leise Klappern. Jenny saß an dem Ding, das sie Laptop nannte, und starrte auf die flimmernde Scheibe vor sich. Das sollte man mal untersuchen.

Ghizmo reckte und streckte sich und hopste dann vom Sessel und auf den Tisch.

»Hey!«

Ich weiß, ich weiß, darf ich eigentlich nicht.

»Du bist neugierig!«

Ja.

Er drängelte sich an ihr vorbei und starrte auch auf das Flimmerdings. War weiß mit kleinen schwarzen Spuren drauf. Die konnten Menschen lesen, so wie er die Spuren anderer Lebewesen lesen konnte. Er mit der Nase, Jenny mit den Augen. So weit, so klar.

»Geh mal von der Tastatur runter, Süßer.«

Ah, Tastatur war das Klapperteil. Man lernte ja dazu. Und mit dem Klappern veränderte sich das Bild darüber. Huch! Das war ja eine Katze, die ihn daraus anguckte.

Weg mit dir. Mein Haus!

Seine Pfote traf auf eine glatte Fläche und nicht auf Katzenfell.

War die darin eingesperrt?

Er stand auf und schaute hinter die Fläche. Da war nichts. Wieder nach vorne. Da, die Flachkatze leckte über die Scheibe. Von Innen. Wie machte die das?

Jenny lachte.

Wie gemein!

»Ghizmo, die ist auf dem Bildschirm. Soll ich sie wegmachen?«

Menschen können keine Katzen wegmachen!

Konnten sie doch.

Wie entsetzlich. Frustriert sprang Ghizmo wieder auf den Boden. Diese grauenvolle Erfahrung musste er erst bewältigen. Am besten draußen.

Er trottete zur Klappe und genoss die Nachtluft. Es hatte sich wieder Nebel gebildet, der alle Gerüche verstärkte. Da, Selena war an der Hecke gewesen. Die hochnäsige Kätzin hatte eine einigermaßen freundliche Nachfrage hinterlassen. Ghizmo machte sich auf den Weg, ihren Rundgang zu kreuzen. Ein Mensch mit seinen verkümmerten Sinnen hätte die Weiße im Nebel sicher nicht gesehen, er hingegen nahm sie schon viele Schritte von ihrem Platz auf dem Zaunpfosten wahr. In selbstbewusster Haltung näherte er sich. Schließlich hatte er ihr Problem gelöst.

»Na, Milchbart! Den Kitten das Futter weggeschleckt?«

Sie hatte eine entnervende Art, einen klein zu machen.

»Sie haben ihre Menschen gefunden«, muffte er sie kurz an.

»Und du hast dich zur Feier darüber in Sahne gebadet.«

»Neidisch, süße Selena?«, fauchte er.

»Ich bekomme jeden Tag ein Schälchen Sahne. Ich muss nicht darum betteln.«

Das war eine so fiese Unterstellung, darauf gab es eigentlich nur eine Antwort. Und zwar mit der Kralle. Leider saß Selena noch immer oben auf dem Pfosten und leckte sich jetzt nur desinteressiert eine Pfote. Also drehte Ghizmo sich um, hob den Schwanz und pinkelte an den Zaun. Es war eine unaussprechliche Beleidigung in seiner Marke enthalten, und Selena reagierte mit einem angeekelten: »Puh!« Dann sprang sie hinunter und verschwand im Nebel.

Das dazu, befand Ghizmo und setzte seine Runde fort. Den göttlichen Genuss der lauwarmen, süßen Milch hatte sie ihm nicht nehmen können. Und gebettelt hatte er überhaupt nicht darum! So!

Jaromir hatte seine Runde ebenfalls begonnen. Ihn traf er an der Grenze zur Weide, auf der die Pferdebiester standen. Es waren noch immer zwei braune und die beiden neuen Weißen.

»Du hattest Milch!«, sagte Jaromir.

»Hatte ich. Du hattest Thunfisch.«

»Hatte ich.«

Ghizmo setzte sich. Jaromir auch. Heute war kein Tag zum Kämpfen. Heute wollten sie sich unterhalten. Die Angelegenheit schien wichtig.

»Dahinten treiben sich zwei Männer rum.«

»Weiß ich. Die haben Bier.«

»Was machen die da?«

»Auf die Pferde aufpassen. Sagen sie zumindest.«

»Tun sie aber nicht.«

»Nee, tun sie nicht. Spätestens Mitte der Nacht verkriechen sie sich in ihr Auto und schlafen.«

»Gestern war da noch ein anderer Mensch.«

»Ja. Der wollte nicht gesehen werden.«

»Er machte mir Angst.«

Jaromir schwieg eine Weile. Dann gab er erstaunlicherweise zu: »Mir auch.«

»Hast du ihn erkannt?«

»Nein. Ich bin weggegangen.«
»Ich auch.«
»Sollen wir noch mal gucken?«
»Gucken wir.«
Geduckt schlichen sie an dem Koppelzaun entlang bis zu der Stelle, wo das Gebüsch sich vor dem Feldweg ausbreitete. Hier lungerten aber nur die beiden anderen Männer herum und tranken aus ihren Flaschen.
»Gott, was für ein langweiliger Job!«, tönte der eine.
»Na und? Bartels zahlt dafür. Besser als Schweine schlachten.«
»Was der für einen Terz wegen der Pferde macht.«
»Kosten was, die Viecher. Und jetzt noch die beiden Schimmel von Richardson. Die haben auch schon Medaillen gewonnen.«
»Worin? In Grasen und dumm Rumstehen?«
»Blödmann. Im Dressurreiten. Da müssen die Kunststücke vorführen. Und die einzuüben, kostet viel Zeit.«
»Sieht man nicht viel von.«
»Nee, machen die nur, wenn einer draufsitzt.«
Schweigen.
»Hast du noch ein Bier?«
»Im Auto. Gehen wir uns aufwärmen. Hier ist mir zu kalt.«
Jaromir brummte leise: »So viel zum Aufpassen.«
»Menschen eben«, antwortete Ghizmo.
»Wollen wir auch gehen?«
»Ich warte noch. Der andere ist noch nicht da.«
»Vielleicht kommt er nicht.«
»Hör mal!«
Vier Katzenohren drehten sich in dieselbe Richtung.
Sie hörten das leise Knirschen von Schritten. Dann hielten sie an. Das Atmen des Menschen hinter den Büschen wurde

erregter, beruhigte sich wieder. Der Geruch von reifen Äpfeln traf ihre Nasen. Dann raschelte es, und mit einem Plumps landeten einige Früchte im Gras. Es dauerte nicht lange, und die Pferde näherten sich der Stelle. Malmend zerkauten sie die Äpfel. Warteten auf weitere Leckerbissen. Aber die kamen nicht.

Doch von den Büschen her wehte Ghizmo und Jaromir der Hauch des Bösen an.

»Gehen wir weg!«

Auf leisen Pfoten huschten sie fort von der unangenehmen Stelle. Ohne sich zu verabschieden, bog Jaromir in seinen Garten ab. Ghizmo strebte auf sein Haus zu.

Ob er Jenny nach draußen locken sollte?

Ob sie das Böse bannen konnte?

Sie konnte oft nicht schlafen. Es war einen Versuch wert.

Doch ausgerechnet in dieser Nacht war Jenny in tiefen Schlaf gesunken. Selbst das Maunzen an ihrem Bett hörte sie nicht.

Und da sie so tief schlief, würde es ihr sicher auch nichts ausmachen, wenn er selbst mal in diese kuscheligen Kissen sprang, oder?

31

Ein Geist aus der Vergangenheit

Als ich erwachte, sah ich in ein Katzengesicht.

Der Rest der Katze lag neben mir auf meinem Kopfkissen.

»Ghizmo! Hier hast du aber gar nichts zu suchen!«

Er schnurrte zur Antwort.

»Du findest das auch noch schön, oder was?«

Ganz offensichtlich. Also schmuste ich mit ihm. Es gab schlimmere Dinge, die einem morgens beim Aufwachen passieren konnten. Auch wenn ich heimlich befürchtete, dass ich mit meiner Duldung und meinem Verhalten Maßstäbe für Zukünftiges setzte.

Er sprang dann irgendwann aus dem Bett, und ich stand auch auf.

Der Nebel lag noch dicht über dem Land, als ich für Ghizmo die Tür öffnete und nach draußen spähte. Aber ein wässriger Schimmer über mir ließ darauf hoffen, dass der Tag noch aufklaren würde. Ich hängte mir meine Einkaufstasche über die Schulter und machte mich auf, die dringendsten Besorgungen zu erledigen. Seit zwei Tagen war ich nicht mehr draußen gewesen, daher überraschte mich der Anblick zweier weißer Pferde, die durch den Nebel waberten. Ein malerischer Anblick, sicher. Hoffentlich kein verlockender für einen Pferdemörder.

Den Gedanken schob ich weg und wanderte frohgemut die

Straße zum Ort hinunter. Inzwischen kannte ich die Geschäfte und freute mich auf einen Schaufensterbummel.

Da ich auf der Suche nach einem Telefonladen war, schlenderte ich durch ein paar Nebenstraßen, die mir bisher noch nicht bekannt waren. Und neben einem köstlich dekorierten Schokoladengeschäft, einer winzigen Schuhboutique und einem orientalischen Minibasar fand sich eine Kunstgalerie. Ich blieb vor dem Schaufenster stehen, und mein Blick wurde sofort von einem gefällig gerahmten Gemälde von einer Katze gefangen genommen.

Sie war grau getigert, hatte weiße Pfoten und saß auf einem umgedrehten roten Eimer.

Konnte ich meinen Augen trauen?

Ghizmo?

Die Signatur war winzig, und ich hätte in den Laden gehen müssen, um sie genauer zu prüfen. Aber ich war mir sicher, dass der Vorbesitzer des Feyenhofs der Urheber dieses Werkes war. Zu gerne hätte ich das Bild erworben, aber die Galerie war heute geschlossen.

Ich notierte mir aber die Adresse und Telefonnummer in meinem Notizbuch, um bei Gelegenheit meine Hand auf dieses Werk zu legen.

Aufgemuntert ging ich weiter, zuversichtlich, dass mich kein Panikanfall mehr überraschen würde.

Und dann war ich doch einem nahe. Nämlich als ich in dem Laden stand, der mir bunte Kommunikationsmittel anbot. Es war entsetzlich verwirrend, was mir der Verkäufer alles vorschwätzte. Ich wäre beinahe schreiend aus dem Laden gestürzt, hätte sich nicht ein halbwüchsiger Junge meiner erbarmt. Er war erstaunlich nett und erklärte mir in schlichten Worten, was für ein Gerät für mich infrage kam.

»Ich habe gerade meiner Großmutter geholfen, ein Smartphone zu bedienen«, erklärte er freimütig. Ich schluckte bei dem Vergleich.

»Das ist sehr liebenswürdig von Ihnen«, sagte ich, den Jungen mit der höflichen Anrede ehrend. Er errötete.

»Ähm … äh … ich wollte nicht sagen, dass Sie wie eine Großmutter aussehen.«

»Nein, das weiß ich. Ich verhalte mich nur so.«

Er wurde dunkelrot.

Ich lachte leise und schüttelte den Kopf.

»Ich weiß selbst, wie blöd ich mich anstelle. Und ich bin Ihnen außerordentlich dankbar für Ihre fachkundige Hilfe. Ich bin Jenny van Rosmalen und wohne oben im Feyenhof.«

»Ich bin Tobias Bergmann.«

»Oh, Jolys Bruder?«

»Ja, woher …?«

»Joly und eure Mutter waren gestern bei mir und haben ein Kätzchen abgeholt.«

»Sie sind das. Och, das Kätzchen ist ja so süß!«

Der Verkäufer war so klug, sich im Hintergrund zu halten und sich nicht in unsere Unterhaltung einzumischen. Ich belohnte ihn damit, dass ich unter Tobias' Anleitung das kleine Gerät nebst Zubehör kaufte und als stolze Besitzerin eines Smartphones den Laden verließ.

Es war schon gegen Mittag, als ich wieder ins Haus trat.

Und im Wohnzimmer starr vor Schreck stehen blieb und fast meine Tasche fallen ließ.

Auf meinem Sofa lag eine schwarze Gestalt.

Einbrecher?

Eine Leiche?

Nein, ein lebender Mensch, der sich jetzt langsam aufrichtete.

»Kumar. Himmel, ich wäre eben fast gestorben!«

»Jenufa!«

Es gab nur ganz wenige Menschen, die den Namen kannten, den mir meine Eltern verpasst hatten.

»Was suchst du hier? Wie bist du reingekommen?«

Kumar richtet sich auf und lächelte mich entwaffnend an.

»Du bist sehr leichtsinnig mit dem Verschließen der Fenster. Ich habe erst geklingelt, und als niemand öffnete, fand ich das angekippte Fenster neben der Tür sehr einladend.«

Ich stellte meine Einkäufe auf die Küchentheke und fragte: »Wie hast du mich gefunden?«

»Du warst im Zirkus. Ich sah dich bei den Gehegen stehen, und irgendetwas an dir kam mir bekannt vor. Darum fragte ich Nina, mit der du und das Mädchen euch unterhalten habt, und so führte eins zum anderen, Frau Jenufa van Rosmalen.«

»Könnten wir es bei Jenny belassen?«

»Wenn du es wünschst. Du bist eine Frau mit vielen Namen.«

»Nur Jenny. Und jetzt verrate du mir, was dich dazu treibt, in einem Zirkus zu arbeiten.«

Angriff war die beste Verteidigung!

»Die Liebe. In Gestalt von Sita, der Trapezkünstlerin.«

»Oh.«

Auf den Gedanken war ich natürlich nicht gekommen.

»Und warum hast du die Tierpflegerin verärgert?«

Er war geschickt darin, das Thema zu wechseln.

»Ich habe sie nicht verärgert. Und Lili auch nicht. Wie du sicher erfahren hast, hatten wir ein paar berechtigte Fragen.«

»Ja, mag sein. Wo warst du so lange, Jenny? Du bist von einem Tag auf den anderen spurlos verschwunden.«

»Ich hatte meine Gründe.«

»Bietest du mir einen Tee an?«

Seufzend wandte ich mich um, um den Wasserkocher in Betrieb zu nehmen und einen Beutel mit grünem Tee zu füllen. Dann räumte ich schweigend die Einkäufe in Kühlschrank und Bord. Kumar schwieg auch, bis ich die Tassen auf den Couchtisch stellte und den Tee aufgegossen hatte.

»Ist nicht ganz dein Stil, das hier.«

»Für den Augenblick genügt es.«

»Oben sieht es schon besser aus. Gute Idee, das Bett unter das Oberlicht zu stellen.«

»Du hast herumgeschnüffelt.«

»Du hast auf dich warten lassen. Wem gehören die Näpfe in der Küche?«

»Dem Kater, der zum Haus gehörte.«

»Du wohnst noch nicht lange hier. Wo warst du vorher?«

»In der Psychiatrie«, antwortete ich patzig.

»Dann musste das wohl sein. Aber fünf Jahre warst du nicht dort. Was ist dir zugestoßen, Jenny?«

Seine Stimme war mitfühlend, seine Augen auch. Einst hatten wir uns gut verstanden. Aber inzwischen war mir die Welt von damals fremd geworden. Ich nippte an meinem Tee und sagte nichts. Er akzeptierte es, und ich war ihm dankbar dafür.

»Kannst du noch die Poi schwingen?«, fragte er in die Stille zwischen uns.

»Ich habe es schon lange nicht mehr getan. Aber du hast recht, es ist eine gute Übung zur Körperbeherrschung. Ich sollte mal wieder meine Socken mit Tennisbällen füllen.«

»Unbedingt«, meinte er. »Ich lasse dir ein Feuerpoi zukommen. Im Hof hier kannst du damit gut üben.«

»Feuerpoi, klar.«

»Man braucht Herausforderungen.«

»Mein ganzes Leben ist eine einzige Herausforderung.«

»Du warst sehr lange und sehr weit weg, nicht wahr?«

»Fünf Jahre nicht in dieser Welt. Unfreiwillig, Kumar.«

»Und traumatisiert zurückgekehrt, daher die Psychiatrie.«

Ich nippte wieder an meinem Tee. Er war sehr dicht dran.

»Du warst im Gefängnis. Und das nicht in Deutschland.«

Ich nippte weiter an meinem Tee.

»Unschuldig, nehme ich an. Denn du hast keinen kriminellen Charakter.«

Ich nippte noch immer an meinem Tee.

»Und darüber hast du deine Stimme verloren. Arme Jenny.«

»Bedauere mich nicht, Kumar. Ich lebe noch. Und dafür bin ich jeden Tag dankbar.«

»Das glaube ich dir.«

Hinter Kumar klapperte es, er drehte sich um und folgte Ghizmos Eintreten.

»Der Hausgeist?«

»Ghizmo mit Namen.«

»Namaste, Ghizmo!«

Der Kater blieb stehen, äugte zu Kumar hoch und sprang unvermittelt auf seinen Schoß. Seine Schnurrhaare bebten, während er an ihm schnüffelte, dann rollte er sich zusammen und schnurrte.

»Nun, du scheinst einen beruhigenden Duft zu verströmen.«

»Meine Aura, Jenny.«

»Ah. Okay.«

»Wenn du mir nun schon nichts Genaueres zu deiner Vergangenheit erzählen möchtest – was treibt dich hier so um?«

Was gab es in diesem Fall Unverbindlicheres als Mord? Ich berichtete ihm von den beiden Tieren, die hier vor meiner Haustür umgebracht worden waren, und den zugehörigen Gerüchten und Spekulationen. Kumar war ein guter und aufmerksamer Zuhörer, und als ich geendet hatte, sagte er: »Eine böse Sache. Jetzt verstehe ich, warum das Mädchen so misstrauisch war. Denn das Fleisch an unsere Raubkatzen zu verfüttern ist doch gar keine so schlechte Idee. Besser, als den Kadaver im Wald zu vergraben.«

»Ja, aber euch beliefert Bartels, und der wird kein Pferdefleisch dubioser Herkunft annehmen.«

Kumar hatte die Angewohnheit, ganz bewegungslos zu bleiben, etwas, was die wenigsten Menschen konnten. Ich selbst ertappte mich, dass ich mit den Fingern um die Tasse kreiste. Ich faltete sie sogleich im Schoß.

»Es brachte ja nicht der Fleischfabrikant selbst die Ware, sondern seine Angestellten.«

»Die … ja, wenn es einer von ihnen war, könnte der auch natürlich das Pferdefleisch untergemogelt haben.«

»Das war meine Vermutung. Jenny, in einem Zirkus hat jedes Mitglied mehrere Aufgaben. Ich bestreite nicht nur die Feuer-Show, ich bin nebenbei auch für die Buchhaltung zuständig. Und dabei ist mir etwas aufgefallen.«

Ich spitzte die Ohren.

»Was ist dir aufgefallen?«

»Dass Bartels uns eine größere Fleischspende gemacht hat. Zweimal hat einer seiner Mitarbeiter uns Extraportionen geliefert. Wir haben ihm dafür Freikarten für die Belegschaft versprochen, aber diese Freikarten sind nie eingelöst worden.«

»Kann man das denn nachvollziehen?«

»Natürlich. Die Karten waren auf den Namen der Firma an der Kasse hinterlegt.«

»Spannend. Wer hat das Fleisch angeliefert?«

»Beide Male war es ein anderer Fahrer, aber er kam im Firmenwagen des Unternehmens, und das Fleisch war auch korrekt in deren Tüten verpackt. Wenn es denn das Pferdefleisch war, dann spricht viel dafür, dass der Mörder zur Belegschaft von Bartels gehört.«

»Und der hat jetzt auch die Wachmannschaft der Pferdekoppel gestellt. Und vermutlich damit den Bock zum Gärtner gemacht. Habt Ihr diesen Verdacht der Polizei gemeldet?«

Kumar lächelte milde.

»Zirkusleute und Polizei stehen gewöhnlich nicht auf gutem Fuß miteinander. Ich habe den Verdacht unserem Direktor gemeldet, aber der meinte, die Angelegenheit ginge uns nichts an. Aber du könntest es natürlich melden. Wir sind noch zwei Tage vor Ort, falls jemand Einblick in unsere Bücher nehmen möchte.«

»Auch ich stehe nicht auf gutem Fuß mit der Polizei«, murmelte ich.

»Verstehe.«

»Aber ich kenne jemanden, der sich dafür interessieren könnte.«

»Ein neuer Mann in deinem Leben?«

»Vielleicht.«

Ich dachte an Raoul, der mit Kumars Information sicher etwas anfangen konnte.

Ghizmo wachte aus seinem seligen Schlummer auf Kumars Schoß auf und sprang zu Boden. Sein Blick sagte mir, dass es Zeit für einen Happen war. Und mein Blick zur Uhr, dass die Mittagszeit schon lange überschritten war.

»Ghizmo verlangt sein Futter. Möchtest du mit uns essen, Kumar?«

»Was? Ein Döschen Katzenfutter?«

»Meine kulinarischen Gewohnheiten haben sich etwas geändert. Ich kann dir Pellkartoffeln mit Rührei anbieten.«

»Ich bin beeindruckt.«

Ich grinste. Kumar kannte mich eben.

Aber er blieb auf dem Sofa sitzen und unterhielt mich, während ich das Essen vorbereitete, mit allerlei Anekdoten aus dem farbenprächtigen Zirkusleben. Er schien glücklich mit seinem Engagement und seinen Aufgaben zu sein. Nach dem Essen verabschiedet er sich, nicht ohne mir seine Telefonnummer hinterlassen zu haben. Ich benutzte mein neues Smartphone, um sie darin mit seiner Hilfe zu speichern.

»Wir bleiben in Kontakt, Jenny.«

»Gerne. Es ist gut, Freunde zu haben.«

»Du hast dazugelernt.«

Er umarmte mich, und ich konnte Ghizmo verstehen. Der zarte Duft von Sandelholz war sehr angenehm.

Es war, wie erwartet, sonnig geworden, und ich nutzte die spätsommerliche Wärme, um mich in den Garten zu setzen und auf dem neuen Spielzeug herumzutippen. Eine Weile machte das Spaß, doch dann kam Lothar mit der Heckenschere. Ich sah zwar keinen Bedarf, etwas zu stutzen, aber selbst mein ungeübtes Auge erkannte, dass der Rasen gemäht werden musste. Dem Geheul des Rasenmähers entzog ich mich durch einen kleinen Spaziergang. Dabei kam ich an Lothars Auto vorbei – wie üblich total verdreckt. Ob das die Schrammen und Beulen im grünen Lack überdecken sollte?

Mein Weg führte mich an den Weiden entlang bis zum Beginn des Waldes. Ich wagte mich bis zu dem Schutzhäuschen vor, setzte mich dort eine Weile auf die Bank und genoss die Ruhe, die nur von leisem Rascheln im alten Laub auf dem Boden, den schrillen Rufen eines aufdringlichen Vogels und dem Rauschen der Brise in den Bäumen begleitet wurden. Das alles war viel besser als das Dröhnen des Rasenmähers.

Als ich zurückkam, hatte Lothar die geräuschvolle Tätigkeit beendet und war dabei, verblühte Rosen abzuschneiden. Er sah nicht auf, als ich kam, aber er wirkte erschöpft und müde. Vermutlich würde ihn ein Bier aufmuntern, aber erstens hatte ich keines im Haus und zweitens wollte ich seine Neigung zum

Alkohol nicht unterstützen. Aber da ich selbst durstig war, beschloss ich, ihm ein Glas Saft anzubieten.

»Geht es Ihnen gut?«, fragte ich Lothar und reichte ihm den Orangensaft.

»Geht so. Danke.«

Er hatte tiefe Ringe unter den Augen und trug einen Dreitagebart. Er machte ihn nicht sexy.

»Ich habe dieses Haus gekauft«, sagte ich ihm.

»Hab's gehört.«

»Wir müssen uns über Ihre weitere Beschäftigung unterhalten, Lothar. Bisher haben die vorigen Besitzer Sie beauftragt und bezahlt.«

»Und Sie können sich meine Arbeit jetzt nicht mehr leisten.«

Es klang maßlos resigniert. Inges Hinweis, dass er sich mit Gelegenheitsarbeiten über Wasser hielt, ließ mich einen Entschluss fassen.

»Lothar, ich brauche auch weiterhin jemanden, der sich um den Garten und die Außenanlagen kümmert. Machen Sie mir ein Angebot, wie viele Stunden Sie im Monat brauchen, um alles in Ordnung zu halten.«

Ich hatte von Miriam gelernt, mit Handwerkern umzugehen.

»Kann ich machen.«

Er sah etwas freundlicher aus.

»Gut, bringen Sie die Unterlagen mit, wenn Sie das nächste Mal kommen.«

Er nickte und trank den Saft aus. Etwas zögernd streckte er mir das geleerte Glas entgegen. Ich nahm es ihm ab und verabschiedete mich von ihm.

Armer Kerl, dachte ich, als ich ins Haus ging.

Und dann spielte mir mein Gedächtnis einen Streich.

Lothar trug einen Werkzeuggürtel. Hatte ich mich getäuscht, oder fehlte daran nicht an einer Stelle ein Riemchen?

Ich ging noch einmal zum Fenster und blickte in den Garten. Lothar bückte sich eben, um den Grünabfall in den Korb zu werfen. Als er sich aufrichtete, warf ich einen Blick auf den Gürtel. Richtig, links neben der Rosenschere war eine leere Stelle.

Lothar?

Pferdemörder?

Unwahrscheinlich, oder?

Was für einen Grund sollte er für eine solche Tat haben? Oder gehörte er vielleicht dieser komischen heidnischen Gruppe an, die Lili verdächtigte? Die nachts ihren Ritualen nachging? Sah er deswegen so übermüdet aus?

Hatte Inge nicht gesagt, dass er bei Bartels in der Fleischerei gearbeitet hatte?

Mir wurde ganz kalt, und ich trat vom Fenster zurück.

Dumme Pute, schimpfte ich mich. Das Riemchen konnte auch zufällig auf der Wiese gelegen haben. Schließlich hatte der Täter das Pony nicht mit der Rosenschere umgebracht.

Andererseits …

Vielleicht gab mir die Wunderwelt des Internets eine Auskunft zu Lothar.

Dessen Nachname mir noch immer fehlte. Also nichts in den Tiefen des Netzes zu finden.

Ich hörte seinen Wagen wegfahren, also konnte ich ihn nicht einmal fragen.

Frustriert schaltete ich den Laptop aus.

32

Krawall in Garten und Haus

Diesmal war der Krawall im Garten. Empört stob Ghizmo aus der Hecke, als der Mann mit dem Brüller über den Rasen fuhr. Wieder suchte er Zuflucht im Unterstand und lehrte einige Mäuse das Grauen. Und zwei Spinnen mussten auch dran glauben. Danach war er wieder in nachdenkliches Sinnen versunken und hatte darüber die Welt vergessen. Erst das Türenschlagen und Starten eines Motors holte ihn aus seiner Versenkung, und er trabte los, um die Lage zu inspizieren. Es roch nach saftigem Gras im Garten, was ihn dazu animierte, sich ein wenig auf dem Rasen zu wälzen. Dass etliche Hälmchen in seinem Fell hängen geblieben waren, störte ihn nicht, die würden später abfallen.

Er schlüpfte durch die Klappe und schüttelte sich mitten auf dem Teppich.

»Ghizmo, du kleines Schwein!«

Wieso?

»Gestern hat Inge hier sauber gemacht!«

Ja, und?

Er trottete zum Futternapf. Es waren noch ein paar Knusperfischchen drin.

»Ghizmo, ich finde das nicht gut.«

Knurpsel!

»Ach, was rede ich mit dir?«

Eben.

Nachdem er die Reste aus dem Napf aufgenascht hatte, fragte sich Ghizmo ernsthaft, warum Jenny so verschnupft war. Er hatte doch gar nichts zerkratzt. Jetzt fegte sie auf dem Teppich herum. Waren das die Grashalme, die ihr nicht gefallen hatten? So ein Unsinn. Die waren doch ganz natürlich. Ein halb vermoderter Vogel, ja, das hätte er noch gerade verstanden. Die rochen ein bisschen penetrant. Aber frisches Gras?

Aber dann beruhigte sie sich wieder und zog ein kleines Ding aus der Tasche, das komische Töne machte. Es fiepste und klingelte und bellte und miaute.

»Gefällt dir der Klingelton, Ghizmo?«

Nein.

Er drehte sich um und sprang auf den Sessel. Als es noch mal miaute, fetzte er ein Stück aus dem Bezug. Das war's dann mit Miauen.

Dafür schepperte die Türklingel.

Schon wieder Krawall. Oder? Nein, es kam ein Blumenstrauß ins Zimmer.

»Frau van Rosmalen, ich bin gekommen, um Ihnen meine Entschuldigung zu entrichten.«

Hinter dem Blumenstrauß versteckte sich ein Mann.

»Welches Unrecht haben Sie begangen?«, fragte Jenny.

»Meine Männer haben Sie überfallen und zur Polizei gezerrt. Das war unverantwortlich.«

»Herr Bartels, nehme ich an.«

»Ja, junge Frau, der bin ich. Und das hier ist für Sie.«

Er streckte ihr das Gestrüpp entgegen, und Jenny hielt es etwas hilflos in der Hand.

»Nehmen Sie doch Platz, Herr Bartels. Ich suche eben eine Vase.«

Sie würde keine in den Schränken finden. Florian hatte nie Blumen bekommen.

Hoppla, doch eine. Ein brauner Krug, über den gammelige Sahne gegossen worden war. Oder so. Sie hielt ihn mit zweifelndem Blick in der Hand, füllte ihn aber dann mutig mit Wasser und stopfte die Blumen hinein. Ganz wohl schien Jenny sich nicht zu fühlen.

»Darf ich Ihnen einen Tee oder Kaffee anbieten, Herr Bartels?«

»Haben Sie ein Bier da?«

»Leider nein, nur Orangensaft und Wasser.«

»Dann machen Sie mir einen Kaffee. Schwarz und stark!«

»Natürlich.«

Ghizmo betrachtete den Mann von seinem Sessel aus und fand ihn dick und hässlich. Andererseits war er neugierig, was er von seiner Jenny wollte, und so sprang er auf den Boden und verzog sich hinter das Sofa. Hier konnte er ungesehen lauschen und nötigenfalls schnell durch die Klappe entkommen. Er setzte sich so, dass er auch um die Ecke spitzen konnte, falls nötig.

»Ich hab die Jungs beauftragt, auf die Pferde zu achten. Die beiden braunen, haben Sie sicher schon gesehen. Meine Frau und meine Tochter reiten sie. Haben schon Medaillen gewonnen. Und als dieser verdammte Kerl Destiny umgebracht hat, waren sie untröstlich. Es war ein herber Verlust, auch für mich. Ich habe zehntausend Mucken für den hingeblättert. Und dann liegen da einfach nur noch der Kopf und die Hufe im Gras.«

»Entsetzlich«, sagte Jenny über das Gurgeln der Kaffeemaschine.

»Und weil ich die Wachleute da hingeschickt habe, hat der Richardson gefragt, ob er seine beiden Schimmel auch auf die Weide stellen kann. Ist ja in Ordnung so. Die stören sie ja nicht, oder?«

»Nein, Herr Bartels.«

Jenny klapperte mit den Tassen. Bartels dröhnte weiter, jetzt über die grandiosen Erfolge seiner Lieben. Ghizmo begann, Mitleid mit den Pferdebiestern zu entwickeln. Die Ärmsten mussten wirklich die abnormsten Kunststücke lernen. Und bekamen bunte Schleifen dafür, wenn er das richtig verstand.

Jenny verhielt sich ungewohnt wortkarg, fand Ghizmo. Hin und wieder gab sie kleine Laute von sich, dann setzte sie sich auf seinen Sessel.

»Haben Sie denn inzwischen schon Hinweise auf den Täter gefunden?«, fragte sie dann, als der Mann einmal Luft schnappen musste.

»Die Lahmärsche von der Polizei befragen jetzt endlich die Leute von der Klapsmühle. Ich habe denen gleich gesagt, das muss einer von den Irren sein, die sie rauslassen.«

»Möglich.«

Jenny klang nicht überzeugt. Und dann sagte sie etwas, das Ghizmo fast zur überstürzten Flucht veranlasst hätte.

»Es könnte ja auch einer Ihrer Mitarbeiter gewesen sein, Herr Bartels.«

Der röhrte los. Was ihr denn einfiele? Seine Leute seien ehrliche Arbeiter. Handverlesen eingestellt. Jeder von ihnen wüsste um die Ehrungen und Preise seiner Pferde. Keiner würde es wagen, eine solche Schandtat zu begehen. Wie eine dämliche Kuh wie sie auf eine solche absurde Unterstellung käme?

»Sie wollen wohl den Verdacht von sich selbst ablenken«, tobte er schließlich und sprang auf. Die Tassen auf dem Tisch klirrten und schepperten, und Jenny fauchte: »Raus, Sie Idiot!«

»Das wird Folgen haben!«, donnerte Bartels, und der Fußboden bebte unter seinen wütenden Schritten. Dann fiel die Tür krachend ins Schloss.

»Ach, du meine Güte!«, seufzte Jenny und ließ die Schultern hängen. Ghizmo schlich ihr um die Beine. »Was für ein Trampel!«

»Schnurr!«

»Danke, Ghizmo.«

»Schnurrrrr!«

Es gab ein paar Knusperdinger. Aus der Hand. Und die Tür machte sie ihm auch auf. Ohne dass er fragen musste.

Nette Jenny.

33

Schlaflose Gedanken

Was für ein unangenehmer Kerl, dieser Bartels. Trotz Blumenstrauß. Auch der war eigentlich nur Gestrüpp. Vermutlich hatte er in seinem Garten gewildert und alles, was Blüten hatte, abgerupft. Irgendwer hatte das Zeug dann zusammengebündelt und in Klarsichtfolie gewickelt. Dazu passte natürlich dieser ominöse braune Krug mit der krustigen beigen Glasur, die aussah, als sei etwas Klebriges übergekocht. Kopfschüttelnd fragte ich mich, ob ich mir dieses Arrangement noch länger antun sollte, aber dann taten mir die Dahlien und Astern irgendwie leid. Sie konnten nichts dafür, dass sie so lieblos gepflückt worden waren. Sie jetzt einfach auf den Kompost zu werfen, schien mir unfair. Also wuchtete ich Krug mit Strauß auf das Ecktischchen und richtete mir mein Abendessen. Darüber verlor sich mein Ärger über den letzten Besuch, und die heimliche Freude darüber, dass Kumar bei mir eingebrochen war, nahm dessen Platz ein. Eine Weile hing ich meinen Erinnerungen nach. Es waren gute Zeiten gewesen, damals. Es war so weit, dass ich mich auch dem stellte. So lange hatte ich das vermieden, denn der Schmerz über den Verlust war kaum zu ertragen gewesen. Aber nun schien ich plötzlich die Kraft dazu gefunden zu haben.

Es tat auch jetzt noch weh, aber für eine kurze Weile konnte ich daran denken, dass ich einst ein völlig anderes Leben geführt hatte. Ob ich wohl den Mut hatte, mir Ignacias Website anzusehen?

Ich stand auf und ging zum Laptop. Zögernd schwebten meine Finger über den Tasten.

Und dann tippten sie den Namen »Raoul Pfeiffer« ein.

Man fand einiges über den Weingutbesitzer. Er hatte die Weinberge von seinem Vater geerbt und führte das Unternehmen seit fünfzehn Jahren. Seine Weine, rot wie weiß, hatten einige Auszeichnungen erhalten und schienen sich sogar im Ausland einiger Beliebtheit zu erfreuen. Er bot in jedem Herbst Weinproben in seinen Kellern an, und bei einigen älteren Bildern fand ich auch Aufnahmen von seiner Frau, die stolz die Flaschen präsentierte. Eine schöne Frau, sehr damenhaft und elegant. Stolz war Raoul auch auf die Erfolge seiner Tochter. Ich fand Berichte über ihre Leistungen im Voltigieren und Bilder von ihr auf Tinkerbell.

Was mich neugierig auf den anderen Pferdebesitzer machte, und natürlich gab es auch Bilder von den Damen Bartels in strenger Kostümierung zu Pferde.

Warum hatte jemand eines dieser edlen Tiere des Fleischereibesitzers umgebracht?

Das roch doch nach Rache, oder?

Die Vorstellung, dass es ein verärgerter Arbeiter gewesen sein könnte, war vielleicht doch nicht so ganz falsch. Zumindest hatte so jemand die Fähigkeit, ein Pferd zu schlachten und die Möglichkeit, den Kadaver zu zerlegen und zu verpacken und dem Zirkus zu spenden. Clever, denn die Tierpfleger dort würden nicht viel fragen, woher das Fleisch stammte. Und die Raubkatze auch nicht.

Oder war es ein missgünstiger Konkurrent?

Ein anderer Metzger oder Fleischereibetrieb?

Genauso denkbar, wobei der eines der Lieferfahrzeuge von

Bartels benutzt haben musste. Oder sahen die so unauffällig aus? Hatte ich schon mal eines gesehen? Ich konnte mich nicht daran erinnern.

Noch schlimmer, ein neidischer Dressurreiter? Obwohl, das waren Pferdenarren. Die würden sicher eher die Tochter entführen, als ein Pferd umzubringen.

Aber möglicherweise war auch der erste Gedanke eine ganz falsche Spur, denn warum hätte ein Arbeiter oder Konkurrent von Bartels Lilis Pony umbringen und es bei Jolys Pony ebenfalls versucht haben sollen? Das ergab ja nun gar keinen Sinn.

Wo war das verbindende Motiv?

Das Starren auf den Bildschirm hatte mich müde gemacht, und mit meinen Gedanken kam ich nicht weiter. Ich schaltete das Gerät aus und stieg die Treppe zu meinem Schlafatelier hoch. Vielleicht war mir eine durchschlafene Nacht beschert. Es kam in der letzten Zeit häufiger vor, dass ich meine nächtliche Ruhe fand.

Doch kaum hatte ich mich unter die Decke gekuschelt, fingen meine Gedanken wieder an, in wilden Kreisen zu wandern. Es war der von Ghizmo zerfetzte Sessel, der den Anfang machte und zu dem Gespräch mit Miriam über neue Sitzmöbel führte. Natürlich hatte sie recht, wenn sie mich darauf hinwies, dass ein neues Sofa alleine nicht ausreichte. Ich musste mir Gedanken dazu machen, wie ich mein jetziges Zuhause gestalten wollte. Das war etwas Neues in meinem Leben. Und da ich keine Erfahrung in Innenausstattung hatte, musste ich auf das zurückgreifen, was ich kannte. Plötzlich tauchte mein Elternhaus in meiner Erinnerung auf. Erst wollte ich die Bilder rigoros zurückweisen, wie ich es mir angewöhnt hatte, aber dann gestattete ich ihnen doch, vor meinem inneren Auge zu erscheinen. Aufgewachsen war ich in einer höchst eleganten Umgebung. Ich erinnerte mich an weißgoldenes Mobiliar, das ganz sicher einer prägnanten Stilepoche zuzuschreiben war. Mattgelbe Samtportieren und Spitzengardinen gehörten auch dazu, genau wie eine edelhölzerne Bibliothek mit Büchern ebenso prägnanter Autoren, die mir zu lesen verboten waren. Lampen, so glaubte ich lange, mussten immer von Kristallgehängen umgeben sein und Tische mit Damast gedeckt. Nur die Teppiche, die fand ich immer schön. Sie waren so seidig und in pastelligen Farben. Und wehe, ich breitete meine Spielsachen darauf aus.

Die seidene Höhle hatte ich verlassen, als ich einundzwanzig war, und damit begann das Kontrastprogramm. Eine WG, stilvoll mit Möbeln vom Flohmarkt und aus dem Sperrmüll dekoriert, war der Beginn.

Dann kamen die Hotelzimmer. Schäbige zuerst, danach, mit steigenden Einnahmen, immer bessere. In den letzten Jahren luxuriöse.

Und die erinnerten mich dann häufig wieder an die seidene Höhle, die meine Mutter geschaffen hatte. Einige wenige allerdings waren darunter, die einen seltsam angenehmen Eindruck hinterlassen hatten. Eine schnörkellose Einrichtung, gradlinige Möbel, sanfte Farben, schlichte Linien. Und vor allem weiße Wände. Oh ja, keine Blümchentapeten mehr für mich, und auch keine Grasfaser. Und ein himmelblaues Sofa mit dunkelblauen und maigrünen Kissen. Und ein türkisfarbener Sessel, und ein einfacher Glastisch …

Etwas Feuchtes drückte sich an meine Wange. Ich wollte es wegwischen, aber es blieb beharrlich. Also öffnete ich die Augen.

»Maunz!«

»Du schon wieder.«

»Mirrr!«

Ich schielte auf den Wecker. Halb drei. Eine unangenehme Zeit.

»Was willst du?«

Ghizmo sprang vom Bett und gurrte am Treppenabsatz.

»Trockenfutter ist noch im Napf, und die Klappe ist offen.«

»Gurrrgel!«

Fröstelnd quälte ich mich unter der Decke hervor und tastete nach meinen Hausschuhen. Vielleicht klemmte die Klappe. Ich musste wohl nachsehen.

Mit hochgerecktem Schwanz lief der Kater vor mir her. Schnurstracks zur Tür.

»Das, mein Lieber, kannst du pfeifen. Nimm deinen eigenen Ausgang.«

»Gurrrmaunz!«

»Nö.«

Aber ich bequemte mich dann doch zum Sofa und schaute dahinter. Alles in Ordnung mit der Klappe.

Ghizmo blieb stur an der Tür stehen. Mir war kalt, aber trotzdem machte ich sie einen Spalt für ihn auf. Er drehte seinen Kopf zu mir hoch und starrte mich an.

»Nein, ganz gewiss nicht. Mir fehlt dazu ein Pelzmantel. Und ich bin müde.«

Mit dem Fuß schob ich ihn sacht nach draußen. Er fauchte mich an, und ich schloss die Tür. Dankbar zog ich kurz darauf die Decke über mich und schlief wieder ein.

Erst am Morgen kam mir der entsetzliche Gedanke, dass Ghizmo mich auf einen weiteren Pferdemord hatte aufmerksam machen wollen.

Ich stürzte zum Fenster und schaute hinaus. Kein Nebel verhüllte heute die Weiden, und erleichtert erkannte ich, dass die beiden braunen und die beiden weißen Pferde unversehrt vor sich hin grasten.

Und Ghizmo kam gut gelaunt ins Haus geklappert, während draußen das Motorrad herandonnerte, kurz verlangsamte und wieder weiterfuhr.

Keine Anmache heute. Und kein schräges Zitat von alten Meistern.

Eigentlich schade.

34

Herzhafte Willensbekundungen

In der Nacht hatte Ghizmo sich über Jenny geärgert. Er hatte sie so sanft geweckt, hatte nur seine Nase eingesetzt, nicht die Krallen. Aber dann hatte sie sich einfach geweigert, mit ihm nach draußen zu gehen. Dabei hätte sie beobachten können, wer da die Pferde an das Gebüsch lockte.

Er wusste jetzt, wer da lauerte, wer diese Wolke von Bösartigkeit verbreitete. Es war einfach schrecklich, dass er Jenny das nicht vermitteln konnte. Den Rest der Nacht verbrachte er mit Nachdenken darüber, aber es fiel ihm wenig Hilfreiches ein. Immerhin, noch hatte der Mann sich nicht an den Pferden vergriffen, sondern sie nur mit Apfelschnitzen zu sich gelockt. Die Biester waren so wild darauf, dass sie inzwischen schon zu ihm trotteten, kaum, dass er aus den Büschen kam. Und die beiden Wächtertrottel verzogen sich immer früher in ihr Auto, um dort im Bierdunst einzuschlafen.

Als der Morgen kam, betrat Ghizmo wieder das Haus, um sich sein Futter abzuholen. Lauwarme Milch schien aus zu sein, aber Knusperfischchen waren noch da. War auch besser für die Verdauung. Jenny wuselte im Haus herum, schob die Möbel hin und her und kritzelte Spuren auf Papier. Möbel schieben fand Ghizmo nicht gut. Sein Sessel stand jetzt anders im Raum und der Tisch auch. Dann hatte sie einen kleinen Tisch aus dem unteren Schlafzimmer angeschleppt und an die Wand gestellt. Darauf wuchtete sie diese leise brummende Kiste mit der Flimmerscheibe und schob einen der Stühle davor.

»So, jetzt habe ich einen halbwegs vernünftigen Arbeitsplatz, Ghizmo«, erklärte sie ihm.

Ob mich das interessiert?

Dann zerrte sie an dem Teppich, auf dem er sich gerade niedergelassen hatte, und drehte ihn in eine andere Richtung.

»Schön ist der auch nicht.«

Ich finde den in Ordnung, Jenny.

»Und der Teppichboden darunter wirkt auch nicht mehr so richtig frisch.«

Sind doch nur ein paar Haare von mir drauf. Und ein bisschen Schmuddel. Im Garten ist der Boden viel lehmiger.

Aber dazu schien Jenny eine andere Meinung zu haben. Jetzt pulte sie an den Ecken herum und zog ein Stück von dem Bodenbelag hoch.

»Ach, guck mal, da ist ja wirklich irgendein Holzboden drunter. Gar nicht so übel. Vielleicht kann Isabell das wieder aufarbeiten.«

Du willst schon wieder Staub und Krawall ins Haus holen? Jenny, die Tage werden kälter und nasser. Es wird Herbst, und eine Katze braucht ein gemütliches Zuhause!

Missbilligend verkroch Ghizmo sich unter den angekratzten Sessel und bearbeitete dessen Unterseite großzügig mit den Krallen.

»Lass das!«

Nein.

Die Innereien kamen zum Vorschein. Ekeliges Zeug, weg damit.

»Ghizmo!«

Warum schrie die nur so? Noch mal mit den Hinterpfoten

mächtig gestrampelt. Zeug fluste. Er musste niesen. Dann zog sie ihn am Schwanz. Gemeine Frau!

Ghizmo fauchte und krallte sich unter dem Sessel fest.

»Komm da raus, du Ungeheuer!«

Nö.

Aua!

Lass meinen Schwanz los, du Ungeheuer!

»Kiearrrr!«

Sie ging weg, er rettete seinen Schwanz. Und unversehens traf ihn ein Strahl Wasser zwischen die Ohren.

Das war ja so gemein!

Ghizmo schoss durch die Klappe und schüttelte sich.

Manchmal waren Menschen einfach fies. Ausgesprochen sauer verkroch er sich in der Hecke und begann, den Staub und die Fusseln aus seinem Fell zu putzen. Das dauerte seine Zeit und beruhigte ihn wieder. Zumindest so weit, dass er sich auf seine Runde machen konnte. Nicht recht in der Zeit, doch was sollte er tun? Jetzt zurück ins Haus? – Nein.

Auf seinem Weg an der Straße entlang traf er Boris Halbschwanz, der geneigt war, sich unter einem geparkten Auto sein Lamento anzuhören.

»Das haben meine Leute vor drei Jahren auch gemacht. Das legt sich wieder«, meinte der schließlich tröstend. »Manchmal müssen die alles umstellen und neu machen. Ist lästig, weil man dann seine Wege ändern muss. Und wenn sie neue Möbel hinstellen, dauert es seine Zeit, bis man die Markierungen wieder angebracht hat.«

»Ja, vermutlich wird sie neues Zeug reinstellen. Hat sie oben ja auch schon gemacht. Obwohl das jetzt ganz nett ist.«

»Darfst du im Bett schlafen?«

»Eigentlich nicht.«

»Ich auch eigentlich nicht.«

Tiefsinnig schwiegen sie zu dem Thema.

Ghizmo überlegte, ob er Boris von seinen nächtlichen Beobachtungen berichten sollte, aber dann entschied er sich dagegen. Die Runde des Halbschwanzes führte nicht an den Koppeln vorbei. Dafür erzählte er ihm von den Katzenkindern, die ihre Menschen gefunden hatten.

»Das hat deine Jenny gut gemacht. Sie scheint ansonsten wohl eine vernünftige Aufrechte zu sein.«

Zögernd musste Ghizmo das zugeben.

»Das da ist sie doch, nicht wahr?«

Ghizmo lugte unter dem Auto hervor und erkannte Jennys Beine, die eben an ihnen vorübergingen. Sie bemerkte die beiden Katzen nicht.

»Ja, ist sie. Geht wieder einkaufen«, schloss Ghizmo aus der Tasche, die sie schwenkte.

»Tja, ich muss dann auch mal weiter«, sagte Boris und schlüpfte aus ihrem Versteck. Ghizmo blieb noch eine Weile dort sitzen, dann machte er sich ebenfalls auf seinen Rundweg. Bei den Pferdebiestern schien alles in Ordnung, und ein Abstecher in Jaromirs Garten verlief ohne Konfrontation. Ghizmo nutzte die Gelegenheit, in dem Gartenteich ein paar Schlucke zu trinken. Die Wasserlinsen, die die Oberfläche bedeckten, gaben dem Trunk ihr besonderes Aroma. Und dann entdeckte er den Vogel. Der musste abgestürzt und an den Rand des Teiches gefallen sein. Wohl schon vor zwei, drei Tagen. Er roch modrig und verwest.

Es war ein winziger Rachegedanke, der sich in seinem Kopf entzündete.

Der Funke wurde zur Flamme und der Wille zur Tat.

Angenehm war der Transport nicht, aber das Ding passte durch die Klappe, und mit großer Genugtuung platzierte Ghizmo den stinkenden Balg mitten auf den Teppich. Dann fraß er noch ein paar Knusperfischchen, um den üblen Geschmack zu vertreiben, lief die Wendeltreppe hoch und legte sich mitten auf das schön gemachte Bett.

So!

35

Rat einer Freundin

Meine innenarchitektonischen Versuche, den Wohn-Essraum gefälliger zu gestalten, erschöpften sich schlussendlich darin, dass ich einen kleinen Schreibtisch aus dem Gästezimmer ins Wohnzimmer schob, um darauf meinen Arbeitsplatz einzurichten. Ghizmo gefielen meine Aktivitäten nicht, das machte er mir überdeutlich klar. Der Sessel war nur noch Schrott wert.

Aber ich hatte eine vage Vorstellung davon, wie ich den Raum zukünftig gestalten wollte. Mit diesen aufmunternden Gedanken machte ich mich wieder auf den Weg in den Ort. Nicht, dass ich irgendetwas dringend benötigte, aber vielleicht konnte ich mir mal einen Überblick über die ansässigen Friseure verschaffen. Ein professioneller Haarschnitt könnte mir die Arbeit erleichtern, die wirren Locken zu bändigen.

Es gab drei Etablissements, davon zwei in türkischer Hand. Mochte politisch nicht korrekt sein, aber sie kamen aufgrund meiner traumatischen Erfahrungen definitiv nicht infrage. Der dritte machte keinen sonderlich vertrauenerweckenden Eindruck. Ich stand noch vor dem Schaufenster von Evitas Salon der Haarmode, das mir haarsträubende Dauerwellen anbot, als mich eine freundliche Stimme begrüßte.

»Hallo, Frau van Rosmalen. Auf der Suche nach Verschönerung?«

Ich drehte mich um und erkannte nach kurzem Zwinkern die nette Ärztin.

»Ich bin noch unentschieden. Hallo, Frau Dr. Werla, richtig?«

»Richtig. Und da Sie mich seit unserem letzten Zusammentreffen nicht angerufen haben, nehme ich an, dass es Ihnen inzwischen besser geht.«

»Es geht. Ganz bin ich die Panikattacken noch nicht los, aber einkaufen gehen kann ich inzwischen problemlos.«

»Auch Cafés aufsuchen?«

»Ich denke schon.«

»Wenn Sie etwas Zeit haben – ich habe mir gerade eine Pause verordnet, und alleine an meiner Tasse Tee zu nippen, ist langweilig.«

»Dann trinken wir gemeinsam Tee. Dort drüben?«

»Das Café Stella ist ein bisschen plüschig, hat aber ein leckeres Mittagsangebot. Kommen Sie!«

Plüschig war der richtige Ausdruck, und sicher nicht ein Vorbild für meine neue Einrichtung. Aber die Bedienung war zuvorkommend, der Herbstteller mit Rührei und Pilzen verlockte mich, ihn zu bestellen, und der Tee wurde uns in einer bauchigen Porzellankanne serviert.

»Womit vertreiben Sie sich Ihre Zeit, wenn Sie nicht eben Pause machen?«, fragte ich die Ärztin, die ebenfalls mit dem Rührei liebäugelte.

»Ich kümmere mich um traumatisierte Patienten, überwiegend Unfallopfer oder Opfer von Gewalttaten.«

»Also mehr im therapeutischen Bereich.«

»Da ich gleichzeitig auch an der Universität tätig bin, betreue ich auch einige Studien.«

»Frau Professor?«

Sie errötete lieblich.

»Seit vergangenem Jahr.«

»Jung für die Meriten.«

»So jung auch nicht mehr.«

Ich lächelte sie an. In ihrem roten Sweatshirt, Jeans und Sneakers ging sie noch gut als Studentin durch. Wenn man nicht genauer hinsah. Ihre Augen sprachen von Erfahrung und Mitgefühl. Und sie strahlte die Aura von Vertrauen aus.

»Meinem Kater würden Sie gefallen«, sagte ich spontan.

»Ja, Tiere haben feine Sinne. Ich habe zwei Katzen. Schlingel, aber verschmust.«

Eine Weile tauschten wir uns über die Eigenarten unserer pelzigen Freunde aus, dann kam mir eine blitzartige Idee. Über den köstlichen Pilzen sagte ich: »Es trifft sich, dass ich eine Frage habe, die in Ihr Fachgebiet fällt. Wären Sie bereit, sie mir zu beantworten? Es geht nicht um mich und meine Probleme, sondern um einen Mordfall.«

»Haben Sie jemanden umgebracht? Dann bekommen wir Schwierigkeiten miteinander.«

»Ich bin noch Herrin meiner Triebe. Nein, es geht um drei Pferde.«

»Ach, der vielfach durch die Presse getriebene Pferdeschänder.«

»Der seine Taten direkt vor meiner Haustür verrichtete, weshalb ich persönlich betroffen bin.«

»Oh, ja, richtig, sie wohnen ja da oben. Erzählen Sie.«

Ich legte ihr die Fakten dar und auch die neuen Erkenntnisse, an die ich durch Kumar gelangt war.

»Sie wissen offenbar mehr als die Polizei. Warum sprechen Sie mit mir und nicht mit den Ermittlern?«

»Weil zu meinem Trauma eine panische Angst vor der Polizei gehört.«

Ihre Augen wurden sanft, und sie legte eine Hand auf meine.

»Was ist Ihnen widerfahren?«

Ihr gegenüber musste ich nichts verbergen.

»Fünf Jahre Gefängnis wegen Drogenbesitzes. Nicht in Deutschland. Die Drogen hat man mir untergeschoben. Eine gute Freundin und Anwältin hat mich vor drei Monaten in einem Austauschverfahren freibekommen. Auf ihren Rat hin habe ich mich direkt nach meiner Ankunft selbst in die Psychiatrie eingewiesen.«

»Vermutlich eine kluge Entscheidung. Aber Ihnen ist doch klar, dass eine jahrelange Traumatisierung nicht in drei Monaten geheilt ist?«

»Ist sie nicht. Aber ich wollte wieder ein normales Leben führen. An manchen Dingen scheitere ich noch immer grandios, aber alles das ist besser, als stundenlang Bildchen zu malen und die ganze Zeit mit anderen bedauernswerten Menschen zusammen zu sein. Es hat mir geholfen, ohne Zweifel, aber jetzt geht es mir ganz gut. Ich setze mir kleine Ziele. Und viele erreiche ich auch. Eine Sache, die mich aber sehr interessiert, Frau Dr. Werla, ist die Frage, was diesen Pferdemörder motiviert, seine Opfer so demonstrativ herzurichten und dann das Fleisch dem Zirkus zu spenden.«

»Den Bogen haben Sie jetzt elegant geschlagen. Also gut. Der Täter will etwas demonstrieren, das haben Sie ganz richtig erkannt. Und zwar den Besitzern. Und die sind?«

»Raoul Pfeiffer, Weingutbesitzer, Joseph Bartels, dem der Fleischereibetrieb gehört, und die Bergmanns. Er ist Ingenieur, seine Frau Leiterin des Sozialamtes.«

Mein Gegenüber nickte.

»Sie hätten selbst drauf kommen können, nicht wahr?«

»Offensichtlich bin ich zu beschränkt dazu.«

»Nein, manchmal verstellt die zu intensive Beschäftigung mit einer Sache einem den Blick. Unser Täter, so vermute ich, ist eine nicht besonders qualifizierte Person. Dieser Mensch könnte sowohl in der Fleischerei und auf dem Weingut, wahrscheinlich auch unter dem Ingenieur gearbeitet haben. Wissen Sie, in welchem Unternehmen Bergmann angestellt ist?«

»Bei einem Tiefbauunternehmen.«

»Sehen Sie, dort wird Herr Bergmann Personalverantwortung haben. Sollte unser Täter sich bei allen dreien nicht besonders qualifiziert haben, dann hat man ihn entlassen. Was bestimmte Menschen ihren Arbeitgebern ausgesprochen übel nehmen. Sie kennen das – die ewigen Querulanten. Ich tippe da auf eine paranoide Persönlichkeitsstörung. Das sind diese Nörgler, die jede neutrale, ja sogar noch so freundliche Bemerkung oder Handlung in einen Angriff auf sich umdeuten. Und vor allem Kritik und Abweisung können sie nicht ertragen.«

Es lauerte in meinem Hinterkopf. Ich hatte etwas gehört, das dazu passte. Aber was war das? Und wann war das?

»Ich sehe es förmlich arbeiten in Ihrem Kopf.«

»Ich versuche, mich an etwas zu erinnern.«

»Ein Arbeitsloser, der bei den drei Unternehmen gearbeitet hat. Der heute vermutlich noch Kontakt zu einigen Mitarbeitern hat und sich von ihnen beispielsweise Material oder Fahrzeuge ausleihen kann, ohne dass die groß Fragen stellen.«

»Und der gelernt hat, wie man Tiere tötet.«

»Im Fleischereibetrieb nicht unüblich.«

»Ich hatte Sandra, eine polnische Pflegekraft, kurzzeitig in Verdacht, die das üble Gerücht ausstreute, der Täter sei ein Pferdefresser. Sie stammt von einem Bauernhof und kann angeblich Hühner und Schweine schlachten.«

»Aber sie hat nicht als Pflegerin in den genannten Haushalten gearbeitet?«

»Nein, sie hat die Generalin betreut und kümmert sich jetzt um meinen Nachbarn, Herrn Woodrow. Aber ihr kann ich unter den genannten Bedingungen außer einem zähnefletschendem Lächeln nichts weiter vorwerfen.«

»Also, ich denke, wir haben stattdessen einen ehemaligen Beschäftigten von Bartels, Pfeiffer und dem Tiefbauunternehmen, der so verbittert ist, dass er sich an den Luxusgütern dieser Männer vergreift. Dabei stellt er seine Tat öffentlich zur Schau und gleichzeitig verfüttert er die kostbaren Tiere auch noch an die Raubkatzen im Zirkus, was eine weitere Demütigung der Betroffenen darstellt.«

»Wer ist Richardson?«

Mir waren gerade die beiden Schimmel eingefallen, die seit einigen Tagen auf Bartels' Koppel standen.

»Richardson? Peer Richardson gehört die Druckerei drüben im Industriegebiet. Sie wissen schon, die Gemeindenachrichten, die Anzeigenblättchen und die Werbeprospekte der hiesigen Einzelhändler.«

»Na, hoffentlich hat unser Täter dort nicht auch schon einen Rauswurf erlebt. Sonst fürchte ich um seine Pferde.«

»Es wäre sicher richtig, das der Polizei zu melden. Aber ich will Sie nicht überreden, das zu tun. Wenn ich nachher Zeit finde, werde ich mich darum kümmern.«

»Erwähnen Sie meinen Namen nicht. Sonst sucht mich dieser Kommissar Hekking wieder auf. Wir haben ein etwas angespanntes Verhältnis zueinander, seit er mich als Hauptverdächtige eingestuft hat.«

»Was ist das denn für ein Idiot?«

»Ein Wichtigtuer. Ich glaube, er hat seine Kompetenzen bei mir weit überschritten, einfach, um mich zu drangsalieren.«

»Ich werde sehen, was ich ausrichten kann.«

Wir hatten unser Mittagsmahl verspeist und teilten uns den Rest aus der Teekanne. Darüber erhielt ich dann noch einen Tipp, welchen Friseur ich aufsuchen sollte. Im Nachbarort war ein kreativer Meister tätig, den ich mir vormerkte. Wir verabschiedeten uns mit der Versicherung, in Kontakt zu bleiben, und ich machte mich auf den Heimweg.

Ghizmo hatte seinen Unmut noch einmal demonstriert und mir einen stinkenden, halbverwesten Vogel angeschleppt. Er selbst befand sich selig schlummernd mitten auf meinem Bett.

Ich sah davon ab, ihn zu bestrafen. Schließlich war ich der Born seines Grolls.

36

Schimpf und Schande

Ghizmo erwachte, weil der zarte Duft von Thunfisch seine Nase umwehte. Und das Klappern der kleinen Schüssel auf dem Fliesenboden untermalte diesen köstlichen Eindruck. Das animierte ihn, sein lauschiges Lager mitten auf dem Bett zu verlassen, jedoch nicht, ohne vorher eine ausgiebige Gymnastik zu betreiben. Seine Pfoten hinterließen keinen Laut auf den Stufen der Wendeltreppe, denn er bewegte sich geschmeidig nach unten.

Der gammelige Vogel war fort.

Jenny saß hinter der Zeitung versteckt auf dem Sofa und bemerkte ihn nicht.

Oder?

»Hallo, Ghizmo! Ausgeschlafen?«

Ähm – ja.

»Und hungrig?«

Auch.

»Es gibt Thunfisch in Gelee.«

Ähm – danke. Nicht böse?

Einmal leise gurrend um ihre Beine gestrichen.

»Ich weiß, das mit dem Wasser war gemein.«

Ist vergessen.

Ran an den Thunfisch!

Wegputzen und putzen. Dann wieder der Welt Aufmerksamkeit schenken.

Die Zeitung war aus, Jenny telefonierte.

»Nein, Miriam, es geht nicht um weitere Einkäufe. Es geht um den Pferdemörder.«

»…«

»Nein, ich brauche keinen Anwalt, ich brauche jemanden, mit dem ich reden kann.«

»…«

»Ich weiß, dass du auch andere Dinge zu tun hast. Tut mir leid.«

»…«

»Ja, gut, wir sehen uns morgen.«

Jenny sah nicht glücklich aus. Miriam hatte ihr wohl den Hintern gezeigt. So, wie Selena ihm immer klarmachte, dass es unter ihrer Würde war, sich mit ihm zu unterhalten. Ghizmo sprang auf das Sofa und setzte sich, mangels Platz, auf die Zeitung.

»Steht auch nichts Unterhaltsames drin, Ghizmo.«

Aber die Streichelhände waren nett.

»Irgendwas steckt in meinem Hinterkopf, mein kleiner Freund. Ich bin mir sicher, dass es etwas ganz Wichtiges ist. Es ist dieses fehlende Verbindungsstück zwischen den drei Pferden und ihren Besitzern.«

Ghizmo sah zu ihr auf. Er hätte ihr so gerne gesagt, wer der fiese Mensch war, der die Tiere umgebracht hatte. Aber auch wenn er ihre Worte verstand – oder besser, die Bilder, die sie damit heraufbeschwor – er konnte sich ihr nicht verständlich machen. Der einzige Weg wäre in der vergangenen Nacht gewesen. Da hätte er sie hinauslocken können. Dann hätte sie selbst gesehen, wer da an der Koppel lauerte.

Na gut, vielleicht gelang es ihm in dieser Nacht.

»Möglicherweise fällt es mir ein, wenn ich mich mit etwas ganz anderem beschäftige. Zum Beispiel Unkraut rupfen. Damit hätte ich zwar Lothar beauftragen können, aber manchmal muss man auch selbst Hand anlegen. Willst du mitkommen, Ghizmo?«

Klar, gerne!

Jenny kramte einen Eimer und eine Hacke aus der Scheune und öffnete das Tor. Ghizmo folgte ihr und sah begeistert zu, wie sie Grasbüschel, Disteln und Löwenzahn bearbeitete. Nicht alles Grünzeug landete im Eimer, manches durfte er auch jagen. Es machte Spaß, so ein Büschel durch die Luft zu werfen, es zu zerfetzen und ihm den Garaus zu machen.

Jenny lachte darüber.

Auch das machte Spaß.

Und dann hielt das schmutzige grüne Auto am Straßenrand, und Lothar stieg aus. Ghizmo duckte sich hinter dem Eimer.

»Wird ja wohl doch nichts mit meiner Arbeit für Sie«, sagte der Mann.

»Guten Tag, Lothar. Ich hatte einfach Lust, mich ein bisschen um die Außenanlagen zu kümmern. Wenn Sie mir Ihr Angebot vorlegen, können wir über eine weitere Beschäftigung reden.«

»Reden, reden, reden. Das können Sie alle gut. Und wenn es darauf ankommt, ist auch wieder kein Geld da. Und zwei Tage später macht ein anderer den Job. Das kenne ich schon.«

»Das habe ich doch gar nicht gesagt. Aber ich muss wissen, wie viele Stunden Sie für die Arbeiten im Garten benötigen. Ich kann natürlich auch die Leute vom Gesangsverein fragen, was die Ihnen gezahlt haben.«

»Einen Bettel zahlen die. Und jetzt ja wohl gar nichts mehr, wo Sie doch das Haus gekauft haben.«

»Eben, und darum verhandeln wir beide neu.«

»Und dann passt Ihnen nicht, wie ich den Rasen mähe, und Schluss ist.«

»Sie sind ein echter Schwarzseher, Lothar. Habe ich mich bisher darüber beklagt, was Sie gemacht haben?«

»Fällt Ihnen gar nicht auf, was? Klar haben Sie. Bei Stefan haben Sie über mich rumgenölt, genauso wie bei dem Alten da drüben. Und bei Ihrer aufgedonnerten Freundin bestimmt auch.«

»Also, jetzt langt es mir gleich. Noch so eine Unterstellung, und Sie können den Job tatsächlich vergessen.«

»Sag ich doch. Sie sind genauso eine mäkelige Zicke wie alle anderen. Nie ist euch gut genug, was ich mache.«

Lothar wurde richtig laut, und Ghizmo machte sich noch kleiner hinter dem Eimer. Am liebsten wäre er davongelaufen. Aber dann hätte er Jenny alleine lassen müssen. Die allerdings wurde jetzt richtig sauer. Ihre Stimme klang frostig.

»Sie vergreifen sich im Ton. Ich will von Ihnen nichts mehr hören. Machen Sie, dass Sie fortkommen!«

»Genau das habe ich von Ihnen erwartet. Kaum dass Sie das Haus hier gekauft haben, spielen Sie sich als Gutsherrin auf. Immer das Gleiche mit euch Kapitalisten. Wir andern sind ein Dreck für Sie.«

Er brüllte, und Jenny stützte sich auf ihre Hacke. Ghizmo sah, wie ihre Augen zu blitzen begannen.

»Es reicht! Es reicht jetzt endgültig. Sparen Sie sich Ihr Angebot. Sie betreten mein Grundstück nie wieder. Und jetzt verschwinden Sie endlich!«

»Blöde Kuh!«

Alle zusammen hatten nicht bemerkt, dass das Motorrad neben Lothars Wagen gehalten hatte. Der Fahrer war abgestiegen, hatte den Helm abgenommen und legte Lothar die Hand auf die Schulter.

»Stress, Schwester?«

»Allerdings. Dieser Mann wird gerade ausfallend.«

»Wird er?« Die Stimme klang sanft. Der Griff schien es nicht zu sein. Lothar knickte in den Knien ein. »Dann entfernen wir ihn.«

Mit einer schnellen Bewegung wurde Lothar der Arm auf den Rücken gedreht, und ein schmerzvolles Ächzen bestätigte Ghizmo, dass das eine peinvolle Erfahrung für den Gärtner war. Er traute sich hinter dem Eimer hervor und beobachtete, wie der Motorradfahrer Lothar zu dessen Auto führte und ihn hineinschubste. Was er zu ihm sagte, verstand er nicht, aber es veranlasste Lothar, den Motor aufheulen zu lassen und mit durchdrehenden Reifen davonzufahren.

»Alles klar?«

Jenny hatte, weiter auf die Hacke gestützt, fasziniert zugeschaut.

»Alles klar, Bruder. Aber Lothar wird Ihnen das nicht verzeihen.«

»›Er aber, sag's ihm, er kann mich im Arsche lecken!‹«, erklärte der Motorradfahrer grinsend.

Jenny sah einen kleinen Moment nachdenklich drein, dann erwiderte sie lässig: »›Ach! Dass die Menschen so unglücklich sind! Gewiss, ich will für ihn manch Requiem noch beten.‹«

»Aber nein, nein, nein. Die Rolle des Gretchens steht dir nicht, Schwester.«

Damit setzte der Mann seinen Helm auf, schwang sich auf seine Maschine und fuhr auch davon.

Jenny stand mit ihrer Hacke da und machte ein verblüfftes Gesicht. Dann breitete sich ein überaus vergnügtes Lächeln darauf aus.

»Die Rolle des Götz von Berlichingen passt aber zu ihm, was, Ghizmo?«

Das wusste Ghizmo nicht, aber er glaubte es ihr. Und dann zerlegte er noch einen Löwenzahn.

37

Mosaiksteinchen

Dieser Kerl heiterte mich doch immer wieder auf. Und brachte mich auf die Idee, mal wieder Klassiker zu lesen. Den Faust kannte ich noch ganz gut, und auch die Glocke und ein, zwei schöne Shakespeare-Zitate, aber dann hörte es schon auf.

Diese Überlegungen hatten mich auch von der hässlichen Szene mit Lothar abgelenkt, und ich hatte zwei weitere Meter vor der Mauer von Unkraut befreit, bevor sie mir wieder gegenwärtig wurde.

Und der Groschen fiel.

Lothar, der gallige, verbitterte Lothar, dem es keiner recht machen konnte. Ich erinnerte mich an Gesprächsfetzen, die zwischen Stefan, Bully und ihm hin und her geflogen waren. Neid auf Bullys Anstellung bei Stefan, Neid auf Bullys Vater, den Metzgermeister, Neid auf Bullys Wagen. Das war mir im Gedächtnis geblieben. Und dass Lothar bei Bartels angestellt gewesen war. Inge, ja, die hatte auch davon erzählt. Er war entlassen worden. Ebenso bei Pfeiffer. Ob er auch bei einem Tiefbauunternehmen gearbeitet hatte, wusste ich zwar nicht, aber möglich war es. Die Ärztin hatte den Täter als einen Menschen mit einer paranoiden Persönlichkeitsstörung bezeichnet, als jemanden, der jede Äußerung, auch freundliche oder neutrale, als Angriff auf sich wertete. Hatte ich nicht gerade eben eine solche Situation erlebt?

Ich versuchte mir den Ablauf unserer Unterhaltung noch mal vorzustellen.

Doch dann wurde ich dabei gestört.

Grandpa Woody und Sandra winkten schon von der anderen Straßenseite, und ich lehnte die Hacke an die Mauer und winkte zurück.

Vielleicht war es nicht verkehrt, zumindest dem alten Herrn die Sache zu schildern. Er war ein scharfsinniger Mann und hatte viel Lebenserfahrung. Und Sandras Reaktion dürfte auch interessant sein.

Ghizmo, der höchst engagiert Unkraut zerrupft hatte, hatte sich auf seine unnachahmliche Art unsichtbar gemacht, als beide zu mir herüberkamen. Wir begrüßten uns herzlich, und Sandra fletschte ihre Zähne zu einem Lächeln, das ihre Augen nicht erreichte.

»Fleißig, fleißig!«, lobte Grandpa Woody mich. »Ich sollte vor meinem Zaun auch mal wieder für Ordnung sorgen.«

»Sie sollten vermeiden solche Anstrengungen. Ist nicht gut für alte Knochen.«

»Schön, Sandra, dann dürfen Sie sich morgen früh darum kümmern.«

»Bin ich Pflegerin für Menschen, nicht für Garten.«

»Dann sind wir also in einer Zwickmühle – ich darf nicht, und Sie wollen nicht. Und das Haus wird von Unkraut überwuchert. Jenny, helfen Sie uns!«

Er nahm es mit Humor, Sandra nicht.

»Ich werde Ihr Unkraut auch nicht rupfen, um das mal klarzustellen. Aber es gibt, wie ich gehört habe, professionelle Gärtner, die sich derartiger Probleme annehmen. Beauftragen Sie einen, und dann können Sie sich neben ihn stellen und ihm gute Ratschläge geben.«

»Eine ganz hervorragende Idee, vor allem die mit den Ratschlägen. Die kommen immer hervorragend an, gerade von alten Männern.«

War das eine Stichelei, die Sandra treffen sollte?

Ganz so ein friedfertiges Verhältnis hatten die beiden nicht zueinander. Aber die Pflegerin machte wieder zähnefletschend gute Miene.

»Von Frauen kommen manche Sachen bei Gärtnern auch nicht gut an«, fand ich meine Überleitung. »Eben gerade habe ich einen seltsamen Streit mit Lothar geführt.«

»Plagen Sie sich nicht damit, mit Lothar streitet sich jeder.«

»Ja, den Eindruck habe ich auch. Er nimmt es mir übel, dass ich dieses Haus gekauft habe. Ich wollte nur ein Angebot über seine Arbeiten haben, damit ich einschätzen kann, was er mich kostet, und er hat mir unterstellt, ich wolle ihn nicht mehr beschäftigen.«

»Ein missgünstiger Mensch, aber vielleicht verständlich. Er hat gerade seinen Job als Zusteller verloren. Sie wissen schon, das Gemeindeblatt und die Anzeigen.«

»Stimmt, die hat neulich ein Junge in den Briefkasten gesteckt. Ich habe mir nichts dabei gedacht.«

Also ein weiterer Misserfolg in einem erfolglosen Leben. Doch dazu fiel mir plötzlich noch etwas ein.

»Diese Druck-Erzeugnisse, die kommen doch aus dem Verlag von Richardson, nicht wahr?«

»Ja, dort werden sie gedruckt. Warum fragen Sie, Jenny?«

»Weil die beiden Schimmel dort dem Druckereibesitzer gehören.«

»Ah, stimmt. Er hat auch zwei Dressurpferde. Reitet selber und hat sich schon einige Meriten verdient. Ja, ja, macht eine gute Figur zu Pferde. Auch wenn ich selbst diesem Sport nicht viel abgewinnen kann. Zu meiner Zeit habe ich im Westernsattel gesessen.«

»Und ganz sicher auch eine gute Figur gemacht«, sagte ich lächelnd.

»Ein tollkühner Cowboy war ich – zumindest in meiner Erinnerung. Jetzt reite ich nur noch mein Steckenpferd.«

Er wedelte mit seinem Spazierstock.

»Grandpa Woody, ich habe Angst um die Pferde dort«, platzte ich heraus.

»Aber warum denn? Soweit ich weiß, hat Bartels zwei Männer abgestellt, die nachts dort Wache stehen.«

»Mag sein. Aber Lilis Pony gehörte Pfeiffer, das getötete Pferd Bartels, ein drittes Pony wurde vor einigen Monaten verletzt, und das gehörte einem Ingenieur, der in einem Tiefbauunternehmen arbeitet. Lothar ist aus diesen drei Firmen entlassen worden. Und jetzt hat er den Job in der Druckerei verloren.«

»Mein Gott, Jenny! Sie verdächtigen Lothar, die Tiere umgebracht zu haben?«

Als ich es ausgesprochen hatte, kam es mir selbst unmöglich vor. Ich druckste also herum: »Er ist ein so negativer Mensch. Er fühlt sich von allen schlecht behandelt.«

»Hat er nicht bei Tiefbau gearbeitet, Jenny«, sagte Sandra. »Hat er mir erzählt, nur Bartels. Viele Jahre dort. Und dann bei Pfeiffer, aber da ist Weingarten abgebrannt.«

»Und seither ist er arbeitslos. Was hat er eigentlich für eine Ausbildung? Ich meine, er scheint so ein bisschen der Mann für alle Gelegenheiten zu sein.«

»Das weiß ich nicht«, sagte Grandpa Woody und sah plötzlich nachdenklich aus. »Hat er Ihnen darüber etwas erzählt, Sandra?«

»Hat er Mechaniker gelernt, für Autos. Hat er aber keine Stelle gefunden.«

»Was für ein Pechvogel.«

Ich meinte es ironisch, doch Sandra nahm es ernst.
»Ist er ein unglücklicher Mann. Ich bete für ihn.«
Hallo, Gretchen!
Grandpa Woody sah noch immer nachdenklich aus.
»Nun ja, Jenny, ich verstehe Ihre Überlegungen. Aber wir wollen doch keine Gerüchte in die Welt setzen. Überlassen Sie der Polizei die Ermittlungen. Sollte sich Lothar etwas zuschulden kommen gelassen haben, werden sie es herausfinden.«
»Hoffentlich. Trotzdem – ich weiß noch nicht mal, wo Lothar wohnt und wie er mit Nachnamen heißt. Er ist eben ziemlich ausfallend geworden, und das hat mir nicht gefallen.«
»Schon gut, Sie sind berechtigterweise sauer auf ihn. Er heißt Schröter mit Nachnamen, und soviel ich weiß, wohnt er unten in der Gegend vom Busbahnhof in einem Mietshaus.«
»Wohnt er nicht«, sagte Sandra. »Hat er jetzt eines der Häuschen, oben am Wald. Hat der Generalin gehört und jetzt dem Gesangsverein.«
»Ah, ich weiß. Ja, da oben haben sich vor gut dreißig Jahren einige Leute Blockhäuser hingestellt. Die waren nicht genehmigt, und es gab einige Vorstöße, sie abzureißen. Aber irgendwie ist das versandet, und nun stehen sie da. Einige haben sehr hübsche Gärten angelegt.«
»Die Lothar pflegt?«
»Kann sein. Und vermutlich hat er das Wohnrecht dort als Teil seiner Entlohnung.«
»Dann wollen wir mal hoffen, dass er wenigstens diese Jobs dort behält.«
»Jenny, seien Sie nicht so misstrauisch. Er ist ein bemitleidenswerter Mann. Aber seine Arbeiten erledigt er pünktlich, wie ich gehört habe.«
»Ist ja schon gut. Ich will nicht auch noch zu den vielen Un-

terstellungen beitragen. Vermutlich ist er auch nicht dafür bekannt, dass er Pferdefleisch verspeist.«

Das konnte ich mir nicht verkneifen.

Grandpa Woody verstand den Seitenhieb auf Sandra, sie nicht.

Wir verabschiedeten uns, und ich widmete mich mit neuem Elan dem Unkraut. Gegen drei hatte ich die ganze Front des Grundstücks gesäubert, und auf dem Kompost häufte sich das Grünzeug. Was man mit Kompost machte, war mir vage bekannt, aber so ganz genau wusste ich es nicht. Und auch, was man mit den vielen Pflanzen im Garten machen musste, wenn der Winter kam. Ich brauchte einen Gärtner, ohne Zweifel.

Zuerst fiel mir Miriam ein. Miriam wusste alles. Aber vorhin hatte sie sich sehr angestrengt angehört, und ich wollte sie mit einer solchen Lappalie nicht schon wieder belästigen.

Aber ich hatte ja jetzt Zugriff auf das große, allwissende Netz.

Ich verstaute die Gartengeräte im Schuppen, wusch mir die Hände – und kochte mir einen Kaffee, zu dem ich den Kuchen aß, den ich mir aus dem Café Stella mitgebracht hatte. Ghizmo, der von der harten Gartenarbeit geradezu ausgehungert war, bekam auch eine Schüssel Futter.

Und dann widmete ich mich der Suche nach einem Gartenbaubetrieb in der Nähe und fand eine reiche Auswahl. Zu reich, denn für wen sollte ich mich entscheiden? Oder sollte ich mir von allen Angebote machen lassen? Oder wählte ich den mit der hübschesten Website?

Ach, warum fiel mir das alltägliche Leben so schwer?

Müßig tippte ich Lothars Namen in das Suchfeld ein.

Es kamen über fünftausend Einträge, keiner bezog sich auf den mir bekannten Lothar. Vermutlich gehörte er nicht zu der glücklich vernetzten Gemeinschaft.

Joseph Bartels war das sehr wohl. Sein Betrieb stellte sich äußerst geschmackvoll dar, präsentierte seine Waren als ökologisch einwandfrei, und man versicherte, von örtlichen Zuchtbetrieben beliefert zu werden. Man warb mit Wurstherstellung nach eigenen Rezepten und einem Partyservice. Die Fotogalerie zeigte blitzend saubere Hallen, pralle Würste, hübsch dekorierte Fleischplatten und eine ebenfalls blitzend saubere Fahrzeugflotte und strahlende Mitarbeiter in grünen Overalls und Kappen.

Grüne Trucks, mit der gelben Aufschrift und dem Logo von Bartels Betrieb.

Der nächste Groschen fiel.

Ganz offensichtlich hatte Lothar eines der ausgemusterten Fahrzeuge erworben, denn er fuhr genau so einen Wagen. Und der Schmutz verdeckte vermutlich die Spuren, die das Entfernen der Beschriftung hinterlassen hatte.

Wieder fiel ein Mosaiksteinchen an seinen Platz. Mit diesem Wagen hatte er das Fleisch zum Zirkus gebracht. Vermutlich besaß er auch noch die Arbeitskleidung von Bartels.

Gut, ich spekulierte. Beweise waren das nicht. Beweise würde man vielleicht in seiner Hütte finden. Aber die wollte ich nun wirklich nicht durchsuchen.

Aber mein Verdacht erhärtete sich.

Ich hätte zu gerne mit jemandem darüber gesprochen. Zögernd schwebten meine Finger über den Tasten des Telefons. Nicht Miriam. Vielleicht Raoul?

Es meldete sich nur der Anrufbeantworter. Mit dem wollte ich nicht plaudern.

Lili mochte ich auch nicht mit meinen Überlegungen belasten. Blieb noch die nette Ärztin. Ich suchte ihre Karte, die sie mir damals überlassen hatte, und wählte ihre Nummer. Die Sekretärin erklärte mir, dass Frau Doktor sich in einer Besprechung befand. Und schließlich wagte ich es, Kumars Nummer anzurufen, aber der hatte sogar sein Handy ausgestellt. Natürlich – normale Menschen gingen um diese Uhrzeit ihren Beschäftigungen nach.

Ich blieb also mit meinen um sich selbst kreisenden Gedanken alleine.

Sie drehten sich weiter um Lothar. Sollte ich versuchen, diesen Ingenieur anzurufen, um ihn zu fragen, ob Lothar irgendwann in dem Tiefbauunternehmen gearbeitet hatte?

Allmählich wurde ich ganz gut im Suchen und fand tatsächlich die Telefonnummer von Bergmann. Und das freundliche Schicksal holte ihn mir auch sogleich an den Hörer. Ich stellte mich vor und gab an, dass ich eine Referenz zu Lothar Schröter erbitten wollte, der sich mir als Gärtner vorgestellt hatte.

»Wie sind Sie denn da auf mich gekommen, Frau van Rosmalen?«

»Ich habe gehört, dass er in Ihrem Unternehmen angestellt war.«

»Niemals. Und ich hoffe, dieser Kerl wird sich auch niemals hier vorstellten.«

»Aber Sie kennen ihn?«

»Nicht persönlich. Aber meine Frau hat ausreichende Erfahrungen mit ihm gesammelt. Und aus diesem Grund würde ich Ihnen abraten, den Mann zu beschäftigen. Mehr will ich aber nicht dazu sagen.«

»Das reicht mir schon. Vielen Dank, Herr Bergmann.«

Er war also nicht bei den Maulwürfen angestellt und entlassen worden, aber Frau Bergmann war die Leiterin des Sozialamtes. Und dort brauchte ich gar nicht erst anzurufen. Ich konnte mir lebhaft vorstellen, wie Lothar sich dort aufgeführt hatte. Ganz sicher hatte er die arme Frau zu seinem persönlichen Feindbild hochstilisiert.

Und das Pony ihrer Tochter umbringen wollen?

Es passte eigentlich alles zusammen. Und da niemand mit mir reden wollte, entschloss ich mich zu einem Spaziergang.

Und wie zufällig führte mich mein Weg zu der kleinen Gartensiedlung am Waldrand. Oh ja, es war wirklich schön dort. Nicht nur, dass man einen spektakulären Blick über das Land hatte, auch die Besitzer der Hütten und Häuschen hatten wahre Wunder an Gärten angelegt. Rosenlauben, Spalierobst, in allen Farben flammende Herbstblumen, Kräuterschnecken, kleine Teiche, auf denen Seerosen blühten, kunstvoll beschnittene Buchsbäume, in einem der Gärten gar in Form von Tierskulpturen, gepflegte Rasenflächen und ebenso gepflegte Gartenmöbel fanden sich überall. Es war eine Pracht, sich den Einfallsreichtum der Eigentümer anzusehen, doch von denen selbst war keiner zu sehen. Die Bewohner schienen ebenfalls ihren Beschäftigungen nachzugehen und sich nur am Feierabend oder am Wochenende hier aufzuhalten.

Schmale, grasbewachsene Wege verliefen entlang den Grundstücksgrenzen. Ich schlenderte mit wachsendem Entzücken zwischen den Gärten umher, bis ich an eine Stelle kam, die sich krass von den adretten Anlagen unterschied. Hier gab es zwar eine Wiese, aber keinen Rasen, einen Zaun zwar, aber keine Hecke. Am Haus lehnte ein windschiefer Schuppen mit einem Wellblechdach, und an der Hauswand stapelte sich allerlei Schrott.

Lothars Heim?

Reifenspuren im lehmigen Boden zeigten, dass der Bewohner ein Fahrzeug besaß, aber derzeit nicht anwesend war. Dennoch wagte ich nicht, das Grundstück zu betreten. Immerhin erkannte ich vom Zaun aus etliche Geräte, einen Rasenmäher, eine Heckenschere und etwas, das wie ein Flaschenzug aussah. Ob das so gut war, diese Sachen im Freien zu lagern?

Aber das sollte nicht meine Sorge sein.

Ich hatte genug gesehen und machte mich auf den Rückweg, nicht ohne mich noch einmal an den schönen Anlagen zu erfreuen.

Als ich dann endlich bei meinem Haus angelangt war, begann es schon dämmerig zu werden, und ich war rechtschaffen müde. Ghizmo nicht. Er tobte im Hof herum, offenbar jagte er eine imaginäre Beute. Sobald er mich jedoch sah, war die erlegt und erledigt, und der brüllende Hunger musste befriedigt werden. Meiner auch. Danach legten wir uns beide auf das Sofa und entschlummerten für eine Weile.

Das tat mir nicht gut, denn als ich später zu Bett ging, drehte ich mich wieder schlaflos von einer Seite auf die andere. Und noch nicht einmal Mond und Sterne waren zu sehen, denn eine dichte Wolkendecke verhängte den Himmel.

38

Katerkämpfe

Es war sehr erholsam gewesen, an Jennys Seite zu schlummern. Sie war eine ruhige Schläferin, wenn sie denn mal ruhte. Und als sie schließlich aufstand, fühlte Ghizmo sich voller Elan. Noch einen schnellen Happen, und er war raus durch die Klappe. Vergessen waren erst einmal die Angelegenheiten der Menschen, jetzt gab es die eigenen zu ordnen. Der Streuner wollte anscheinend sein Revier vergrößern und hatte eine diesbezügliche Markierung am Tor hinterlassen, die Ghizmo erst einmal erwidern musste. Mit einer sehr eindeutigen Botschaft, die dem Stinker zeigen würde, wie sehr er wegen dieser Unverschämtheit auf Krawall gebürstet war.

Die Mauer selbst sah im Schein der Straßenlampe jetzt ordentlich aus, da das ganze Unkraut verschwunden war. Das ergab ganz neue Möglichkeiten, Nachrichten daran anzubringen. Ein, zwei kleine Frechheiten hinterließ er also, dann zwängte er sich durch die Hecke in seinen Garten. Hier war alles in Ordnung, kein Fremder hatte ihn unbefugt betreten. Müßig beschnüffelte er eine eben erblühte Rose, wälzte sich kurz in der Katzenminze und krabbelte dann wieder durch die Büsche auf die Straße.

Zwei Autos fuhren vorbei, ihre großen Glühaugen zerschnitten die Dunkelheit und beleuchteten die weißen Pferde auf der Koppel. Tinkerbell hatte auch immer so hell geschimmert –

aber nun war Tinkerbell nicht mehr. Ein kleiner Hauch von Trauer nistete immer noch in Ghizmos Herz. Er wandte sich der Koppel zu, um den Unterstand zu kontrollieren. Irgendwann im Laufe des Tages war das Gras gemäht worden und lag nun in breiten Schwaden zum Trocknen auf dem Boden. Eine Weile vergnügte er sich damit, darin herumzustöbern und verschreckte Mäuse in Angst zu versetzen. Als die Zeit von Jaromirs Runde kam, kehrte er zur Straße zurück und lauerte hinter der Mülltonne darauf, dass der Rote erschien.

Es gelang ihm, ihn anzuspringen und eine unterhaltsame Rauferei zu beginnen.

Anschließend glätteten sie ihr Fell und starrten gemeinsam in die Nacht.

»Der Streuner versucht, sich breitzumachen.«

»Tut er. Hat hier auch schon eine Marke hinterlassen.«

»Zeigen wir ihm die Kralle!«

»Jetzt?«

»Warum nicht? Er müsste sich um diese Zeit auf der Koppel mit den Pferdebiestern herumtreiben.«

»Gehen wir!«

Ghizmo und Jaromir überquerten die Straße und betraten das feindliche Gebiet. Vorsichtig selbstredend, denn sie wollten die großen Tiere nicht aufschrecken und natürlich den wilden Kater nicht auf sich aufmerksam machen. In der Überraschung lag ihr Vorteil.

Die Pferde dösten im Stehen, die beiden weißen aneinandergelehnt, die beiden braunen einzeln. Jaromir schnupperte. Ghizmo drehte seine Ohren, um jedwedes Geräusch aufzufangen. Das leise Atmen der Tiere blendete er aus, auch die Unterhaltung der beiden Männer hinter den Büschen. War da ein Rascheln? Ein kaum hörbares Tappen von Pfoten?

»Er ist links von uns«, war Jaromirs Botschaft.

Ghizmo bestätige diesen Eindruck.

Sie warteten bewegungslos, wohl wissend, dass auch der Streuner ihre Gegenwart wahrgenommen hatte.

Er kam näher, hielt sich hinter den Brennnesseln bedeckt, die die Pferde verschmäht hatten. Ein machtvoller Kater, ohne Zweifel. Und kampferprobt.

»Du oder ich?«, fragte Ghizmo.

»Ich!«

Jaromir schlich einige Schritte auf den Streuner zu.

Jetzt standen sie voreinander, und ein warnendes Brummen ließ die Stille erbeben. Ghizmo sah die Augen des Schwarzen funkeln. Jaromirs Rückenfell richtete sich auf. Aus seiner Kehle kam ein lang anhaltender Heulton. Auch der andere stimmte seinen Kampfgesang an, drohend und durchdringend. Die Pferde wachten auf und trabten davon.

Ghizmo verhielt sich still, das Vorgeplänkel würde gleich vorüber sein. Jaromir hatte die Ohren angelegt, sein Ruf wurde zu einem Kreischen.

Der Streuner erhob sich auf die Hinterpfoten. Laut und grell ertönte sein Schrei. Und dann ging es zur Sache. Tatzen fetzten, Zähne blitzten, Fellflocken flogen.

Dann war plötzlich Ruhe. Die Kontrahenten saßen voreinander, geduckt, sich belauernd.

Jaromir brummte.

Der Streuner auch.

Sie starrten einander an. Lange.

Und dann bewegte der Schwarze sich ganz, ganz langsam ein paar Schritte rückwärts. Den Bauch hielt er an den Boden gedrückt. Noch einmal vibrierte das Brummen durch die Luft.

Dann war der Streuner plötzlich weg.

Jaromir stolzierte zu Ghizmo.

»Nicht schlecht. Hast du was abbekommen?«

Der Rote betrachtete sein zerzaustes Fell. An seiner rechten Flanke sickerte Blut zwischen den Haaren hervor. Er begann es gründlich abzulecken. Dann sagte er: »Der kommt wieder. Der gibt nach einem Kampf nicht auf!«

»Er hat ein großes, nahrhaftes Revier. Warum versucht er, in unsere Gefilde einzudringen?«

»Vielleicht will er unsere Futterdöschen.«

»Das werde ich zu verhindern wissen«, knurrte Ghizmo.

Jaromir grollte zustimmend. Dann saßen sie eine Zeit lang still und sahen über die Koppel. Die Pferde hatten sich wieder beruhigt, und vom Rand der Koppel drangen die Stimmen der beiden Wächter zu ihnen. Aber auch die wurden allmählich leiser, die Autotür klappte zu und es wurde ganz still.

Nein, nicht ganz still. Weiter entfernt hielt ein anderes Fahrzeug, und kurz darauf nahmen sie Schritte wahr.

»Ich muss Jenny holen«, sagte Ghizmo. »Kannst du deinen Alten wecken?«

»Kann ich versuchen. Aber der hört schwer.«

»Dann beiß ihn in den Zeh!«

»Niemals!«

»Na, ich werde das tun, wenn sie wieder so tief schläft.«

Und damit raste Ghizmo los.

Die Klappe schepperte, als er ins Haus stürmte, es donnerte, als er die Treppe hochhetzte, und als er oben am Bett angekommen war, fragte eine hellwache Jenny: »Hoppla, vor wem bis du denn ausgebüxt?«

Unsinn, nicht ausgebüxt. Jenny, steh auf!

Er untermalte seinen Befehl mit einem kräftigen Maunzen.

»Ihr habt euch gestritten. Mit wem hast du dich gehauen? Mit Jaromir?«

Ja, ja, ja. Aber jetzt musst du mitkommen.

»Ich soll dich beschützen, Kleiner?«

Mich doch nicht. Los, komm!

Jenny stand wirklich auf und zog sich an. Strümpfe, Hose, Shirt und Jacke. Alles in Schwarz. Auch die Mütze. Auf leisen Pfoten lief sie hinter ihm nach unten, schlüpfte in die Schuhe und nahm diese Lampe mit. Das war gut.

»Na, dann zeig mir mal, wo der Bösewicht lauert, der dir ans Fell will.«

Der doch nicht. Der andere, der dem Pferd an den Kopf will. Aber das siehst du gleich!

Ghizmo strich ihr um die Beine, als sie die Tür öffnete, und gurrte lobend.

»Na, dann geh voran, mein Freund!«

Mach ich!

39

Mit Strumpf und Stein

Ghizmo kam kurz nach eins die Treppe hochgetrampelt. Ich hatte eben beschlossen, der Schlaflosigkeit ein Schnippchen zu schlagen und aufzustehen, um mir einen Tee zu kochen. Sein Gemaunze und Gegurre hingegen machten mir sehr deutlich, dass ich ihm nach draußen folgen sollte. Einige Zeit zuvor hatte ich lautes Kreischen und Fauchen gehört, was auf eine Konfrontation an der Grenze hindeutete. Ghizmo aber machte nicht den Eindruck, als ob er etwas hatte einstecken müssen. Dennoch, was immer geschehen war, er wollte mir ganz augenscheinlich etwas zeigen. Also ging ich hinter ihm her.

Die Nacht war dunkel, und wie es schien, musste die Gemeinde sparen, denn auch die Straßenlampen waren ausgeschaltet. Ich überlegte, ob ich die Taschenlampe einschalten sollte, aber dann entschied ich mich dagegen, denn was immer Ghizmo vorhatte, ihr Lichtstrahl würde vermutlich stören. Meine Augen gewöhnten sich an die Finsternis, und die weißen Pfoten meines Führers waren deutlich zu erkennen. Er strebte auf die Pferdekoppel zu, erst auf den Unterstand, dann weiter zu dem Gebüschrand am hinteren Ende. Hier war es gefährlich – die beiden Wächter waren genau an dieser Stelle schon einmal über mich hergefallen. Also blieb ich stehen.

Ghizmo drehte sich um und sah zu mir hin. Seine Augen fingen das nächtliche Restlicht ein und schienen zu glühen.

»Warte einen Moment!«, wisperte ich.

Er setzte sich hin, als hätte er mich verstanden, und ich lauschte angestrengt. War da mehr als ein leises Rauschen der Blätter? Atmen oder Schritte? Verriet ich mich selbst durch meine Bewegungen? Zu gerne hätte ich die Zweige auseinandergebogen und einen Blick auf den Weg hinter den Büschen geworfen.

Ghizmo gab einen kleinen Laut von sich und erhob sich.

Seine Ohren waren empfindlicher als meine, seine Nase auch. Wenn er keine Angst verspürte, dann war da wohl niemand. Ich folgte ihm so leise wie möglich. Er duckte sich durch den Lattenzaun, der Tinkerbells Koppel von der von Bartels trennte. Ich hingegen beäugte dieses Hindernis kritisch. Entweder drückte ich mich durch die Büsche, oder ich musste hinübersteigen. Die Büsche sahen hakelig aus. Brombeeren mit langen Ranken machten das Durchqueren an dieser Stelle unmöglich. Dann musste ich wohl klettern.

Ghizmo saß auf der anderen Seite und starrte mich schon wieder mit seinen glühenden Augen an. Daher machte ich mich bereit, eine sportliche Leistung zu erbringen.

So schwer war es nicht, und zum Glück hatte Bartels auf eine elektrische Sicherung verzichtet. Als ich auf der anderen Seite angekommen war, ging Ghizmo nur einige wenige Schritte weiter und verdrückte sich dann unter den Sträuchern.

Das war seltsam. Also blieb ich auch stehen. Hier wuchs wenigstens kein stacheliges Zeug, sondern Büsche mit dunklen Beerendolden. Ich stellte mich folglich auch unter die schützenden Zweige und betrachtete das Feld vor mir. Hell schimmerte das Fell der beiden weißen Pferde, die braunen waren nur dunkle Konturen.

Sollten die Tiere nicht schlafen? Warum liefen sie umher und blieben stehen, um kurz zu grasen?

Und dann sah ich es.

Etwas flog durch die Luft. Dieses Etwas schien den Pferden zu gefallen. Sie fraßen es mit Begeisterung.

Jemand warf Möhren oder Apfelstücke aus dem Gebüsch auf die Weide. Drei Pferde entfernten sich dadurch von dieser Stelle, ein Schimmel blieb ganz nahe an der Grenze.

Konnte man Äpfel vergiften?

Konnte man ein Pferd mit präparierten Äpfeln betäuben?

War das die Absicht des Mannes in den Büschen?

Wenn das so war, dann hatte er das eine Pferd von den anderen getrennt und schien es jetzt aus der Hand zu füttern. Und das ganz gewiss nicht aus Liebe.

War es das, was Ghizmo mir hatte zeigen wollen? Hatte er verstanden, dass hier etwas Seltsames vor sich ging?

Er hatte gesehen, wie das Pony und das Pferd umgebracht wurden. Er hatte das Blut gerochen und dem Sterben der Kreaturen beigewohnt. Er wusste, wer der Mörder war.

Ich wusste es auch.

Was sollte ich tun?

Hätte ich nur mein Handy mitgenommen.

Aber wenn ich den Notruf betätigen würde, dann käme die Polizei mit einem Streifenwagen, und der Täter würde verschwinden.

Hätte ich nur eine Möglichkeit, ihn festzuhalten.

Ratlos starrte ich ins Dunkle.

Ich hatte durchaus gelernt, mich zu verteidigen. Notgedrungen. Aber die Sache hier war gefährlich. Lothar hatte ein Messer. Und vielleicht nicht nur eins. Und er wusste sehr wohl damit umzugehen. Außerdem war er ein zäher, kräftiger Mann.

Man müsste ihn aus der Distanz unschädlich machen.

Steine lagen auf dem Boden. Handliche, faustgroße.

Aber im Werfen war ich nicht besonders gut. Die Gefahr

bestand, dass ich nicht genau traf und er mich erkannte. Nein, kein Messerkampf. Darauf mochte ich mich nicht einlassen.

Das weiße Pferd am Koppelrand machte ein paar Schritte zur Seite und taumelte.

Man konnte es also betäuben, wie auch immer.

Und ich musste etwas tun!

Das Pferd strauchelte.

Ich bückte mich nach den Steinen.

Und dann fiel mir etwas ein. Mit fliegenden Fingern fuhr ich aus meinem rechten Schuh und zog mir den Strumpf aus. Ein Kniestrumpf zum Glück. Barfuß schlüpfte ich wieder in den Schuh und band ihn zu. Den Stein ließ ich in den Strumpf gleiten – fertig war der Poi.

Einmal schleuderte ich den Strumpf, und mein Körper fand die Erinnerung an die Bewegung wieder. Auch wenn ich nie die Fähigkeiten wie Kumar erreichen würde, so konnte ich doch einigermaßen geschickt mit dieser Schleuder umgehen.

Das Pferd war inzwischen zusammengebrochen und lag nahe an den Büschen im Gras. Dort raschelte es jetzt, und ein Mann in einem dunklen Overall, eine Kapuze tief ins Gesicht gezogen, ging auf das Tier zu.

So leise es mir möglich war, näherte ich mich ihm von hinten.

Aus seinem Werkzeuggürtel zog er ein langes Messer.

Ich beschleunigte meine Waffe. Der Stein kreiste.

Der Stein traf seinen Hinterkopf.

Er gab nicht einmal einen Ton von sich, als er neben dem Pferd niedersank.

Und jetzt?

Jetzt brauchte ich Hilfe!

Das nächste Haus war das von Grandpa Woody.

Ich rannte los. Klingelte, hämmerte an die Tür.

Ein Fenster öffnete sich über mir.

»Was zum Teufel ist hier los?«

»Ich bin's, Jenny. Hilfe!«

»Oh! Ich komme.«

Es dauerte einen Moment, in dem ich mich zitternd an den Türrahmen lehnte, bis er öffnete.

»Kommen Sie rein. Was ist passiert?«

Ich wurde auf ein Sofa geschoben und klammerte mich noch immer an meinem Strumpf fest.

»Ich … ich hab den Pferdemörder niedergeschlagen. Rufen Sie die Polizei. Aber sagen Sie um Gottes willen nicht, dass ich es gewesen bin.«

»Nicht sagen? Warum?«

»Ich will nicht verhaftet werden. Ich will nicht ins Gefängnis!«

Blanke Panik erfasste mich, und mühsam rang ich nach Luft.

»Schon gut, schon gut. Es passiert Ihnen nichts. Ich werde sagen, dass mich die Pferde aufgeweckt haben.«

»S… sagen Sie, dass eins am B… Boden liegt.«

Ich beugte mich vor und brachte meinen Kopf auf die Knie. Es rauschte in meinen Ohren, aber ich vernahm, wie der alte Herr mit der Notrufzentrale sprach.

Als er den Anruf beenden hatte, klirrte es leise, und er setzte sich neben mich.

»Ein Glas Sherry könnte Ihnen helfen.«

Meine Hände zitterten noch immer, aber es gelang mir, einen Schluck zu nehmen. Der Alkohol wärmte meinen Magen, und mein Atem normalisierte sich wieder.

»So, und jetzt ziehen Sie Ihren Strumpf wieder an und gehen in Ihr Haus. Morgen erzählen Sie mir, was dort drüben geschehen ist. Husch, Jenny!«

Dankbar ließ ich den Stein aus dem Strumpf gleiten und legte ihn auf den Tisch.

»Werfen Sie den in Ihren Garten.«

»Sofort. Und jetzt weg mit Ihnen. Die Kavallerie wird gleich hier sein.«

Mit dem leeren Strumpf in der Hand rannte ich über die Straße und in mein Haus. Eilig zog ich mich aus und kroch wieder ins Bett.

Draußen hielt ein Auto.

Und dann gab es einen ziemlichen Tumult.

Ich zog mir die Decke über die Ohren und hoffte, dass keiner auf die Idee kam, mich zu fragen, ob ich etwas gehört oder gesehen hätte.

Einer kam, aber der fragte nicht, der kam zu mir ins Bett und schnurrte.

Das Schnurren half mir nach und nach, doch noch einzuschlafen.

Am Morgen war Ghizmo verschwunden, aber kaum, dass ich meinen Kaffee zubereitet hatte, klingelte es. Beklommen öffnete ich die Tür.

Grandpa Woody stand davor und reichte mir eine Tüte.

»Ich krieg morgens Brötchen gebracht, und immer zu viele.«

»Ich habe eben Kaffee gemacht, kommen Sie rein.«

Er setzte sich an den Tisch, und ich holte Butter und Marmelade, Käse und Wurst aus dem Kühlschrank. Und Schokoladencreme. Eine meiner neuesten Sünden.

»Ich habe schon lange nicht mehr mit einem Mann gefrühstückt«, murmelte ich.

»Das sollten Sie ändern. Aber nehmen Sie demnächst einen jüngeren als mich dazu.«

»Ich kenne kaum einen netteren«, sagte ich und setzte mich an den reich gedeckten Tisch.

»So, und nun erzählen Sie, was heute Nacht passiert ist. Wie ich hörte, hat man Lothar bewusstlos neben dem zusammengebrochenen Pferd gefunden. Ihr Verdacht, den ich nicht teilen wollte, hat sich also bestätigt.«

»Ich habe gestern noch ein wenig weitergeforscht. Es war das grüne Auto, das mir bestätigt hat, dass Lothar der Täter sein musste. Es ist ganz offensichtlich eines, das aus Bartels Firmenflotte ausgemustert worden ist. Der Schmutz, den er wohl nie abwäscht, verdeckt die Spuren der alten Aufschrift.«

»Ach, du meine Güte. Darauf hätte ich aber auch kommen können.«

»Sie wussten ja nicht, dass er das Pferdefleisch zum Zirkus gebracht hatte, angeblich als Spende von Bartels. Das konnte nur ich wissen, weil Kumar mich besucht hat.«

»Kumar?«

»Ein Künstler, den ich vor langer Zeit einmal kennengelernt habe. Er bestreitet die Feuershow mit den Poi – das sind Bänder mit Gewichten, die man um den Körper schleudert. Er benutzt brennende Gewichte, was ziemlich spektakulär aussieht.«

»So etwas wie Bolas?«

»Ja, so ähnlich.«

»Offenbar eine Kunst, die auch Sie beherrschen. Sie überraschen mich immer wieder, Jenny.«

»Ich wusste nicht, was ich tun sollte. Ich hatte nur beobachtet, dass jemand den Pferden irgendein Futter zuwarf, eines aber wohl aus der Hand fütterte.«

»Ja, das stimmt. Man hat Apfelschnitze gefunden. Und der Tierarzt, den Richardson verständigt hat, sagte, dass das Pferd ein Sedativum bekommen hat. Ein Mittel, das man Schlachttieren verabreicht.«

»Was Lothar natürlich kannte und sich vermutlich besorgen konnte.«

»Die leere Packung fanden sie bei ihm.«

»Mehr ist dem Tier aber nicht passiert?«

»Nein, es wird sich im Laufe des Tages wieder erholen.«

»Und Lothar?«

»Er war noch benommen, wurde aber munter, als der Notarzt ihn untersuchte. Er hat eine Beule am Hinterkopf, weiß aber nicht, wie er zu der gekommen ist. Ich weiß es auch nicht.«

Grandpa Woody grinste mich an und biss in sein Marmeladenbrötchen.

Mir fiel ein Stein vom Herzen.

Niemand hatte mich gesehen, und der besagte Stein lag unauffällig im Nachbargarten. Mochten sie noch lange darüber rätseln, wer Lothar zu Fall gebracht hatte.

»Das heißt, Sie haben sich die ganze Nacht um die Ohren geschlagen?«, fragte ich meinen erstaunlich munter aussehenden Gast.

»Oh, es war sehr unterhaltsam. Und schlafen kann ich sowieso nicht sehr gut. Nach der Polizei kamen Bartels und Richardson, und Bartels weckte die beiden Tröpfe in ihrem Wagen auf. Er hat ihnen ziemlich laut gesagt, was er von ihnen hält.«

»Ah, ich vermeinte Gebrüll gehört zu haben.«

Grandpa Woody lachte leise.

»Oh ja, gebrüllt hat er. Ich fürchte, das Beschäftigungsverhältnis der beiden endete heute Nacht abrupt.«

»Er ist kein sehr angenehmer Mann, der Fleischereibesitzer. Aber was ist mit Lothar?«

»Festgenommen. Das Betäubungsmittel, die Messer und die Winde auf der Ladefläche seines Autos dürften reichen, um ihn zu überführen. Und, Jenny, Lothar ist ein so verbitterter Mann, er wird sich selbst um Kopf und Kragen reden.«

Mein Telefon klingelte, und eine völlig aufgedrehte Lili berichtete mir, dass Tinkerbells Mörder gefasst worden sei.

Ich ließ sie reden, gab nur manchmal kleine Laute der Überraschung oder der Zustimmung von mir, während sie mir die bekannten Sachverhalte darstellte. Nur mäßig übertrieben, aber in den buntesten Farben schillernd. Vor allem der heimliche Held, der Lothar überwältigt hatte, gab ihr Anlass zu den wildesten Spekulationen.

»Glaubst du, dass es vielleicht Darius Hellwig war?«, fragte sie atemlos.

Nach dieser Frage herrschte eine kleine Pause, und mich packte eine gewisse Heiterkeit.

»Ich weiß es nicht, Lili. Aber vorstellen kann ich es mir. Er fährt hier ja immer zu den seltsamsten Zeiten vorbei. Vielleicht hat er etwas auf der Weide gesehen, das ihn stutzig gemacht hat.«

»Ja, nicht? Das könnte sein. Aber ist schon irre, dass es Lothar war. Ich kann das noch immer nicht glauben. Aber Papa sagt, der ist der Typ dafür. Der hat ihn damals so was von angegiftet, als er ihn entlassen musste. Aber was sollte er denn machen? Der Weingarten war ja abgebrannt. Aber, du, Jenny, Lothar hat gesagt, er hat das Fleisch wirklich an den Zirkus verkauft.«

Und dann kam haltloses Schluchzen.

Arme Lili. Die Vorstellung, dass die Raubkatzen ihr Pferdchen aufgefressen hatten, machte den Verlust nur noch schlimmer. Ich wollte etwas sagen, aber dann hörte ich im Hintergrund Raoul tröstend brummen, und der Hörer wurde aufgelegt.

»Lothar hat sein Ziel wahrlich erreicht«, sagte ich zu Grandpa Woody. »Das Verfüttern der Pferde an die Zirkustiere war eine besonders gehässige Ergänzung des Pferdemords. Es hat Lili zutiefst getroffen. Und ich fürchte, die Bartels, zumindest Frau und Tochter, werden diesen Umstand ebenfalls als tiefe

Demütigung empfinden. Nur dafür werden sie ihn wohl nicht belangen können.«

»Ach, sagen Sie das nicht. Ich glaube, bei diesen Fleischsachen gibt es auch strenge Vorschriften.«

»Sicher. Aber der Zirkus reist heute ab, und ich fürchte, die Leute sind nicht sonderlich auskunftsfreudig.«

Ich nahm mir noch eine Brötchenhälfte und bestrich sie mit der Schokoladencreme.

»Sagen Sie mal, Jenny, wieso waren Sie eigentlich heute Nacht so passend an Ort und Stelle?«

Grandpa Woodys tief liegende Augen sahen mich neugierig an.

»Ich kann auch nicht besonders gut schlafen. Und mich alarmierte ein kätzischer Kampfgesang.«

Das war eine gute Ausrede, denn Ghizmos seltsame Rolle in der Angelegenheit wollte ich lieber für mich behalten.

»Ja, richtig. Jaromir kam nach dem Geschrei nach Hause. Ist Ihr Kater unverletzt? Ich fürchte, die beiden sind in einen Händel verwickelt gewesen.«

»Er kam während des Trubels da draußen zu mir ins Bett. Und da er sich streicheln ließ, hatte er offenbar keine Blessuren abbekommen. Aber Sie haben recht, ich sollte ihn mir bei Tageslicht noch einmal gründlich anschauen. Komisch, er war noch gar nicht zum Frühstück da.«

Kaum hatte ich ausgesprochen, klapperte es, und der Kater kam hinter dem Sofa hervor. Er sah munter aus und marschierte zielstrebig zum Futterplatz.

»Entschuldigen Sie, die Pflicht ruft.«

»Entschuldigen Sie sich nicht, das kenne ich. Jaromir hat bei mir ebenfalls Priorität. Es schont die Möbel.«

»Da sagen Sie was! Der Sessel ist schon Opfer von Ghizmos schlechter Laune geworden.«

Ich füllte den Napf auf und servierte.

Dank erhielt ich nicht, aber das vernehmliche Schmatzen zeigte mir, dass es an der Zeit gewesen war.

»Warum streiten sich unsere beiden Kater eigentlich immer? Ghizmo und Jaromir haben doch jeder ein eigenes Heim.«

»Ich glaube, es macht ihnen Spaß. Manche Männer raufen eben gerne. Mir ist jedoch aufgefallen, dass sie sich nie ernsthaft verletzen. Mal eine Schramme auf der Nase, mal ein Kratzer am Ohr, aber mehr passiert bei diesen Kämpfchen nicht. Weshalb ich vermute, dass mein Jaromir sich heute Nacht mit einem anderen Gesellen geprügelt hat. Er kam nämlich mit einer langen, blutenden Wunde an der Flanke zurück.«

»Wollen Sie ihn zum Arzt bringen?«

»Nein, ich habe sie ausgewaschen und werde sie beobachten. Katzen haben ihre eigene Art, so etwas zu behandeln. Erst wenn sich ein Abszess bilden sollte, werde ich tätig.«

»Ghizmo ist der erste Kater, mit dem ich zusammenlebe. Es geht ganz gut, finde ich. Er gibt mir recht deutlich zu verstehen, wie er behandelt werden will.«

»Katzen sind ja auch nicht blöd. Und er hat es offensichtlich gut bei Ihnen, Jenny.«

Wir plauderten noch eine Weile über den Resten des Frühstücks, und ich erhielt einige Empfehlungen zu den hiesigen Gärtnern und zu zwei Möbelhäusern. Malerarbeiten, so Grandpa Woody, würde Meister Baumstark durchführen, den auch Lili schon genannt hatte. Der Name klang vertrauenerweckend und förderte die Vorstellung von einem überaus stämmigen Kerl, der mit Kraft die Farbrolle schwang.

»Lassen Sie sich überraschen!«, meine Grandpa Woody und faltete seine Serviette zusammen. »Und nun verlasse ich sie, sonst schimpft Sandra mit mir.«

Als ich wieder alleine war, lehnte ich mich zurück. Knapp

einen Monat wohnte ich nun in diesem Haus, meinem gewählten Rückzugsort, an dem ich in Stille und Einsamkeit Genesung suchen wollte.

Hätte ich die Turbulenzen vorhergeahnt, in die ich hier verwickelt worden war, wäre ich niemals eingezogen. Lautstarke Handwerker, zwei Pferdemorde, ein nächtlicher Überfall, ein Geist aus der Vergangenheit, die quirlige Lili, drei Katzenkinder und ein Kater mit einem sehr starken eigenen Willen. Sogar ein Mann war in mein Leben getreten, über den es möglicherweise nachzudenken galt.

Nein, eigentlich nicht. Für eine Beziehung war ich noch nicht bereit.

Auch nicht für größere Anstrengungen.

Eigentlich wollte ich Ruhe und Stille. Mich mit kleinen Routinearbeiten beschäftigen, viel lesen, lange Spaziergänge machen, ein wenig in der Küche experimentieren …

Nur wegen der Möbel, da musste etwas getan werden.

Und mit den Wänden auch.

Und der Teppichboden musste unbedingt raus.

Mit der Scheune sollte auch etwas passieren.

Genau wie mit der Garage. In die hatte ich noch gar keinen Blick geworfen.

Und wegen dieser Angelegenheit mit dem alten Kloster war auch einiges in die Wege zu leiten.

Und dann war da noch etwas!

40

Ein zahnloser Biss

Seine Jenny war wunderbar. Ghizmo war noch immer beeindruckt davon, wie sie den widerlichen Lothar davon abgehalten hatte, dem Pferd den Kopf abzuschneiden. Einen Augenblick lang hatte er gefürchtet, dass sie nichts tun würde. Als das Pferd zusammenbrach und er mit dem Messer darauf zuging. Aber dann war Lothar ebenfalls umgefallen und liegen geblieben.

Jenny war weggelaufen, doch Ghizmo hatte unter den Büschen die Stellung gehalten. Bis diese vielen Menschen kamen und das Licht die schützende Dunkelheit durchschnitt. Das Gebrüll hörte er aber dann nur noch aus der Ferne. Er war dankbar, dem entrinnen zu können und schlüpfte ins Haus. Jenny war auch schon da und hatte sich unter die Decke verzogen. Sie hatte gar nichts dagegen, dass er sich zu ihr legte.

Er erwachte lange vor ihr, als die Morgendämmerung das Viereck über ihm erhellte. Leider waren die Näpfe leer, doch als er sich im Garten umsah, fiel ihm eine Maus zum Opfer. Das war auch mal eine schmackhafte Abwechslung.

Aber dann wallte Ärger in ihm auf. Der Streuner war schon wieder eingedrungen und hatte eine anmaßende Nachricht hinterlassen. Die Lektion, die Jaromir ihm in der Nacht erteilt hatte, hatte keine Wirkung gezeigt.

Was wollte der Stinker hier? Der hatte sein eigenes Reich, das ihm niemand streitig machte. Menschen verabscheute er.

Zumindest nahm Ghizmo das an, denn wenn er sich einem der Aufrechten hätte anschließen wollen, wäre ihm das gewiss gelungen. Es war nicht so schwierig, in einen Haushalt aufgenommen und mit Futter versorgt zu werden. Ein wenig konziliantes Verhalten vorausgesetzt.

Aber es war höchst ungehörig, sich in ein bestehendes Arrangement einzumischen.

Eine weitere Abreibung war fällig, und Ghizmo war nicht der Kater, der eine solche scheute. Er machte sich auf den Weg, den Streuner aufzustöbern und ihm die Leviten zu lesen.

Die vier Pferde standen friedlich grasend auf der Koppel, die allerdings ein wenig unordentlich aussah. Menschenfüße hatten das Gras zertrampelt, ihre Spuren liefen kreuz und quer über das Gelände. Es war etwas schwierig, die Katzenfährte ausfindig zu machen, aber schließlich fand Ghizmo an einem Zaunpfahl einen Hinweis.

Die wilde Wiese hinter dem Koppelzaun hatten die Menschen nicht betreten, und wenn Ghizmo es auch nicht sonderlich liebte, sich in das hohe, mit allerlei Unkräutern durchwachsene Gras zu begeben, so leitete ihn doch die Wut durch das Gestrüpp.

Sehr leise bewegte er sich voran, immer wieder einhaltend, um zu wittern und zu lauschen, um nicht plötzlich aus dem Hinterhalt angefallen zu werden. Es war erstaunlich ruhig in der Wildnis. Und so nahm er als Erstes das schwache Atemgeräusch wahr. Ein gleichmäßiges Atmen wie von einem Schläfer.

Hah! Sollte er etwa das Glück haben, den Streuner im Schlaf überraschen zu können?

Mit lautlosen Bewegungen näherte Ghizmo sich der Stelle, von der die Atemgeräusche stammten. Und richtig, in einem

Nest von trockenem Gras verborgen lag der Schwarze, ein bläulich schimmernder Kringel, die Nase auf den Schwanz gebettet.

Ghizmo betrachtete ihn, und seine Wut verrauchte.

Was im ersten Anschein ein glattes Fell war, sah aus der Nähe struppig aus. Ein Ohr war zerfetzt, und diverse Schrunden in seinem Nacken zeugten von verlorenen Kämpfen. Außerdem wirkte der ganze Kater zwar sehnig, aber mager. Das verwunderte Ghizmo. Denn schon bei seinem kurzen Besuch in der Wildnis hatte er mehr als ein Mauseloch bemerkt, und auch Maulwurfshügel befanden sich zwischen den Gräsern. Was hinderte den Schwarzen daran, sich ausreichend zu ernähren?

Gestern Nacht hatte er mit Jaromir gekämpft. Sehr gekonnt, ja, doch dann war er geduckt davongeschlichen. Warum? Jaromir war nicht darauf aus gewesen, ihn ernsthaft zu zerfleischen.

Ghizmo setzte sich nieder und beschloss zu warten, bis der Streuner aufwachte. Es würde nicht lange dauern, die Instinkte eines Kämpfers waren auch im Schlaf hellwach. Die Gegenwart einer anderen Katze würde er in Kürze wahrnehmen.

Der Atemrhythmus veränderte sich bereits, ein Auge öffnete sich, dann das andere. Und schon stand der Streuner auf den Pfoten, machte einen Buckel und riss das Maul zu einem Gähnen auf.

Ghizmo erhielt seine Antwort.

Die beiden oberen Reißzähne fehlten in dem beeindruckenden Gebiss.

Und dann flogen die Tatzen.

Der Angriff kam schnell und unerwartet. Kein vorheriges Brummen oder Kreischen. Ghizmo hatte alle Pfoten voll zu tun, die wilden Hiebe abzuwehren. Eine wilde Hetzjagd durch die Wildnis begann. Schnell war der Schwarze, geschickt auch.

Aber dann strauchelte er und blieb liegen. Sein Atem ging schwer, und er hustete.

Ghizmo strich langsam um ihn herum.

»Wir müssen reden«, sagte er aus gebührender Entfernung.

»Worüber?«

Wieder packte den Schwarzen ein Hustenanfall.

»Über dich, Kumpel.«

»Bin kein Kumpel.«

»Was willst du? Mich aus meinem Revier verjagen, um es selbst zu übernehmen?«

Ein Brummen war die Antwort. Ghizmo deutete das richtig.

»Ich werde mein Revier nicht aufgeben. Und du bist nicht in der Lage, mir ausreichend Schwierigkeiten zu machen. Du bist krank, Kumpel.«

Ein Brummen, das in ein Fauchen überging, zeigte an, dass der Schwarze diese bittere Erkenntnis nicht gerne hörte.

Ghizmo hatte fast ein Jahr lang ohne Zutritt in ein warmes, gesichertes Haus gelebt, hatte sich von allerlei kleinem Getier ernährt und Wärme bei Tinkerbell gefunden. Und er war gesund. Dennoch hatte er während dieser Zeit oft Hunger gehabt. Daran erinnerte er sich mit Schaudern.

»Ich gestatte dir in der Dämmerung den Zugang zum Hof, Kumpel. Was du daraus machst, ist deine Sache. Sollte ich dich tagsüber dort erwischen, gibt's Senge. Aber richtig. Verstanden?«

Das Brummen klang resigniert. Der Kater stand auf und schlich davon.

Ghizmo wählte die andere Richtung, duckte sich durch den Koppelzaun und begann, die verdammten Kletten aus dem Fell zu entfernen.

Das dauerte seine Zeit.

Und als er endlich zum Frühstück ins Haus kam, knurrte sein Magen.

Zum Glück war Jenny gut erzogen, sie servierte sogleich.

Weghauen, putzen und ruhen.

41

Goldbeere

Ghizmo lag im Sessel und schnurchelte leise. Um ihn brauchte ich mich im Augenblick nicht zu kümmern. Also konnte ich meiner Idee nachgehen. Ich setzte mich an meinen Laptop und gab »Tinkerbell« ein.

Klar, das war die Disney-Fee aus Peter Pan. Also spezifischer.

»Tinkerbell« und »Pony«.

Und damit wurde ich nach kurzer Zeit fündig. Tinkerbell stammte vom Gestüt Engelshof und hatte einen imponierenden Stammbaum. Die Ponyzucht war gut dokumentiert, und die angebotenen Tiere lebhaft beschrieben. Ich hatte natürlich so gut wie keine Ahnung von Pferden, also musste ich mich darauf verlassen, wenn die hübsche kleine, weiße Stute als warmherzig und einfühlsam beschrieben wurde. Um mir weitere Informationen zu verschaffen, klickte ich andere Gestüte an, die ebenfalls Ponys züchteten. Es gab wenige, die Schimmel anboten. Und noch weniger, deren Beschreibungen mir gefielen. Also zurück zum Engelshof. Immerhin hatte Raoul dort Tinkerbell gekauft, und Lili war mit dem Pferdchen gut zurechtgekommen.

So, und jetzt?

Das Gestüt lag in der Nähe von Bruchsal, für mich eine Weltreise entfernt.

Was mich nebenbei zu der Frage führte, ob ich mir nicht doch irgendwann ein Auto anschaffen sollte. Aber die Antwort darauf schob ich beiseite. So weit war ich noch nicht.

Den Kauf eines Ponys konnte man schwerlich über das Internet tätigen. Obwohl mir das die gewünschte Anonymität gewährleisten würde.

Aber ich hatte ja Miriam. Eine Anwältin von Eleganz und Effizienz.

Heute war Samstag, und möglicherweise hatte sie sogar etwas Zeit für mich.

Ich griff zum Telefon, das just in diesem Augenblick zu läuten begann.

»Miriam! Eben wollte ich deine Nummer wählen!«

»Brauchst du einen Anwalt? Muss ich dich wieder irgendwo freikaufen?«

»Was? Wieso das?«

»Weil dieser Pferdemörder gefasst wurde. Ich habe es gerade in den Nachrichten gehört. Hast du was damit zu tun?«

»Ich? Ich? Ich habe die ganze Sache verschlafen.«

»Du lügst.«

»Niemals.«

»Jenny, die Sache ist genau vor deiner Nase passiert. Mach mir doch nichts vor. Du steckst bis über beide Ohren drin.«

»Denk dir eine schöne Geschichte über Nasen und Ohren dazu aus, meine Liebe. Und dann darfst du für mich ein Geschäft abwickeln.«

»Nein. Erst wenn du mir sagst, was du mit dem Pferdemörder zu tun hattest.«

»Er war mein Gärtner. Und der Mörder ist immer der Gärtner, das kennst du doch.«

Miriam verstand leider keinen Spaß. Sie fauchte leise.

»Ich komme vorbei. In einer halben Stunde bin ich da. Sieh

zu, dass etwas Vernünftiges zu essen auf dem Tisch steht. Ich habe Hunger.«

Und wenn Miriam Hunger hatte, dann wurde sie zum Tier. Ich versprach ein Essen und legte auf.

Ein kurzer Blick auf meine Vorräte gab nicht viel her. Ich hastete zu Grandpa Woody hinüber und schnorrte einen Kopf Salat aus seinem eigenen Anbau und lieh mir zwei Eier aus. Als Draufgabe erhielt ich noch eine Handvoll Radieschen. Sie und der Salat waren sagenhaft schmutzig, und die meiste Zeit verbrachte ich mit Abspülen. Brot backte ich im Ofen auf, die Eier kochten. Ich opferte meine Packung Lachs, um dem Salat eine gehobene Note zu geben, und rupfte ein paar Zweige von dem Dill ab, der im Kräuterbeet wucherte. Ich hatte alles soeben auf zwei großen Tellern angerichtet, als die Türklingel schepperte.

»Du solltest endlich was mit deinen Haaren machen, du siehst scheußlich aus!«, begrüßte mich Miriam, deren blonde Wellen ihr elegant um den schmalen Kopf wogten.

»Schick siehst du aus«, sagte ich liebevoll und bat sie herein. »Das Essen ist fertig.«

Auf höchst anmutige Art leerte sie in einem Höllentempo ihren Teller, während ich in meiner halben Portion herumstocherte. Das Frühstück war mehr als reichlich gewesen.

»Besser?«, fragte ich, als sie sich mit der Serviette zierlich die Lippen abtupfte.

»Ich habe gestern Abend auf mein Essen verzichten müssen, und heute Morgen verschlafen. Okay, jetzt berichte. Aber en detail!«

Ich tat es. Samt Strumpf und Stein. Und hatte das Vergnügen, Miriam glucksen zu hören.

»Sehr schön. Du bist kein krankes und verschüchtertes Hascherl mehr. Das ist schneller gegangen, als ich vermutet habe.«

»Miriam, es mag sich so anhören, aber gestern bin ich wieder in Panik geraten. Ich war heilfroh, dass Grandpa Woody mir so verständnisvoll beistand. Und vor allem die Polizei belogen hat.«

»Okay, darüber bist du noch nicht hinweg.«

»Nein, und das wird auch ganz bestimmt noch lange dauern. Also gehe ich diesen Menschen aus dem Weg.«

»Tu das. Soweit ich es überblicken kann, wirst du meine anwaltliche Unterstützung nicht benötigen. Es sei denn, dieser Lothar hätte dich erkannt und würde Anzeige wegen Körperverletzung erstatten.«

»Das wird hoffentlich derzeit sein letztes Problem sein.«

»Das nehme ich auch an. Also, warum hast du mich dann sprechen wollen?«

»Ich möchte ein Geschäft tätigen. Ein Geschenk kaufen, von dem der Empfänger nicht wissen soll, dass es von mir ist.«

»Kompliziert?«

»Nein, bestimmt nicht für eine Frau von deinen Fähigkeiten. Schau hier!« Ich führte sie zu meinem Schreibtisch und deutete auf den Bildschirm. »Das Pony Goldbeere hätte ich gerne.«

»Spinnst du?«

»Nein. Ich meine das ganz ernst. Kannst du jemanden hinschicken, der das für mich abwickelt?«

»Was willst du denn mit einem Pony?«

»Eine Schleife drum wickeln und es Lili schenken.«

Miriam sah mich an, und Verstehen schien in ihrem Blick auf. Und nicht nur das, sogar Verständnis.

»Lilis Papa ist dieser reizende Weingutbesitzer. Aha. Warum kauft er seiner Tochter das Pony nicht selbst?«

»Weil er pleite ist.«

»Wie unangenehm. Gut, ich arrangiere das. Vermutlich soll das Tier drüben auf der Weide abgeliefert werden.«

»So ist es.«

»Und was hast du sonst noch angerichtet?«

»Nichts. Aber irgendwie komme ich nicht zur Ruhe. Montag werde ich mich um Meister Baumstark kümmern.«

»Der den straffälligen Gärtner ersetzen soll?«

»Nein, der hier die Wände neu tapezieren soll. Was meinst du – violette Veilchensträußchen oder rosa Rosenknöspchen?«

»Das eine wie das andere würde zum Verlust unserer Freundschaft führen.«

»Was würde sie erhalten?«

»Schlichtes Weiß. Möglicherweise mit einer leichten Struktur.«

»Na gut. Überzeugt.«

Miriam sah sich um, stand auf und fuhr mit dem Finger über ein Regalbrett.

»Bist du mit deiner Putzfrau zufrieden?«

»Sie bringt mir den gängigen Klatsch ins Haus. Solche Kontrollen, wie du sie eben durchgeführt hast, mache ich nicht. Bist du mit ihr zufrieden?«

»Geht so. Die Küche sieht chaotisch aus.«

»Weil ich in Hektik ein Essen für dich zubereitet habe.«

»Dann sollte ich aufräumen. Setz dich in diesen zerfetzten Sessel und lies inzwischen die Zeitung.«

Das war mal ein ungewöhnliches Angebot. Ich wagte Miriam nicht zu widersprechen.

Ghizmo war bei Miriams Ankunft von seinem Ruheplatz gesprungen und hatte sich verzogen, ich vermutete ihn oben im Bett. Wo er eigentlich nicht liegen sollte. Aber na ja … eigentlich.

Während ich die Weltnachrichten und die lokalen Ereignisse überflog, hörte ich nur Geklapper und Wasserrauschen. Und das Gurgeln der Kaffeemaschine.

»Für eine Tasse Kaffee habe ich noch Zeit«, sagte Miriam und setzte sich auf das Sofa. Mir stellte sie ebenfalls einen Becher hin. Manchmal konnte sie sehr nett sein. Ich faltete die Zeitung zusammen.

»Vermisst du es?«

Ich wusste, was sie meinte. Und ich wusste, was es mir bedeutete.

»Nein, Miriam. Ich vermisse es nicht. Ich habe die ganzen fünf Jahre versucht, es so gut wie möglich zu vergessen, und mich von der Hoffnung auf ein ruhiges Leben genährt. Es war eine schöne, wilde Zeit. Wirklich. Aber ich kann sie nicht zurückholen. Nicht nur, weil ich meine Stimme verloren habe. Ich scheine auch meinen Ehrgeiz eingebüßt zu haben.«

»Es gibt Ärzte, sie sich deiner Stimme annehmen könnten.«

»Nein. Es ist etwas Irreparables damit geschehen. Lass es ruhen, Miriam.«

»Nun gut. Aber dein Ehrgeiz? Ich bin mir nicht sicher, dass er verschwunden ist. Du hast hier in kurzer Zeit viel erreicht. Und wenn du wirklich das Projekt mit dem Kloster durchziehen willst, dann brauchst du davon eine ganz schöne Portion.«

»Dann lasse ich vielleicht besser die Finger davon. Warum habe ich mich da nur eingemischt?«

»Weil dir der Weingutbesitzer gefällt?«

»Er ist ein attraktiver und höflicher Mann, ja. Aber es war die Ruine, die mir diese blödsinnige Idee einflößte.«

»Sie ist nicht blödsinnig. Sie ist brillant. Ich bin neulich auch da oben gewesen – ein grässlicher Anstieg, aber den Naturburschen gefällt so was. Ein Café dort wäre ein echter Anziehungspunkt. Nächste Woche bekommst du die Konzepte.«

»Und dann?«

»Gehst du damit hausieren. Eine Liste von Ansprechpartnern liegt bei.«

»Ich wollte meine Ruhe haben.«

»Wenn dein Maler hier arbeitet, wirst du froh sein, dich in den Büros anderer Leute aufhalten zu können.«

Sie hatte damit sicher recht, aber im Augenblick hatte ich so gar keine Lust dazu. Ich wollte mich aufs Sofa legen und einen möglichst unterhaltsamen Roman lesen.

»Ich mag nicht«, grummelte ich.

»Wirst du schon noch. Du kannst die Leute, die sich darüber Gedanken gemacht haben, nicht enttäuschen.«

»Ich kann das nicht.«

»Jenny, du hast auf der Bühne gestanden und Tausende von Menschen in Ekstase versetzt. Du wirst doch wohl ein paar Gemeindemitarbeiter von deinem Projekt überzeugen können!«

»Das ist was anderes.«

»Probiers aus!«

»Lass mich in Ruhe!«

»Gut. Für heute ja. Ich gehe jetzt, ich muss mich um ein Pony kümmern. Tut ja sonst keiner.«

Ich stand ebenfalls auf und umarmte Miriam. Sie blieb, wie es ihre Art war, steif stehen, aber sie erwiderte das luftige Wangenküsschen.

Dann war sie weg, und nur der Dufthauch ihres Parfüms erinnerte an ihren Besuch.

Den schien Ghizmo ebenfalls wahrzunehmen. Er kam die Wendeltreppe nach unten geschlichen und drückte sich an meine Beine.

»Ich bin noch gar nicht dazu gekommen, dich ein bisschen zu streicheln.«

»Mirr!«

»Dann komm her.«

Er nahm die Einladung auf dem Sofa an, und wir verbrachten eine wundervolle Viertelstunde damit, zu schmusen und zu schnurren. Dann tatzte er plötzlich nach mir, wohl weil ihm das Gekuschel zu viel geworden war, sprang auf und verließ mich grußlos durch die Klappe.

So war er eben, dieser Kater.

42

Ein Akt der Barmherzigkeit

Über irgendetwas brütete seine Jenny. Ghizmo war sich nicht sicher, ob das gut oder schlecht war. Am Vortag war die Stöckelfrau da gewesen, und immer, wenn sie mit der zusammen war, brütete sie. Und dann tat sich was.

Hoffentlich holte sie nicht wieder diese Krawallmacher ins Haus, die das Oberste zuunterst kehrten. Oder verrückte wieder die Möbel, sodass alles durcheinander geriet. Aber sicher sein konnte man da nicht. Sie strahlte so ein Feuer aus, so etwas Tatendurstiges. Obwohl das eigentlich besser war als dieser graue Nebel, der sie in der Vergangenheit manchmal umgeben hatte.

Heute waren Lili und ihr Vater vorbeigekommen und hatten ganz viel über den fiesen Lothar geredet.

»Wir haben selbstverständlich Anzeige gegen ihn erstattet«, hatte Pfeiffer gesagt. »Genau wie Bartels auch. Aber es war entsetzlich, Jenny. Dieser Verrückte konnte nicht aufhören, uns zu schmähen und mit absurden Vorwürfen zu überhäufen. Für ihn sind wir schuld an seinem Unglück, wir haben ihn ins Elend getrieben.«

»Schön, das wird sein Anwalt sicher gerne hören.«

»Mag sein. Aber die Taten hat er begangen, da führt kein Weg dran vorbei. Sein Motiv spielt dabei keine Rolle.«

»Er gehört in psychiatrische Behandlung.«

»Sofern man diese Verbitterung heilen kann. Ich weiß nicht.«

»Ich auch nicht, Raoul. Aber kann ihm im Gefängnis geholfen werden?«

Es war Lili, die böse dazwischenfuhr.

»Er hat meine süße Tinkerbell den Tigern vorgeworfen. Ich will nicht, dass ihm geholfen wird. Ich will, dass man ihn auch an die Raubkatzen verfüttert.«

Das fand Ghizmo im Grunde auch und lehnte sich an Lilis Bein.

Sie bat ihn auf ihren Schoß, eine Einladung, die er nicht ausschlagen mochte. Über ihre Kraulefinger hin verschwamm die Unterhaltung zu einem einschläfernden Gemurmel. Erst als ihm ein Schälchen Sahne offeriert wurde kehrte er in die Welt zurück.

Ausgeschlappt und raus.

Der Garten war in Ordnung, kein Eindringling hatte eine miese Bemerkung hinterlassen. Auf dem Zaunpfosten an der Straße thronte Selena.

»Dem Schleimbeutel hat man mal wieder ein Sahnehäubchen verpasst«, schnurrte sie. »Hast du dich dafür auf den Rücken wälzen müssen, Weichpfote?«

»Wie kommt es, dass solche farblosen Kreaturen wie du so viel Gift verspritzen müssen? Liegt es daran, dass deine Menschen dir nicht genügend huldigen, Bleichkatze?«

»Möchtest du, dass ich dir noch ein paar Streifen ins Fell tätowiere?«

»Womit denn? Dir hat man doch die Krallen gestutzt.«

»Glaubst du das wirklich?«

Glaubte Ghizmo nicht, aber mit Selena wollte er sich nicht prügeln. Also drehte er sich nur um und hob den Schwanz, um an den Pfosten zu pinkeln. Dann marschierte er in die andere Richtung davon. Die Beleidigungen, die Selena hinter ihm her kreischte, gellten noch lange in seinen Ohren.

Dass sie ihn für einen Schleimer hielt, nagte eine Weile an ihm. War er doch nicht, oder? Er hatte Jenny einfach gut erzogen. Und zuvorkommendes Verhalten bei einem Menschen musste man gelegentlich loben. Nicht zu häufig natürlich, sonst wurden sie übermütig.

Jaromir ließ sich nicht blicken, was Ghizmo bedauerte. Er hätte sich gerne mit ihm über den Streuner unterhalten. Ansonsten war auch der Rest des Reviers zufriedenstellend. Er kehrte ein wenig gelangweilt zurück. Das Auto von Lili und ihrem Papa war verschwunden. Er zwängte sich durch die Gitterstäbe des Tors und betrat den Hof.

Und da war er!

Er war tatsächlich gekommen. Drückte sich an die Stallwand und rührte sich nicht, der Schwarze.

Er hatte ihm Zutritt gestattet, also musste er ihn hier auch dulden. Aber ein misstrauischer Blick konnte nicht schaden. Ein tiefes Brummen antwortete ihm.

Ghizmo hielt Abstand und wandte sich zur Tür. Die Frau sollte ihm aufmachen. Ein kräftiges Maunzen unterstrich sein Begehr.

Die Tür öffnete sich, und Jenny sah zu ihm hinunter.

»Du hast deine Klappe, Ghizmo. Ich bin nicht deine Türöffner-Sklavin.«

Bist du wohl.

»Dann komm auch rein.«

Gleich. Guck mal!

Um diesen Befehl zu unterstreichen, starrte er sie an und drehte dann den Kopf Richtung Stall.

Sie guckte.

»Da sitzt ja eine schwarze Katze. Ein Freund von dir?«

Nicht wirklich.

Ghizmo stolzierte ins Haus, sprang aber sogleich auf das

Fensterbrett, um die Angelegenheit weiter zu überwachen. Sollte der Schwarze es wagen, auch nur eine Kralle gegen Jenny zu erheben, würde er augenblicklich dazwischengehen.

Die Begegnung verlief langsam. Jenny hatte gelernt, dass hektische Bewegungen Katzen in die Flucht trieben. Sie hatte auch gelernt, dass leise Töne Vertrauen weckten.

Auch bei einem Streuner?

Der drückte sich weiter an die Wand und fauchte sie an.

Drei Schritte entfernt blieb Jenny stehen und ging in die Knie. Der Schwarze machte eine Bewegung zur Seite. Aber er blieb da, obwohl er augenscheinlich Angst hatte. Sie redete weiter auf ihn ein, er funkelte sie an. Sehr langsam erhob sie sich und ging zum Haus zurück. Als sie durch die Tür trat, bemerkte sie ihn.

»Ghizmo, der da draußen sieht ziemlich mager aus. Würdest du gestatten, dass ich ihm eine Schale Futter hinstelle?«

Mach mal. Aber vergiss mich nicht darüber.

»Du bekommst selbstredend auch deinen Anteil. Komm mit!«

Aber gerne.

Ghizmo sprang vom Fensterbrett und lief hinter ihr in die Küche. Sie teilte gerecht, das musste man ihr lassen. Und für ihn waren auch noch ein paar Knusperfischchen drin. Den zweiten Napf stellte sie vor die Tür.

»Eigentlich habe ich mit einem Kater genug, mein kleiner Freund«, sagte sie. »Aber der arme Kerl muss wirklich ausgehungert sein. Er hat sich gleich an den Napf getraut.«

Das matschige Zeug kann man ja auch ohne Zähne fressen.

Konnte man nur hoffen, dass genug für zwei da war.

Ein fragender Blick untermalte diese Befürchtung.

»Ich hole morgen neues Futter, damit es auch für zwei reicht. Aber ins Haus kommt mir dieser verflohte Streuner nicht.«

Da sagst du was!

Nachdem Ghizmo seine gute Tat getan hatte, verzog er sich in den zerfledderten Sessel und überdachte die Situation.

Und dämmert darüber hinweg.

43

Zukunftswünsche

Den Sonntag verbrachte ich so, wie ich mir mein geruhsames Leben vorgestellt hatte – auf dem Sofa liegend, Musik im Hintergrund, ein dickes Buch vor der Nase.

Am Nachmittag wurde die Langeweile beinahe unerträglich.

Als Raoul und Lili an der Tür klingelten, war ich heilfroh.

Als sie gegangen waren auch.

Ich war diese Pferdemörder-Geschichte inzwischen leid.

Kaum hatte ich mich wieder zu meinem Buch auf das Sofa verzogen, hörte ich ein herrisches Maunzen. Ghizmo verlangte, dass ich ihm die Tür öffnete. Das war ungewöhnlich, denn normalerweise benutzte er inzwischen die Klappe.

Als ich ihm öffnete, machte er mich auf diesen mageren Streuner aufmerksam. Leider war ich neugierig und näherte mich dem ängstlichen Tier. Ängstlich war ich auch. Katzen konnten einen ziemlich böse kratzen. Und der hier sah ziemlich wild aus.

Auf den ersten Blick, nicht auf den zweiten. Da sah er abgemagert und zerzaust aus. Ob das der Streuner war, der hier irgendwo auf den Weiden lebte? Grandpa Woody hatte ihn neulich erwähnt. Was wollte der hier?

Im Grunde war die Antwort wohl ziemlich einfach: Futter.

War es tatsächlich möglich, dass Ghizmo ihm gestattet hatte, hier um Futter zu betteln?

Na ja, betteln war sicher nicht der richtige Ausdruck. Dafür strahlte der Schwarze zu viel Würde aus, und das trotz seines heruntergekommenen Äußeren. Er war so etwas wie ein Herr, der durch widrige Umstände in Not geraten war.

War es mir nicht ebenso gegangen?

Und war mir nicht, als ich an der tiefsten Sohle des Tals angekommen war, auch geholfen worden?

Er verzehrte das angebotene Futter langsam, aber gründlich. Und war dann weg, so schnell wie der Wind.

Den restlichen Sonntag verbrachte ich dann tatsächlich in Ruhe, der Montag begann auch gemächlich. Bis Meister Baumstark an meiner Tür stand. Ich hätte fast gekichert, als ich dem schmächtigen Männchen die Hand gab. Er war vielleicht nicht ganz zwergwüchsig, aber er reichte mir gerade bis an die Schulter. Dafür besaß er für seine Größe eine erstaunlich tiefe Stimme, und in seinem dröhnenden Bass fragte er nach meinen Wünschen.

Ghizmo ergriff die Flucht. Ich hielt die Stellung. Wir kamen recht schnell zu einer Einigung. Isaak Baumstark wuchtete zwei Bände Tapetenmuster auf meinen Tisch, und gemeinsam wählten wir leicht strukturierte Tapeten aus, die er in jedweder Farbe zu streichen anbot. Als er, mit dem Versprechen, mir tags drauf ein Angebot zu unterbreiten, gegangen war, traf Isabell ein.

»Hach, Sie wollen alles neu machen. Wunderbar. Was haben Sie für mich? Die Scheune?«

»Die muss noch warten, zu der ist mir noch nichts eingefallen. Aber schauen Sie sich mal den Boden hier an.«

»Ich weiß schon. Es liegt ein Parkett drunter. Darf ich?«

Mit einem Ruck hatte sie ein paar Quadratmeter hochgerissen und betrachtet den Unterbau.

»Das ist ziemlich alt.«

»Ist das schlimm?«

»Das ist gut. Das ist kein dünnes Furnierholz, das ist massiv. Und schauen Sie mal, das ist ein ordentliches Fischgrätenmuster. Warum hat man da nur diese Lappen draufgeklebt? Ich versteh so was nicht.«

»Geschmackssache, nehme ich an. Kriegen Sie das wieder hin?«

»Können Katzen Kitten kriegen?«

Isabell strahlte mich an, ganz offensichtlich liebte sie diese Herausforderung.

»Gut, wann?«

»Wann fängt der Baumstark an?«

»Nächste Woche.«

»Dann komm ich danach, damit nichts bekleckert wird. Obwohl, der Isaak kleckert nicht. Aber trotzdem. Soll ich Bully Bescheid sagen, dass er ihnen hilft, die Möbel in den Schuppen zu tragen?«

Daran hatte ich noch gar nicht gedacht. Oh je, diese Aktion würde mein geruhsames Leben auf Tage hinaus stören. Eben wollte ich zögern, aber dann gab ich mir einen Ruck. Je schneller das Ganze über die Bühne ging, desto schneller war die Ordnung wiederhergestellt.

»Okay, machen Sie das.«

»Fein. Und dann kümmern wir uns um die Scheune!«

Ich verdrehte nur die Augen. Und Isabell kicherte.

»Wird schon. Ich mess das hier mal aus, fürs Angebot, ja?«

»Tun Sie, was Sie nicht lassen können.«

Während Isabell durch das Haus ging, klingelte das Telefon.

»Das Pony kommt am Mittwoch«, sagte Miriam. »Du musst gegen elf da sein und es entgegennehmen. Bezahlt ist es schon.«

Da Miriam über mein Konto verfügen konnte, war ich ihr dankbar für die Art ihrer Abwicklung.

»Ich werde das einrichten. Danke, Miriam.«

»Ich schick dir meine Rechnung.«

»In Ordnung.«

»Ach, Quatsch. Geh zum Friseur.«

Und damit legte sie auf.

Friseur.

»Isabell, welchen Friseur empfehlen Sie mir?«, rief ich ins Nebenzimmer, in dem sie gerade das Aufmaß nahm.

»Kerima Tosun, gegenüber von der Sparkasse. Sie ist eine richtige Künstlerin. Hat auch schon Preise gewonnen.«

Keine türkische Friseurin, nein, nein, nein.

»Und was ist mit Evitas Salon?«

»Wenn Sie anschließend einen Mopp auf dem Kopf tragen wollen, dann gehen Sie zu ihr. Sie vermurkst garantiert jede Frisur.«

Das hatte ich befürchtet. Aber keine Türkin würde mir jemals an die Haare gehen. Never ever! Und der von der Psychiaterin empfohlene Coiffeur lag außerhalb meiner Reichweite. Ich ließ die Sache auf sich beruhen.

Isabell verabschiedete sich, und Inge folgte ihr auf dem Fuße. Meine arme Putzfrau war entsetzt, als sie den demolierten Teppichboden sah.

»Der ist doch noch gut, Frau van Rosmalen. Der muss nur mal gründlich eingeschäumt werden.«

»Aber er gefällt mir nicht. Und ich warne Sie gleich vor, nächste Woche kommen auch die Tapeten runter.«

Inge schien pikiert, ich nahm meine Gummistiefel, flüchtete in den Garten und zupfte ein paar verblühte Rosen ab. Das erfreute Ghizmo, der sich eifrig an den Arbeiten beteiligte. Aber es war kühl geworden, und es begann auch zu nieseln. Wir fanden Unterschlupf in der Scheune.

Ich hatte sie zwar ausräumen lassen, und die landwirtschaftlichen Großgeräte waren verschwunden, aber schon hatte sich wieder allerlei Krimskrams angesammelt. Nicht nur die Mülltonnen hatten ihr Heim hier gefunden, auch ein paar Hinterlassenschaften von Florian, dem verstorbenen Maler, hatte ich hier hingebracht. Zwei Staffeleien, einige Kisten mit Malutensilien, farbbekleckste Decken, vier ramponierte Weidenkörbe und ein paar große Glasbehälter, von denen ich vermutete, dass er darin eine Art Beerenwein gebraut hatte. Eine stabile Holzleiter führte auf einen offenen Boden, auf dem früher wohl das Heu gelagert worden war. Weil ich sonst nichts zu tun hatte, kletterte ich nach oben. Ein verschmiertes, staubiges Fenster ließ das trübe Tageslicht herein und zeigte mir einen Boden aus Holzlatten. Sie waren löcherig und an manchen Stellen zersplittert. Vorsichtig trat ich den Rückzug an. Was immer ich mit der Scheune machen würde, das da oben bedurfte einer gründlichen Renovierung.

Ghizmo vergnügte sich in einer dunklen Ecke damit, einer Beute aufzulauern. Mäuse wohnten also auch hier drin. Ich setzte mich auf eine der Kisten und sann müßig über einige Möglichkeiten der Nutzung nach.

Das Haus war groß genug für mich, und falls nötig gab es unten sogar so etwas wie ein Gästezimmer. Ein aufwendiges Hobby hatte ich nicht, große Tiere wollte ich nicht halten, einen Wellness- oder Fitnessbereich brauchte ich nicht und erst recht keine Festscheune. Gerümpel wollte ich hier auch nicht ansammeln, die Sachen, die hier herumstanden, würde ich noch entsorgen lassen müssen. Eigentlich wollte mir nichts einfallen, was ich mit dem großen Ding anfangen sollte.

Ich stand auf, schob die Tür auf und trat in den Hof. Der Nieselregen hatte aufgehört, aber der Staubsauger heulte noch im Haus. Ich machte das Tor auf, um mir die Scheune von außen anzusehen. Die Breitseite grenzte an den aufgelassenen

Apfelgarten, aber ein schmaler Trampelpfad führte zwischen den Grundstücken entlang und endete weiter hinten an einem asphaltierten Feldweg. Das Gras war nass und schlug mir an die Waden. Von außen wirkte die Scheunenwand zwar verwittert, aber solide. An einer Stelle rankte sich Wein daran empor und sah mit den sich rötenden Blättern sogar richtig malerisch aus.

Ein seltsames Trompeten erfüllte die Luft, und als ich aufschaute, zog ein Pfeil von Kranichen über das Land. Es wurde Herbst!

Ich schlenderte zurück, und wie es das Geschick so fügte, hielt das Motorrad vor dem Tor.

»Alles im Lot, Schwester?«

»Alles klar, Bruder.« Und dann packte mich der Übermut, und ich wies nach oben. »›Sieh da, sieh da, Timotheus, die Kraniche des Ibykus!‹«

Er blickte ebenfalls nach oben.

»Falsches Geflügel. ›Verbrennen musst du dich wollen in deiner eignen Flamme: wie wolltest du neu werden, wenn du nicht erst Asche geworden bist!‹«

Er grinste mich an. Und fuhr weg.

Ich starrte ihm konsterniert nach. Was wusste der Kerl? Und von wem war das Zitat?

Die letzte Frage ließ sich einfach beantworten, als ich mich, Inges Gewusel ignorierend, an den Laptop setzte. Zarathustra sprach es. Aber den Phönix in die Gattung des Geflügels zu sortieren, war eine aparte Vorstellung.

Und wieder hatte er mich in Heiterkeit versetzt, der schweineohrige Biker.

44

Glücksgeschenk

Sie waren mit einem Anhänger gekommen. Sie hatten die Tür aufgemacht. Ghizmo hatte staunend am Koppelzaun gesessen und zugesehen, wie ein weißes Pony zögerlich Schritt für Schritt auf die Wiese trat.

Ein weißes Pony, genau wie Tinkerbell.

Aber das war nicht Tinkerbell.

Es war schüchtern, das sah man. Es stand ein wenig zitternd auf der Wiese, und Jenny ging darauf zu. Mit Apfelschnitzen in der Hand. Die fraß es nach einem kurzen Zurückschrecken.

Sie nannte es Goldbeere. Das klang hübsch.

Es gab noch ein wenig Palaver mit den Leuten aus dem Auto, dann fuhren die auch weg, und das Tier blieb alleine auf der Koppel.

Ghizmo schlich sich näher heran, umrundete es in sicherer Entfernung, blieb dann im Unterstand sitzen und wartete.

Es dauerte tatsächlich nicht lange, da näherte sich auf der Straße Lili. Sie lehnte ihr Fahrrad an die Wand neben dem Tor zu Jennys Haus und wollte eben hineingehen.

Doch vorher drehte sie sich um.

Ihr Mund ging auf und wieder zu. Dann ging sie ganz langsam auf die Koppel zu.

»Tinkerbell?« Sie klammerte sich an die oberste Latte es Gatters. »Tinkerbell? Nein, das kann nicht sein. Kann nicht. Nein.«

Vorsichtig schob sie das Gatter auf und trat auf die Koppel, schloss das Gatter hinter sich und näherte sich vorsichtig dem Pony. Dabei murmelte sie unablässig kleine Sätze. Goldbeere spitzte sie Ohren, blieb aber stehen.

»Du bist nicht Tink, die hatte eine längere Mähne. Aber schön bist du auch. Darf ich auf deinen Rücken, meine Schöne? Würdest du mich tragen, Schätzchen?«

Das Schätzchen würde, vermutete Ghizmo und beobachtete, wie sich Lili mit tränenverschmiertem Gesicht auf das Pony schwang. Ohne Sattel, ohne Zügel. Ein leises Schnauben, und das Pferdchen setzte sich in Bewegung. Als es im Galopp über die Weide jagte, juchzte Lili.

Zufrieden verließ Ghizmo den Unterstand. Dort würde er demnächst wieder einen angenehmen Rückzugsort haben, mit warmem Schnobern und frischem Heu in der Krippe. Das war gut.

Dass Jenny lächelnd am Tor stand und das Mädchen mit dem Pony auf der Weide beobachtete, war auch gut.

Dass Lili dann aber mit haltlosem Geplapper über sie herfiel, fand er nicht so gut. Er verzog sich in den Garten.

Lili kam später aus dem Haus und kümmerte sich um Goldbeere, dann verschwand sie. Ghizmo schlüpfte durch die Klappe und forderte seine Mahlzeit ein. Dann setzte er sich auf die Fensterbank neben der Haustür. Und genau wie erwartet schlich sich der Schwarze wieder in den Hof.

Es bedurfte zweier lauter Maunzer, um Jenny von ihrem Abendessen wegzulocken. Aber dann hatte sie es verstanden und brachte dem Streuner einen Napf nach draußen.

Die Dämmerung sank über die Weiden, die Straßenlampen erwachten mit ihrem gelben Schein, glühäugige Fahrzeuge brummten vorbei, dann wurde es still im Revier.

Zeit für die Abendrunde.

Sie verlief ohne besondere Ereignisse.

Bis auf eines.

Der Motorradfahrer kam zu Fuß vorbei. Er öffnete leise das Tor, ging zur Haustür und legte dort etwas nieder. Dann verschwand er, und kurz darauf dröhnte die Maschine auf.

Höchst alarmiert schlich Ghizmo zu dem Ding, das da auf dem Absatz vor der Tür lag.

Ein Nest aus Holzstückchen war es, unscheinbar, aber duftend. Darin lag ein großes Ei. An einer Stelle war die Schale geborsten und eine goldene Schnabelspitze lugte daraus hervor.

Kam da jetzt ein Vogel raus?

Ghizmo lauerte.

Lange. Und geduldig.

Aber nichts tat sich.

Sehr vorsichtig berührte er mit der Pfote den Schnabel.

Pah, der war kalt und hart wie Stein. Wie das ganze Ei.

So was Dummes!

Sein Interesse an dem leblosen Ding schwand, und er machte sich auf, die Bekanntschaft mit Goldbeere zu vertiefen.

45

Abgesang

Als ich die Zeitung aus dem Kasten zog, wäre ich beinahe über das Nest gestolpert. Zuerst dachte ich wirklich, ein Vogel hätte meine Türschwelle zu seinem Heim erkoren, doch dann stutzte ich. Und bückte mich. Sehr vorsichtig hob ich das Arrangement aus Holzstäbchen hoch, doch es war erstaunlich fest zusammengefügt. Und das Ei in der Mitte – das war wahrhaftig ein Kunstwerk.

Wer zum Teufel wusste von dem Phönix?

Wer wusste von meiner Vergangenheit?

Und was wollte derjenige mir damit sagen?

Aus dem Ei schlüpfte eben gerade ein neuer Phönix. Der Feuervogel, der zuvor in den selbst entzündeten Flammen gestorben war.

Der Duft des Holzes umwehte meine Nase. Es roch köstlich.

Ich klemmte mir die Zeitung unter den Arm und trug dieses wunderliche Geschenk ins Haus. Mitten auf dem Couchtisch fand es seinen vorläufigen Platz. Eine Weile saß ich bewundernd davor und strich leicht mit dem Finger über das Craquelé in der elfenbeinfarbenen Glasur und den goldenen Schnabel, der aus ihr hervorbrach. Dieses Ei hatte ein Töpfer mit großer Kunstfertigkeit hergestellt.

Ein leiser Verdacht beschlich mich.

Kumar? Er kannte Ignacia. Aber dann fiel mir ein, dass der Zirkus ja schon seit einigen Tagen abgereist war.

Hatte Lili ihren Vater Raoul auf die Spur gebracht? Oder war Raoul selbst darauf gekommen? Ich dachte angestrengt nach, ob ich mich mit irgendeiner Bemerkung oder Geste verraten hatte, aber mir fiel nichts ein.

Auch Grandpa Woody gegenüber hatte ich nie einen Hinweis geäußert. Und keinem der Handwerker, die hier tätig waren, traute ich ein solch symbolträchtiges Geschenk zu.

Blieb noch – nach dem Ausschlussverfahren – der schweineohrige Biker. Sollte es Darius Hellwig gewesen sein, der von meiner Vergangenheit als Ignacia wusste? Der wusste, dass ich mich hierher zurückgezogen hatte? Aber woher? Ich hatte alles aus meinem früheren Leben abgestreift und alle Spuren verwischt. Kein Mensch sollte je erfahren, dass ich einst eine berühmte Rocksängerin gewesen war.

Der Skandal war vertuscht worden, fünf Jahre im Gefängnis hatten Gras über meine alte Existenz wachsen lassen. Für die gierigen Medien war ich verschwunden, das Interesse an mir gestorben. Und genau so wollte ich es haben. Niemand sollte Mitleid mit meiner zerstörten Stimme haben, niemand von den Demütigungen der letzten Jahre wissen.

Ich war Jenny, und mein neues Leben gefiel mir.

Dennoch freute ich mich über das Ei. Es passte zu meiner Stimmung.

Mit einem Kaffeebecher setzte ich mich an den Tisch und schlug die Zeitung auf. Das Weltgeschehen nahm einen Teil meiner Aufmerksamkeit in Anspruch, die lokalen Nachrichten amüsierten mich, und dann blieb mein Blick auf einer halbseitigen Aufnahme im Feuilleton hängen. Eine Bühne, darauf zwei Männer in fantastischer mittelalterlicher Kleidung.

Ich stutzte.

Den einen kannte ich doch. Trotz teuflischer Maske und wallendem Haupthaar – das war doch der Motorradfahrer? Oder?

Die Bildunterschrift beseitigte jeden Zweifel.

»Darius Hellwig als Mephisto macht die Aufführung des Faust an den Städtischen Bühnen zum Ereignis. Bei seinem grandiosen Auftritt brach das Publikum in stehende Ovationen aus.«

Mephisto, der Teufel.

Was für eine passende Rolle für den schweineohrigen Biker.

Ein Schauspieler also war er, was die ungewöhnliche Eloquenz erklärte.

Erklärte es auch, was er über mich wusste?

Und? War das eigentlich schlimm?

Plötzlich wurde mir seltsam leicht zumute. Und dann musste ich lachen. Lange und laut und voller Vergnügen.

»Von allen Geistern, die verneinen, ist mir der Schalk am wenigsten zur Last«, wie schon Gott der Herr zu Mephisto sagte.

Ghizmo kam durch die Klappe und hörte Jenny singen. Das war ungewöhnlich, hörte sich aber nicht schlecht an. So für Katerohren. Also stimmte er mit einem langen Jodeln mit ein.

»Flying phoenix, dying phoenix,
Singing in the night.
From the ashes, born in flashes
Rising glorious and bright.«

Wichtigste Personen

Jenny van Rosmalen, neue heisere Besitzerin des renovierungsbedürftigen Feyenhofs und Sklavin von Ghizmo, dem Kater.
Ghizmo, Herr des Feyenhofs, der lange vertrieben war, nun aber sein Revier zurückerobert hat. Ein getigerter Kater mit blendend weißen Pfoten.
Miriam Gardner, Anwältin und seit Jahren Jennys Freundin. Die Einzige, die von Jennys Schicksal weiß und ihr oft vergeblich zu helfen versucht.
Lili Pfeiffer, Tochter des Weingutbesitzers Raoul Pfeiffer, der das Pony Tinkerbell gehört.
James Woodrow (Grandpa Woody), ehemaliger Bauingenieur, ein freundlicher alter Herr mit einem unfreundlichen Kater namens Jaromir.
Isabell Boncoeur, junge, ehrgeizige Schreinerin, die sich übermütig der stillen Jenny aufdrängt.
Stefan Albrecht, Installateur, der Jenny nicht nur bei der Renovierung hilft.
Kevin (Bully) Weiss, Stefans Geselle, Maulheld mit Ambitionen und einem aufgemotzten Geländewagen.
Lothar Schröter, Faktotum, nicht immer ganz nüchtern, kümmert sich um den Garten von Jennys Anwesen.
Sandra Sobczak, Grandpa Woodys Pflegekraft, zuvor Pflegerin der Generalswitwe Barbara Malchow.
Joseph Bartels, Unternehmer und Besitzer von drei erfolgreichen Dressurpferden, gelegentlich cholerisch.

Darius Hellwig, ein Biker, der sich auf schlechtes Benehmen versteht.
Dr. Serena Werla, hilfsbereite Psychiaterin aus der benachbarten Klinik.
Julian Hekking, Kommissar mit einem nagenden Bedürfnis nach Aufklärung.
Inge Olberg, klatschhafte Reinigungskraft.
Kumar Chandan, Poi-Künstler im Zirkus und Geist aus Jennys Vergangenheit.
Florian Malchow, verstorbener Kunstmaler, Porträts, gelegentlich eigene Schöpfungen.
Die Generalin Malchow, Florians verstorbene Großmutter, die einen Salon führte.
Jaromir, Grandpa Woodys rotpelziger Kater, Ghizmos Erzfeind.
Selena, eine weiße Schönheit, die Ghizmo verschmähte.
Boris Halbschwanz, ein netter Kumpel.
Der Streuner, ein ungebundener schwarzer Kater, der Probleme hat.

Hannah Dennison

Mord in Honeychurch Hall

Kriminalroman

Zu viele Verdächtige und ein Todesfall

Kat Stanford will mit ihrer Mutter ein Antiquitätengeschäft eröffnen, als diese überraschend einen einsamen alten Landsitz kauft. Honeychurch Hall ist mehrere hundert Meilen von London entfernt, und seine exzentrischen Bewohner hüten jede Menge Geheimnisse. Als die Leiche der Haushälterin entdeckt wird, scheint jeder von ihnen ein Motiv für den Mord zu besitzen. Auf der Suche nach dem Mörder muss Kat feststellen, dass sie nicht einmal mehr ihrer eigenen Mutter trauen kann.

»Das ist ein perfekter englischer Kleinstadtkrimi voll Charme, Esprit und modernem Touch!« *Rhys Bowen, Bestseller-Autor*

Band 1 der Serie
352 Seiten, kartoniert mit Klappe
€ 9,99 [D]
ISBN 978-3-8025-9709-1

www.egmont-lyx.de

LYX
EGMONT